岩波現代文庫／文芸 254

石井桃子コレクション III

新編 子どもの図書館

石井桃子

JN165773

岩波書店

『新編 子どもの図書館』まえがき

いまから過ぎた日をかえりみ、年数をかぞえてみると、もう一世代もまえの昔のことになっているので、ただ驚かされるのですが、一九六五(昭和四〇)年に、私の『子どもの図書館』という小さな本が、岩波新書の一冊として出ました。

その本は、私が、東京荻窪の自宅で、近所の子どもたちのために、一九五八(昭和三三)年に開いた「かつら文庫」という図書室の、七年間の経過を記録したものでした。そしてまた、その本には、私が五四年から五五年にかけて、米、英、カナダなどを旅したときに見た、海外の児童図書室の模様や、児童図書の出版事情などの一端も併記しました。

この『子どもの図書館』は、ここ十年ほど品切になっていましたが、今度『新編 子どもの図書館』として、古いこと、新しいことを少し加えて出版されることになりました。「新編」とはいっても、本の主体は、あくまでも「旧編」の内容が占めているのですが、それへの付記として、私が「かつら文庫」を開くまえに、農村の小学生といっしょに本を読んだ経験や、また私が「かつら文庫」から身をひいたあとの「文庫」の状態が、つけ加わっています。

「かつら文庫」出発の年から、昨年（一九九八年）の春で、満四十年がたちました。四十年といえば、半世紀に近い、長い年月です。世の中も変わり、私も変わりました。私は自分が老人の部に入り、耳も遠くなり、記憶力は衰えてきたのをしおに、いわば「主宰者」という立場から退きました。そして、いまは、代りに、私もお仲間にはいっている「東京子ども図書館」という財団法人の職員の方々に、「文庫」のおばさん、おねえさんとして、子どもたちのお世話をしていただいています。

「新編」を編むにあたって、「かつら文庫」発足から今日までの記録に一応目を通し、この四十年が大人にとっても、子どもにとっても、まさに激動の時代であったことを、身にこたえて感じ、深く考えさせられました。

一九九九年一月

まえがき

この本は、私が自宅で試みた子どもの図書室、「かつら文庫」の七年間の経過報告です。また私が見てきた海外の児童図書館のようす、それに東京で、別々のところで文庫を開き、ともに学びつつ歩んできた家庭文庫研究会の人たちとの共同作業のことなども、あわせて書きました。

私は、この本を書くにあたって、「これからの子どもは、いままでの子どもにくらべて、本を読まなくてもいいのか、または、本は読まなければいけないのか」という点では、「読まなければいけない」という立場をとりました。そこで、子どもの読書以前の問題――社会環境やマス・コミのことなどには、あまりふれませんでした。それはそれで、べつの人に、べつの本で、十分にスペースをとって、書いていただかなければならないことだと思ったからです。

けれども、なぜ私が、テレビやラジオの時代にも、子どもは本を読まなければならないと思うかについては、かんたんに説明しなければならないでしょう。

私は、世の中が複雑になればなるほど、文字は必要になってくると思います。

先日、テレビを見ていますと、ある学校の先生が、お母さんたちと「漫画」について話していました。そして、その先生は、漫画は、子どもに絵で考えることを学ばせるから、この方法をもっと用いていいのではないかと説いていました。

この説明には、よく考えないと、誤解のおこるところがあると、私は思いました。子どもはいつも——人類が生まれて以来ずっと——絵(または物の形)にたいへん多くたよって物を学んできました。生まれてまもない、経験も判断力もない子どもは、目に見えるもの——または耳に聞こえることというように、感覚に訴えるもの——をもとにして考えるよりしかたがなかったからです。子どもばかりでなく、大昔の、文字を持たなかった大人たちも、おなじ方法で考えました。

ところが、やがて人間は文字を考えだし、形や絵を記号におきかえて、考えたことを壁や紙の上に書き記すようになりました。すると、地球上にたちまち複雑な文化が生まれるようになりました。頭の中で形(絵)をつみ重ねてそれを記憶として貯えて、口づてに語りつたえていた時とくらべて何百倍も複雑なことを紙に書き、ほかの人に伝え、また伝えられた人は、その上に新たにつみ重ね、つみ重ねして、またべつの人たちに伝えることができるようになったからです。ラジオも、テレビも、ジェット機も、コンピューターも、このような方法なしには生まれることはできませんでした。しかし、文字ができると、人間は、文字を信用しすぎた面もあったようです。また子どもが物の形で、自分のまわりのものをしっかりつかむことを学ばないうちに――文字の時代にはいる力のないうちに――文字の文化をおしつけたのです。教育の面に、よくそれが出ていると思います。

四、五十年前に小学校教育をうけた人たちは、小学二年くらいの修身の時間に、「親の恩は海よりもふかく、山よりも高し」というようなことを教えられました。子どもたちのなかには、形のない恩というもの、また、はっきりつかめない深さや高さというものをのみこむことができないで、親と海や山のあいだに、どんな関係があるのかわからず、ただことばとしておぼえただけの子どもが多かったと思います。

さきほど挙げた学校の先生も、漫画が絵で学ばせるからいいといったのは、こういう弊害が頭にあったからかも知れません。しかし、あまりこういうことを強調しすぎると、子どもたちを必要以上に長く、絵で考えるところにとどめ、または、絵で考えるだけにとどめる風潮をおこしはしないでしょうか。(私は、このことで、漫画をわるいといっているのではありません。しかし、このことも、べつの本でふれないと、問題が大きくなりすぎます。)

コンピューターや宇宙時代の子どもは、幼いうちは、形や絵で物ごとの実体をはっきりつかみ、物の考え方の基礎をかためながら、どんどん文字の世界にはいっていくことが、ぜひ必要なのだと、私には思えます。そうでないと、電子頭脳やロボットに使われる人間ができあがってしまうのではないでしょうか。では、幼い子どもに、絵から文字の世界に、それから抽象の世界にできるだけむりなく、たのしく――子どもは、たのしいことがだいすきだからです――はいってもらうにはどうしたらいいか、それを、私は、この本のなかで考えたつもりです。

子どもが、本(文字)の世界にはいって得る利益は、大きく分けて二つあると思います。一つは、そこから得た自分の考え方、感じ方によって、将来、複雑な社会でりっぱに生きてゆかれるようになること、それからもう一つは、育ってゆくそれぞれの段階で、心の中で、その年齢で一ばんよく享受できる、たのしい世界を経験しながら大きくなってゆかれることです。

このあとの方は、前のことにもましてたいせつだと思うのは、幼いとき、こうした世界を通らないと、欠けたところのある人間になるらしいと考えられるからです。たとえば、このごろは、小学一年くらいで、目に見えないものは、全部ウソだというような子ができてきました。月にウサギが住むのはウソだといい、また、おとなのなかにも、そういう話は、現代の子どもには必要ないものだと考える人ができてきました。つまり、こういう子どもとおとなは、人間のもっているだいじな力、想像力を、自分の中から押しだしてしまっているのです。

しかし、想像力が、いまほど必要な時はないのではないでしょうか。その世界へ幼いうちにたのしくはいってゆき、人間らしく育ってゆくにはどうしたらいいのか、それを本と結びつけて考えたい、というのが、私のこの数年来の努力であり、この本は、その勉強の中間報告です。

「かつら文庫」の実験に力をそえてくださった家庭文庫研究会のみなさん、またじっさいに、ここで働いてくださった狩野節子さん、堤督子さん、田辺梨代子さん、種田有子さん、子どもたち、その子どもを文庫に任せて、勝手にさせてくださったご両親がたに、ここでお礼を申しあげます。

また、この本を、川島浩さんのとってくださった写真でかざることのできたのを、たいへんうれしく思っています。

最初、写真をとることには、ためらいを感じたのでした。カメラをむけられるために、子どもたちがわざとらしくなることをおそれたからです。けれども、かれらは、ふしぎなほど川島さんを意識しませんでした。そして、この写真で、「文庫の子どもたち」が、いかにのびのびと、いい顔をしているか、私たちははっきり知らされました。一人前の人間として独立して行動するとき、かれらは、びっくりするほど堂々としています。川島さんのカメラによって、私たちは目のほこりをふきはらわれ、今後の前進をはげまされた思いがします。

一九六五年春

目　次

1　「かつら文庫」の七年間

「かつら文庫」の発足まで

私の家の子ども図書室「かつら文庫」が誕生したのは、一九五八(昭三三)年三月一日でした。ですから、今年(一九六五年)の二月で満七年になります。

七年という年月は、おとなの私たちには、あまり変わりばえのしないものかもしれませんが、文庫のはじまった時、四歳何カ月かだったHちゃんやKちゃんは、今度、小学六年生になりますし、小学一年にはいろうとしていたA君は、中学二年です。四年生だったN子ちゃんは、じつに高校三年になろうとし、このごろでは、クリスマスの時など、お手伝いにきてくれる組になりました。それは、写真で見ても、まるでおなじ子どもと思えないような成長ぶりです。とすれば、変わりばえしないとはいいながら、この子たちを見てきた文庫のおとなたちも、何かを学んでこないはずはありません。

ただ私たち――文庫をはじめた私と、それを手つだって、おもに子どもと本のせわにあたってくれた三人の若い人たち——は、それぞれ、ほかにいそがしい仕事や家事や勉強をもっていましたので、文庫の記録も、あまりきちんとつけていませんでした。はじめから、はっきりした考えをもって、細かい記録を残していたら、私たちにとっては、どんなに貴重な勉強材料になったことかと悔やまれます。しかし、一方では、どういう方法で記録を残すべきか、それがはっきりわかっているくらいなら、何も図書館の仕事には素人の私たちが、このような実験をやってみる必要はなかったのだ、ともいえそうです。つまり、これは、私たちが、子どもと本の関係をたしかめようとして、手さぐりではじめた仕事なのでした。

そして、七年がたち、メモや、貸し出しカードや、文庫にくる子が必ず名まえを書いていってくれたノートや、みんなの記憶を重ねあわせてみると、やはり私たちにとっては相当興味ふかい結果があらわれていますし、また私たちには、七年まえにはわからなかったことがわかるようになり、それが、いまの私たちを支えていてくれるように思えます。

これから書きつけるのは、そういうことの中間報告です。

そもそも、私が、どうして子どもの図書室などをはじめたかといえば、それまで私自身、「児童文学」といわれるものを書こうとしたり、訳したり、子どもの本の編集をしたりしながら、直接、それを読むじっさいの子どもとの交渉が少なかったため、仕事に支障をきたすことが多かったのです。これは具体的にいえば、子どもがどんな本をじっさいに喜ぶか、どんなことが、どんなふうに書いてあれば、子どもにおもしろいかということがわかっていないため、いい本がつくれないということです。

日本では、年々、たくさんの子どもの本が出版されます。しかし、そういう本は、はたして子どもの手にとどいているのかどうか――と、ときに不審に思わざるを得ないわけは、子どもの本を買うのは、多くはおとなだからです――また、とどいているとしたら、そういう本を、いろいろな子どもが、どううけとっているか、こういうことが、日本の社会では、作者にも、出版社にも、また親たちにもはっきりはねかえってこない仕くみになっています。年齢も境遇もさまざまな子どもが、自由に出はいりして、感想文を書いたり、テストされたりしないで、自由に本を読み、自然な反応を示す場所が、子どもに提供されていないのです。(私が、ここで「本」という場合、漫画と雑誌は除きます。)

そこで、ごく小規模ではあっても、子どもと本を一つところにおいて、そこにおこるじっさいの結果を見てみたい、と思ったのが、「かつら文庫」をひらいた理由でした。

それよりまえ、一九五四年から五五年にかけて、私は、欧米の子どもの本の出版事情や児童図書館の活動を見るために外国にゆく機会を得ました。そして、まわってきた国々では、児童図書館というものが、よい創作活動を推進し、またその結果を本にする出版事業の支えになり、さらにまた、その本を直接子どもの手にとどけるという三つの仕事を一つでひきうけている、べつのことばでいえば、この五十年間、子どもの示す反応から学びながら、本の標準を高め、それを堅持してきたのは、児童図書館の大きな功績だということを見てきました。

さて、帰国後、日本のようすを見ますと、まったくのばらばら状態です。作家は、自分の考え、または良心にしたがって本を書きます。これは、たいへんいいことのようですが、書き手がおとなで、読者が子どもである場合、子どもの心から遠いものを書いてしまうことが、しばしばおこります。また出版社も、子どもは、こういうものを要求しているとはっきり教えてもらえる場所をもたず、そういうことを考えるより、どういう本が売れるかということを聞きに、小売店をまわって歩く場合の方が手っとり早いでしょう。こうして小売店にならぶ本が、親や先生に買われて、家庭や学校の本棚にならびます。子どもは、それを読むかもしれないし、読まないかもしれません。学校図書館の時間に、図書室に一時間坐らせられ、一冊ずつ持たされれば、それに目はさらすでしょう。また感想文を書かなければならないとしたら、読まないわけにいきません。けれども、こんなにいくつもの屈折を経て子どもの手にとどく本が、子どもの心にすぽっととびこむ場合は、たいへん少ないのではないかと思います。

けれども、出版社にとっては、つくった本が売れてしまえば、問題の大部分は片づくのです。そこで、手を変え、品を変えて、「××名作全集」「少年少女新世界文学全集」

「世界童話文学全集」というような、どれがどれだかわからないような本が、あとからあとから出てきました。そして、その本は、二、三年すると、絶版になりました。何というエネルギーと紙とインクの損失でしょう。

そして、子どもにとっては、何という貴重な成長時代という時の損失でしょう。つみ重ねのないところに、いいものは生まれないからです。子どもは、ほんとうにかちっとした歯ごたえのある精神的なごちそうをたべたという満足を経験しないで、子ども時代をすごしてしまうことが多くなります。

こういうことから、私は、ともかくも、子どもと日本で出ている本をいっしょにおいて、そのふれあうところを見、何かを考えることからはじめようと思いました。

まず一ばん実行しやすいことはといえば、私が本を抱えて、子どもの集まるところに出かけていくことでした。そこで、一九五六年四月から、ある東北の小学校――そのころ、月の半分は、その村にいってすごしていましたから――の校長先生におねがいして、五年生一クラスの子どもの時間を、一週間に一、二時間お借りすることにしました。

ところが、さてはじめてみると、第一日めから、その子どもたちのなかには、活字のつまった本に手を出せる子が、ほとんどいないということがわかりました。絵本ならば、その子どもたちも、喜びました。また私が読んでやるのであれば、すこしは長い話も聞けるということがわかりました。

こうして、ひと月に三、四時間の、この子どもたちとの交渉は、かれらが小学校を卒業するまで、二年間つづきました。私が読んでやる話は、だんだん長くなり、しまいには、「もっともっと」といわれて、二時間つづけて読んでやったこともあります。

活字をたどることは不得手で、最初は絵本が手ごろであった子どもたちが、話の終わるのに二時間もかかる、かなり複雑な話を聞くこともできるようになったのです。この経験は、どういう話が、子どもたちにおもしろいか、二時間もこの子どもたちをじっとさせておくのは、どんな種類の話かということを知らせてくれ、私にとってはたいへん貴重なものでした。が、それと同時に、私にとって、準備などの点で、かなり労力の要る経験でもありました。また、この山村の子どもたちは、ずいぶん親しくなってからも、かなり口が重かったので、この子たちがどう考えているのか、こちらで、ああこうと想像しなければならないところがたくさんありました。それに、おなじ年齢の子どもだけが集まっているということも、幅ひろい子どものようすを見るためには、不便でした。

そこで、年齢をとわず、本のおいてあるところに、子どもたちが自由な気もちでやってきて、本を読んだり、借りだしていったりするところを見たいなら、自分でそういう場所を新しくつくるよりほかはない、というのが、二年後に私のたどりついた結論でした。

ちょうど一九五七年の夏、前から、各自の家の一室を近所の子どもたちに開放して、小さな文庫をやっておられた村岡花子氏、土屋滋子氏、また、そのほかにも、子どもの読書に興味をもつ福田直美氏、浮田恭子氏などと話しあう機会がありました。その時、私たちは、みなそれぞれの場所で自分たちの試みをやりながら、時おり集まって、話しあい、助けあい、また、そうした文庫を開きたいという人があれば、力になりあおうと、「家庭文庫研究会」という小さなグループをつくりました。これもまったく、私たちとしては、手さぐりの試みでした。

そして、その年のすえ、私は、東京荻窪のすまいをひろげた機会に、子どもの図書室になるような部屋を一つ設けました。

一方、家庭文庫研究会では、私たちの手で浄財を集め(こうした話をもっていった時、一ばん快く手をのばしてくれたのは、外国の人たちでした。なかでも、アメリカのアジア財団では、この二、三年、私たちが心配なく会友たちに本を送れるだけの基金をだしてくれました)、一九五八年の一月から、B6判八ページのガリ版の会報を発行し、子どもと本の問題に関心をもつ人たちのあいだに配りはじめました。その後、七年間つづいた、数人の個人の集まりの試みであるこの会の仕事は、つつましいものではありましたが、やはり、日本の子どもの本の形に、何かの影響をあたえたように思えます。しかし、こうしたことは、当然「かつら文庫」の動きとも重なりあっていますから、文庫の歴史をたどりながら、あわせて書いていきたいと思います。

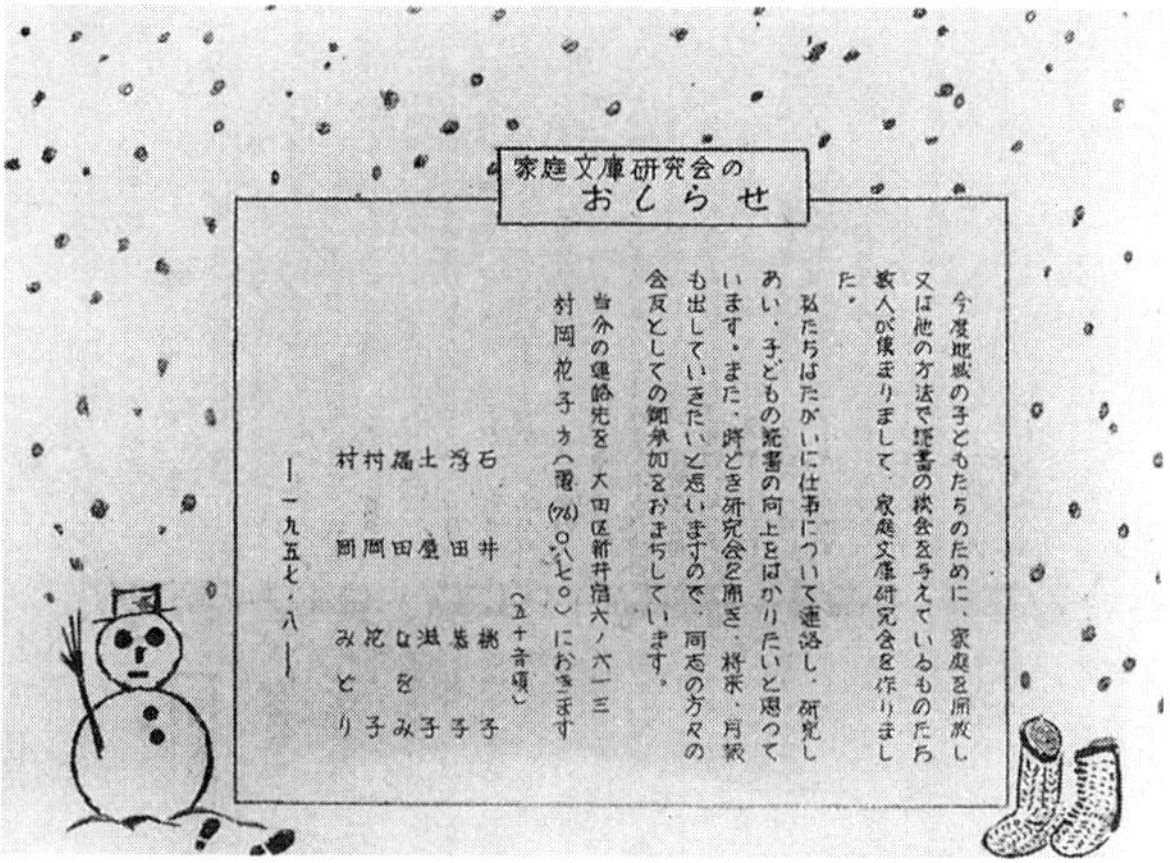

家庭文庫研究会の
おしらせ

今度地域の子どもたちのために、家庭を開放し又は他の方法で読書の機会を与えているものたち数人が集まりまして、家庭文庫研究会を作りました。

私たちはたがいに仕事について連絡し、研究しあい、子どもの読書の向上をはかりたいと思っています。また、時どき研究会を開き、将来、月報も出していきたいと思いますので、同志の方々の会友としての御参加をおまちしています。

当分の連絡先を 大田区新井宿六ノ六一三 村岡花子方(電(76)〇八七〇)におきます

(五十音順)
石井桃子
浮田恵子
土屋滋子
福田なをみ
村岡花子
村岡みどり

—一九五七・八—

会報第一号．できるだけたのしい紙面にしようと，苦労した．

さて、「かつら文庫」のためには、私の家で日あたりも、出はいりの便も一ばんいい部屋を選びました。家の東にあたる道路から、「かつら文庫」の名まえのいわれである、大きな月桂樹の下を通ってはいってくると、とっつきの部屋が、それでした。前に六十坪ほどの庭がとれたのは、上を高圧線が通っていて、そこへは何も建てられないためですが、これは、子どもたちにも、私にも、思わぬもうけものであったようです。

部屋は十畳ほどで、西の壁面の大部分と、北がわの一部分を本棚にし、東北のすみに、小さい便所をつけました。らくで、じょうぶないすとテーブルも、友人に設計してもらいましたが、これは、七年たったいまでも、ビクともしていません。(四十年後も健在。)

本は、私の蔵書から一部をだし、知人や出版社から寄贈されたもの、また新しく買ったものなど合わせて、三五〇冊ほどでした。

文庫を開く時期は、私が二年間つきあった、東北の小学生の卒業を見おくってからと考えましたので、三月一日ときめました。

さて、勝手にこうはきめたものの、いったい、文庫を開いて、どんなものになるやら、見当もついていなかったので、その開き方についてはあれこれと迷いました。

しかし、こちらがわのつごうだけを考えると、まずつぎのような条件がうかんできます。こちらが、文庫に専門にかかりきることはできないので、毎日は開けません。それから、開く日も、知らない子どもが、一どふらりとやってきて、本をもっていって、それっきり返しに来ないというのもこまります。場所がせまいし、本はなるべく、家にもって帰って、読んでもらい、そして返してもらいたいからです。また、ひとりの子どもが本を読んでゆく径路も跡づけたいと思いました。

こう考えてくると、さりげない方法で、会員をつくるのが一ばんよさそうだということになりました。

その時、私の相談相手になり、こまかい図書の整理などにあたってくれたのは、慶応大学図書館学科の学生であった狩野節子さんで、かの女は、当時、私と同居していました。また、私の姉も泊りこみで、貸し出しカードの書きいれに、いそがしく精だしてくれました。

さて、こちらで勝手に文庫びらきときめた日も一週間後に迫った二月二十四日、雨のふる日でしたが、私たちは、家のまえの竹垣に、手製の立て札をたてました。

これは、ボール紙のわくに紙をはり、棒を結びつけてつくったもので、上にはマジック・インクで、

「小学生のみなさん
　いらっしゃい
おはなしとスライドの会
　三月一日(土)　二時から
来たい人は、なかにはいって
申しこんでください。
　　—かつら文庫—」

と書きました。

私の家のまえの道を、そのころ、かなり大ぜいの小学生が、朝夕、学校のゆき帰りに

道ゆく人の，これを見る表情が気になった．

通っていたからです。私たちは、表に子どもの声がすると、ガラス戸のなかからようすをうかがいました。すると、子どもたちも、また、子どもづれの母親たちも、たちどまって読んでいるのが見えました。

よく日の朝、狩野さんが表に出ると、前の家のおくさんから、その立て札のことを聞かれ、夕方、その家の子どもが二人、申しこみにきました。また通りがかりに、私たちと顔があうと、「だれでもいいの？」と聞く子もいました。

三日めには、あまり反応がなくなったように思え、ことによると、こちらからよびかけをしなければいけないかな、などと、家のなかでは、仕事をしながらも、何となくそわそわ話しあいました。

しかし、四日めには、三年生の男の子が、

五人申しこんでき、五日めには、左となりのおくさんが、女の子と男の子(四歳)もいいでしょうかと聞きにきました。そして、二月のおわりまでに、申しこみ総数は二十一人になりました。

夜、私たちは、プログラムの作成とポスターかきをし、文庫に小さなひなを飾ったりして、会場の準備をしました。

一年め(一九五八年)

三月一日がきました。曇りのち晴れの、寒い日でした。

午前中、スライドの予行練習をし、ガラス戸にはる黒い紙の寸法などを大いそぎで計ってととのえました。

午後一時には、この春から小学校にあがるNちゃんという男の子が、一番乗りしてきました。子どもの会は、時間より早く集まればとて、おくれることはないらしいと、おとなたちは大いに気をよくしました。プログラムのなかの「お話」をおねがいしておいた、慶応大学図書館学科の渡辺茂男先生が、早々とやってきてくださいました。

さて、当日のプログラムは、どんなものだったかというと、

一　スライド
「ゆかいな七人男」「かくれみの」

（これは共に、家庭文庫研究会の「土屋文庫」から借りたもの。）
一　渡辺茂男先生のお話
「ジャムジャム」（アメリカの作家、ワンダ・ガアグ作のお話）
「親指太郎」（グリム童話）
（このお話を聞いて、グリムのような昔話の幅の広さに、おとなの聞き手はおどろかされました。「ジャムジャム」は、幼年童話としては、たいへんおもしろいものですが、「親指太郎」の場合は、学齢前の子どもから五年生までが、一どにどっと笑ったりするのです。）
一　文庫のおとなからのあいさつ
「かつら文庫」のできたわけ――文庫の利用のしかた――貸し出しカード・会員券の説明など。
一　記念撮影（！）

会がすむと、子どもたちは文庫で、本を出してみたり、ひとのじゃまをしたり、庭にとびだして遊んだり、かなりのさわぎになりました。

文庫びらき．前にがんばっているN. Aちゃんは，いま中学二年．

現在は、芝生と木や草でかっこうがついてしまいましたが、文庫のできたそのころ、文庫のまえには、普請《ふしん》の名ごりの土盛りがあって、幼い子どもがかけのぼるのに、もってこいの遊び場になりました。その子どもたちのようすが、あまりたのしげなので、私たちは、わざとその小山を、しばらくのあいだ、そのままにしておきました。子どもたちは、家のなかでおとなしくできなくなると、そこで土まんじゅうをつくったり、『ちいさいおうち』を読んだあと、そこで「ちいさいおうち」をつくったりしたものです。そのようなつつましい、たのしい遊びをうばわれている東京の子どものすがたに、私たちは考えさせられました。

　さて、その日集まった二十人という人数は、文庫の部屋に一時に集まるには、多すぎますが、会員とするには、ふなれな私たちにはちょうどよさそうです。そこで、私たちは、この日の成績に満足しました。

二十人の内訳は、

五年生(三)　四年生(二)　三年生(六)　二年生(二)　一年生(四)　学齢前(二)

そして、男の子が十三人で、女の子が七人でした。

それからひと月間のようすを、メモからたどってみましょう。

三月二日(日)　十時ごろから、子どもたち来はじめる。

さわぎたがる小さい子どもには、折り紙をだしてやる。ちょっとのま、おとなが文庫をはなれていて、もどってみると、大きな子どもたちが、トランプをはじめている。この日、「クレヨンと画用紙はもってきてよい」といったのを、もっているものは、何でもだして遊んでよいと思ったのだろう。やめさせる。

すこしがやがやしてきたので、本を読む。

『ききみみずきん』

はじめ、小さい子、三、四人を相手に読みはじめたのに、途中から、そこにいた子どもも全部(十人)が、ほかのことをやめて聞きはじめた。

中学生が二人、のぞきに来た。(この日の利用者数と貸し出し冊数不明。)

どんな子どもも例外なくすきなのは，お話を聞くこと．

三月八日(土)　二時ごろから来はじめる。お天気がよいので、外に出て遊びたがって、庭にとびだす子が多い。文庫のことを聞きつけた新聞社から写真をとりに来て、子どもたちがかたくなって、こまる。

三時から、おとな二人で、かわり番に本を読んでやる。来た子ども十八人。貸し出し冊数二十五冊。

三月九日(日)　朝の八時四十分から、一ばん乗りの子どもあらわれる。来た子ども十三人。貸し出し二十五冊。

三月十五日(土)雨　雨なので、子どもたちおとなしく、いままでいちばん図書室らしい雰囲気。

『はなのすきなうし』と"Frog Goes A-courting"(かえるさんのおよめとり)を読む。後者は、英語の本なので、絵を見せて訳しながら話す。どちらの本も、絵を見て、とても喜ぶ。

ある子ども、やきいもをだしてたべだすという珍事件がおきる。文庫は、そういうことをするところではないと注意する。

来た子ども十一人。(うち新人三人。)貸し出し八冊。

三月十六日(日)　来た子ども十六人。(うち新人ひとり。)貸し出し二十三冊。

三月二十二日(土)　文庫は本を読みにくるところだということが、だんだん子どもたちにのみこめてきたらしい。

お話の時間を午後三時ときめ、絵がかきたくなったら、一まいだけかくということにする。

くるとすぐ、借りてゆく本を確保する子、ひとが借りた本がほしくなる子など、了どもにより、いろいろなくせがあるのを発見する。しかし、どの子も一様にだいすきなのは、本を読んでもらうことであるのがわかってきた。

来た子ども十二人。(うち新人ひとり。)貸し出し十七冊。

三月二十三日(日)　あたたかく、ガラスをあけ放しておけるようになった。子どもが中にいるあいだ、垣根の外でようすを見ていたお母さんがあった。

お話『アルプスのきょうだい』"Angus and the Ducks"(アンガスとあひる)両方とも、よく聞いた。

お話はすぐ絵になる，おひめさまや，王子さまや，ロケットが．

来た子ども十八人。（うち新人三人。ここらで、会員の数を制限しようかと、おとなたちで話しあう。）貸し出し四十冊。

三月二十九日(土)雪　Nちゃんのお父さんのAさんが来て、スライドを見せてくださる。「南極探検」「世界の汽車」。

スライドのあとは、みんながざわざわして、本より絵をかきたいというので、絵になる。

来た子ども十五人。貸し出し二十七冊。

三月三十日(日)　一日たいへん文庫らしい雰囲気。一どきに部屋にいる人数が、多すぎなかったせいもあろうが、文庫には文庫のきまりがあるということが、なっとくできてきたらしい。

あまりうるさくする子は、『みんなの世界』の「おらがくん」みたいな子だから、つまみだそうという約束ができる。文庫から借りだしていかないでも、文庫にいるあいだに、絵本の類は、みんながひきだしては見ているので、「おらがくん」のような本は、このころまでに、みんなの友だちになっていたわけである。

午前ちゅう、みんなずっと本を読み、午後は、二時から、絵をかきたい子は、かいてもいいが、一まいをきちんとしあげること、と話したら、みんなとてもちゃんとした絵をかいた。

三時に読んでやった本"Spotty"（ぶちちゃん）"A Happy Lion"（ごきげんなライオン）。（ともに英語の絵本。のちに日本語訳がでた。）

来た子ども十二人。貸し出し二十冊。

いまこうして、古びて黄いろくなった「かつら文庫」の一年めのメモをひっくり返していると、そのころの私たちが、いかに初心で、その足どりが、どんなにおぼつかなかったかに、胸をつかれる思いがしますが、もちろん当時、私たちは、休日返上で無我夢中で、やっていただけですから、そんなことを自覚してもいませんでした。

しかし、とにかく、「かつら文庫」は、このようにしてはじまり、ただたどしいながらも、きまった日がくれば、必ず戸をあけて、子どもたちを迎えているうち、やがて、一年になりました。

最初の一年間に、しぜんにかたまった文庫のきまりは、つぎのようなものでした。

○文庫をひらく日
土曜日午後一時―五時
日曜日午前九時―五時
文庫に来た子は、テーブルの上のノートに、名まえを書く。
（この年は、学校のない日も、お休みなし。しかし、夏休みは、来る子が、たいへんまばらになり、こちらだけ常勤では疲れるので、何とか考える必要があると、私たちは話しあいました。しかし、子どもたちに聞くと、夏休みこそ、いつもひらいていてもらいたい時期なのでした。）

○文庫の利用者
会員制をとる。申しこむ時には、学校名、お父さんかお母さんの名まえ、住所を知らせてもらう。

会員になって、二どめに来た時から本が借りられる。

会員の年齢は、大体四歳くらいから小学六年まで。

（年齢は、文庫においてある本の程度からこうなったのですが、三、四年めころからは、小学校を卒業しても、つづけてくる子どもが多くなりました。）

○貸し出し

本は三冊、二週間のあいだ借りられる。ただし、このうち、新刊書は一冊。子どもは、本を借りる時、本についている封筒から、その本のカードを引きだし、自分の名まえと借りた日づけとを書きこんで、文庫の状さしに入れてゆく。返す時は、このぎゃくで、状さしから、自分の書いたカードをだし、自分のもってきた本にさしこんで、本棚に返しておく。

（こういう操作は、自分の名まえと数字を書けるようになった子どもなら、ずいぶん小さい子でもできるということは、おどろきでした。

文庫の規約で、一ばん守れないのは、本を返す期限で、これは、文庫のはじまったころも、いまも変わりがありません。土曜日に借りて、翌日の日曜日に返しにくる幼い子が、たくさんある一方、勉強の多い、いまの小学上級生には、二週間というのは、あっというまにたってしまう時間のようです。しかし、この二週間を三週間にすると、みんなの待っている本が、いよいよもどってこなくなると考えて、いまだに期限は二週間にしています。）

○会費

（これは、最初の一年は「ナシ」でした。しかし、お母さんたちが心配してくださりはじめたので、二年めから、月二十円になりましたけれども、これも、面倒なので、二、三年して、やめになり、再び「ナシ」にしました。）

規則は、大体こんなところでしたが、それもきびしいものではありませんでした。本を返すのが、ひと月もふた月ものびてしまう場合のほかは、会員は、文庫のおとなたちから、あまりやかましいことはいわれません。

本を返すのが、ひと月くらいおくれると、その子の貸し出しカードは、自動的に「返すのがおそいひと」と書いた状さしにはいってしまい、それ以上、まだ知らん顔していると、そのひとの名まえが、紙に書いて貼りだされたり、催促の葉書がいったりします。

この最初の一年間に、文庫をひらいた日は、一〇四日で、利用した子どもたちは、のべ一一一六人でした。一日平均では、十一人弱ですが、夏休みなど、一日二人か三人という日があったことを考えると、にぎやかな日は、かなりたくさんきたことになります。

会員数は、一年のおわりには、七十一人になっていますが、文庫にこなくなっても、脱退とどけをするわけではないので、この数字は、まったくあてになりません。申しこんで、何回か来て、それきりという子もいますし、一度やってきても、漫画がなくて、スライドや映画をやるのが本分でないとわかると、さっとこなくなる子が、かなりいました。

しかし、私たちは、本だけは返すように、子どもたちにははっきりいいましたので、本はほとんどなくなりませんでした。そして、文庫にこなくなっても、私たちが、その子たちをわるい子と思っているわけではなく、また来たくなったら、いつでも歓迎することをわかってもらえるよう、道で会えば、気もちよくあいさつすることにしました。

　貸し出した本は、のべ一七〇八冊。ひとり一回あたり、一・五三冊。ただし、文庫で坐って読んでいった本は、この中にははいりません。

　また、最初の年にした催しは、

　三月一日　文庫びらき。お話とスライド。
三月二十九日　スライド。
六月十五日　スライド。
七月二十日　お話とスライド。
八月二十七日　映画会。

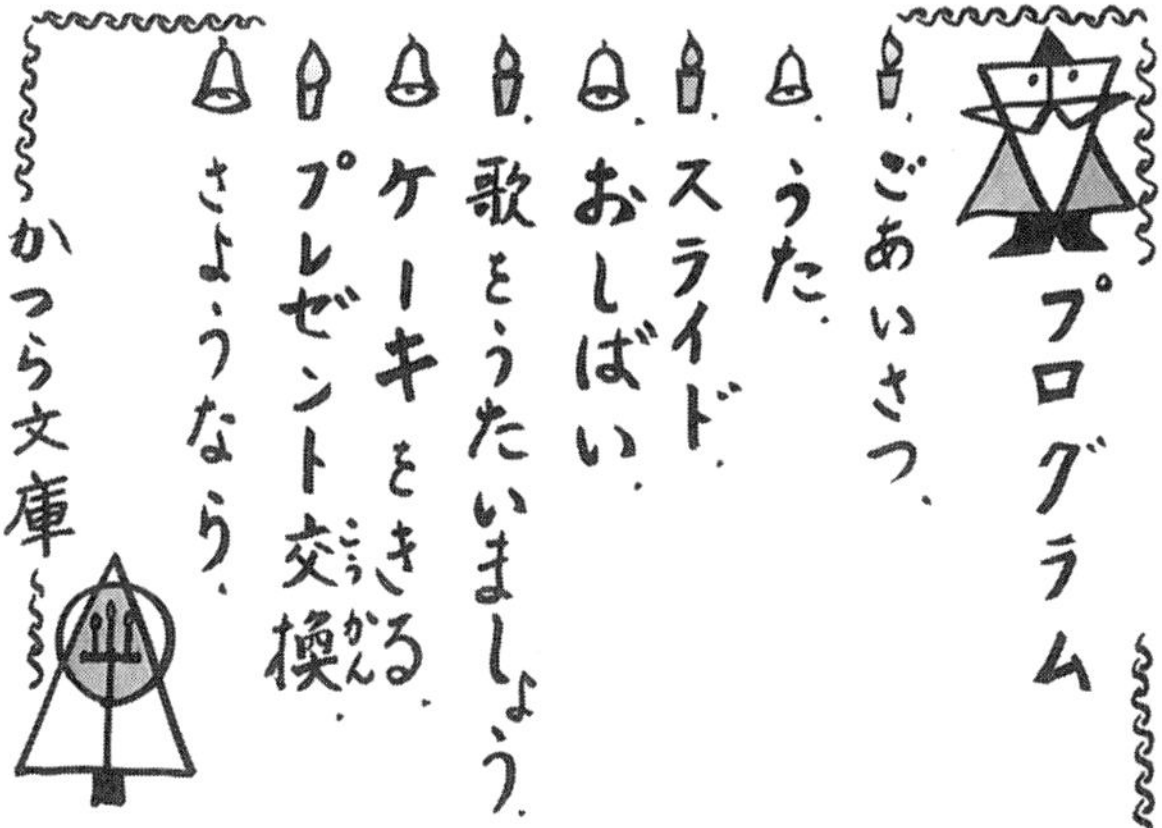
プログラム
ごあいさつ．
うた．
スライド．
おしばい．
歌をうたいましょう．
ケーキをきる．
プレゼント交換《こうかん》．
さようなら．
かつら文庫

さいしょのクリスマス．歌い，笑って，おかしをたべた．

(内容は、「イギリスの旅」「拾われた牛さん」。前者は、英国文化振興会から無料で借りだしたもの。後者は、映画会社からやすく借りました。こうしてお金をだしてフィルムを借りる場合は、一つの文庫だけで使うのはもったいないので、前にも書いた家庭文庫研究会の基金で借り、あちこちの家庭文庫へ大いそぎでフィルムと映写機をまわすので、せわ係りは、それこそ目のまわるほどいそがしい思いをしました。そしてまた、こういう場合、日本の映画会社や図書館に話をかけるよりも、外国の大使館や図書館に相談する方が、手軽にいいものを借りられることを知り、大いにこれらを利用しました。)

十一月二日　スライド。

十一月十六日　会員十二人が、ある大学祭へ遠足。

十二月二十一日　クリスマス。

プログラムは、お話、歌、幼い会員による「ちびくろ・さんぼ」の劇。おくり物交換。

(おくり物は、各自一つずつもってきて、交換する方式だったため、大混乱をきたしました。集まったおくり物を、クリスマス・ツリーの下につみあげ、くじびきで順番をきめ、選ばせると、どのおくり物をとろうかと決心をつけるまで、五分もかかる子どもがあって、それを待つ間、会員たちの興奮は絶頂に達しました。)

さて、文庫にとって一ばんだいじな蔵書が、この一年にどのくらい増えたかというと、文庫びらきの時には、三五〇冊だったものに、七七八冊が加わりました。この中には、著者や出版社から寄贈されたものもあり、買ったものもあり、私の蔵書から、必要に応じて、もちだしたものもあります。そのもちだした本の主要なものは、「岩波少年文庫」です。この文庫は、私が自分で編集したものなので、それをおしつけては、というみょうな遠慮もあり、また、ほかのはでな本のそばにおくと、じみに見えるところから、最初は、ごくやさしいのを四、五冊だしておいたのですが、それをどんどん読みはじめる子どもがあるのを見て、数をふやしていきました。

寄贈本のなかで、とくにありがたかったのは、カナダのオンタリオ地区の児童図書館員がおくってくれた四十何冊かのすばらしい本で、字のつまった本は、もちろん、子どもたちには読めませんでしたが、絵本は、本棚にだしたその日から実力を発揮してくれました。

しかし、この急にふえた七〇〇余の本は、全部、一度に文庫にならんだわけではありません。そのころ、文庫の本棚は、大体六〇〇冊でいっぱいになりましたので、私たちは、物おきに予備の本棚をつくって、季節によって本を入れかえたり、また、子どもたちの注文によってだしてきたりしました。

そしてまた、そのころは、的確に子どもをとらえる本はどんなものかを、私たちが今よりもはっきりつかんでいなかったため、どれを子どもたちが、「おもしろかったよ!」といってくれるかと、あれをだしてみたり、これをだしてみたりして、実験をしてみたということにもよります。

このことは、カナダから送られてきた、マーシャ・ブラウン絵の"The Three Billy Goats Gruff"や、ジオン作の"No Roses for Harry"のような本が、本棚にならべられると、英語であるにもかかわらず、すぐ実力を発揮するのにくらべると、まことにたよりない感じをあたえました。(この二冊は、後に『三びきのやぎのがらがらどん』と『ハリーはばらの花がきらい』という題で翻訳されました。)

しかし、このような模索をつづけながらではありましたが、子どもの借りだす回数の多い本は、なるべく本棚にとどめておくようにしながら、文庫の本にも分類が必要だとわかってきたのは、半年ほどしてからでした。

そこで、赤は絵本、青は外国の物語、黄は日本の物語、緑はその他(図鑑、歴史、地理、工作など)ときめて、図書館用具を売っている店で、色分けのラベルを買い、本の背の下部にはりました。そして、おなじ色のものは、おなじ棚にならべ、船の本のほしい子には、「緑色の紙のはってあるところをさがしなさい。」といえるようになりました。

また、本を返しにきた子どもにも、「おなじ色の本のあるところに入れておきなさい。」ともいえるようになりました。(この分類法は、「かつら文庫」では、七年後のいまも、不自由なく通用しています。）

さて、この一年にかかった費用は、大部分が図書費で、その他、雑費、人件費（実費）など合わせて、忘れずに帳面につけたものが、八万円ほどです。しかし、この数字も、会員総数と同様、まったくあてになりません。労力は奉仕が大部分ですし、寄贈された本は計算にはいっていません。しかし、これだけのお金は出ていったという金額です。

この一年をふりかえって驚かされるのは、子ども会的な催しが、じつに多いことです。これは、私たちがまだ、本だけで子どもたちをひっぱってゆく力がなかったことを示しています。しかし、そういうことは、自覚もしていず、子どもを読書にひっぱってゆくには、そういう中間的なことが必要であるように考えて、よく、「またそろそろ映画会をするころね。」などと話しあったものでした。

事実、子どもは映画がだいすきです。映画会の予告をはりだすと、ふだんあまり来ない子までが、どっとやってきます。そして、会のあとも、定期的にやってきたりするのを見ると、私たちは、効を奏したと喜んで、また少しすると、いそがしい思いをして、フィルムを借りにかけ歩いたりするのでした。

また、ごくはじめのうちは、さまざまな年齢の子どもたちを静かにまとめておく手段として、絵をかかせたり、折り紙をさせたり、本を読んでやったりしました。折り紙は、ごく自然に、すぐ姿を消し、絵をかくことも、二年後にはなくなりました。いまも残っているのは、声にだして本を読んでやることです。

そして、この本を読むことは、文庫のつづくかぎりつづくでしょう。なぜかというと、本を読んでやることと「お話」の二つこそは、子どもを本に結びつける最善の方法であることが、私たちにわかってきたからです。

二年め(一九五九年)

私たちの手もとにある「かつら文庫」の記録のうち、この年のが、一ばん手うすです。私たちが、身辺多事だったからです。そこで、文庫の仕事をするためにとっておくはずの時間も、新刊書に封筒をはり、そこにつけるカードつくりなどをするといっぱいで、メモなどをつけるというほうには手がまわらなかったようすです。

一九五九年三月には、ともかくも、文庫や私たちになじんでくれた子どもたちと、一年をすごしたというので、おひなさまをだした機会に、その日来た子どもたちといっしょに、満一年の記念写真を写しました。

この三月に、子どもたちから、いつのまにか「文庫のおねえさん」という名をつけられていた狩野さんが学校を卒業し、やがて、およめさんとして、私の家から出ていきました。そして、その後も、土、日を泊りがけで、文庫に通ってきてくれました。また新

二どめのひなまつり．子どもたちが，一つ一つ，かざってくれた．

しく、私といっしょに住みはじめた日本女子大児童科の学生、堤督子さんも、この年の後半、文庫を手つだってくれました。

この年に、前年よりもはっきりやりはじめたことは、これまでよりもながいお話を、つづきもので読むことでした。大きな手ごたえのあった一つの例は、いまは『エルマーのぼうけん』という題で日本語になっている、アメリカの幼年むきのお話です。毎週、日曜日の午後、一章ずつ話してやったのですが、「今週はここまで。」というと、子どもたちは、

「ずるいや、ずるいや。」とふんがいするほど、この本は、六、七、八歳の子どもをひきつけました。

また、文庫をひらいた時からだしてあったアメリカの絵本、クレール・ビショップ文、

クルト・ビーゼ絵の"The Five Chinese Brothers"(『シナの五にんきょうだい』)や、ワンダ・ガアグ作の"Millions of Cats"(『一〇〇まんびきのねこ』)も、いぜんとして、子どもたちがあきずに、「これを読んで！」ともってきますし、バージニア・リー・バートンの"Choo Choo"(『いたずらきかんしゃちゅうちゅう』)という絵本は、断然、幼い男の子にたいして魅力を発揮しました。Hちゃんという子は、これを八回も借りだしたほどです。

岩波書店から出ている一連の絵本、「子どもの本」シリーズも、たいへんこのまれましたが、子どもに威力を発揮する本が、ほとんど外国だねのものであることは、私たちを考えさせる材料になりました。

貸し出しカードにも、子どもの名まえが、だんだんつみ重なってゆくにつれて、どうやら「かつら文庫」の基本図書ともいうべきものが、生まれかけたらしいのも、たのしみでしたし、ひとりの子どもの読書歴が、だんだんにたどれるようになったのも、はげみになりました。

子どもが、小学上級になっていると、その子の変化は、それほど目に見えませんが、五、六歳から小学二、三年にかけてたどってゆく道すじは、私たちには、たいへん興味がありました。

つまり、やさしい絵本のあいだをあちこちさまよい歩いてから、やさしい昔話、または、はっきりした筋のある創作にぶつかると、ぐんぐん読書力がのびてゆくように思えたのです。

この年も、文庫は無休。文庫を開いた日は、一〇二日で、利用者は、のべ一三六一人。一日平均では、十三人強でした。

この年のクリスマスには、堤さんという助だちがあったので、おとな三人で「三びきのこぶた」の人形芝居をしました。お手伝いにと、いく人かのお母さんも来てくださったのに、台所や廊下に立っていていただくほどの盛況でした。

催しごとは、ぐっとへって、三カ月に一ぺんくらいになりました。

また、この年、家庭文庫研究会では、子どもの本の貸し出しセットをつくって、地方で文庫をしている人たちに、巡回することをはじめています。そうした本を選ぶ上にも、私たちの文庫での経験は、大いに参考になりました。

また研究会では、つづけて会報を出すと同時に、一九五九年の九月には、東京近辺で文庫をやっている会友と寄りあって、懇談会をし、それぞれの地区でどんなことをしているか、どんなことで助けあえるかを話しあいました。しかし、まだまだ私たち自身、子どもと読書の問題について、はっきりした技術をもちあわせていなかったそのころ、これは、はげましあいの会といった感がありました。

また、慶応図書館学科のいく人かの学生さんに、世田谷の「土屋文庫」、やはり土屋さんのやっていらっしゃる、築地の「入舟文庫」で、実習をかね、子どもと本のめんどうを見ていただくことをはじめました。下町の「入舟文庫」は、住宅地にある「かつら文庫」とちがって、さまざまな読書以前の問題が山積していて、学生さんたちをなやましました。

三年め（一九六〇年）

文庫の満二年がくると、二代めのおねえさんの堤さんは、学校を卒業し、幼稚園に就職してゆきました。そこで、一代めの狩野さんには、赤んぼうができて、もう通ってこられなくなりました。そこで、三代めとして、田辺梨代子さんが来てくださることになりました。

こうして、主となって文庫に坐って、子どもたちがくると、「こんにちは、何々さん」「さようなら、何々ちゃん」といってせわしてくれる人が、一年に一度くらいかわっても、それほど不都合はないように、そのころ、私は思っていました。

しかし、いまから考えると、これは、たいへんな損失だったのです。というのは、子どもや子どもの本というものは、見かけほど理解しやすいものではないからです。こちらの心をひらいて、時間をかけて観察しなければならず、また自然のうちにのみこむという部分も多いからです。

文庫の基礎のかたまりかけたころ、田辺さんが来て、それから五年、おねえさんがかわらなかったことは、「かつら文庫」にとっては、大きなしあわせでした。（そして、それは記録の上に、だんだんはっきりと出てきます。）

これは、子どもの側からいえば、安心できる人がいつもそこにいてくれることですし、安心できてはじめて子どもは自由にほしいものに手をのばし、正直な反応を私たちに見せてくれるからです。また、おとなのがわからいえば、経験は積み重ねになって、またつぎの段階に進むことができるのです。

それから、もう一つ、田辺さんになってから変わったことは、いままで「かつら文庫」のおとなは、いつも文庫に住んでいるものばかりでした。そこで、文庫の近くの子どもは、遠くの子どもよりも、どうしても私たちに親しい気もちをもっていました。

おねえさんの声につれて，心は遠い世界へ．

ところが、今度は、文庫のおねえさんも、よそから通ってくる人でした。そこで、いままでは、何となく友だちの家へ遊びにくるような気分の子どもや、全然そうでない子どもがいりまじっていたのが、ここで一様に、文庫は「本の場所」という、いわば公共的な雰囲気に変わりました。おもしろいのは、こうしたことが、すこし遠いところ――歩いて二十分くらいの距離――からの子どもがふえるという結果になってはねかえってきたことです。

この年度のはじめごろ、くる子どもは、一日に十四、五人。この年は、まだ夏休みも、田辺さんと私と交替で、文庫を開いていました。

田辺さんは、せっせと子どもに本を読んでやりはじめました。

この年の四月に、友だちにつれられて、すこしはなれた小学校に通う、ある女の子が来はじめましたが、すこし文庫に通ううち、見る見る読みはじめ、九月ごろには、日曜日ごと、文庫のあくのを待ちかねて、午前ちゅう読みふけるようになりました。類は友をよぶで、まもなく、三、四人、おなじような傾向の子どもが出てきました。こういう子どもたちは、それまで、私たちと何の顔なじみもなかった子どもです。

十月には、一日平均、十七、八人になりました。新会員が、またふえました。

十一月には、一日平均、二十二人。もうこのころには、文庫で遊ぶ子はいなくなりました。小さい子は、さわぎたくなると、庭に出ていくものと思いはじめたようです。これは、それまでのあいだに、だんだんそうなってきたということもありますが、本に熱中できる子どもの影響も大きかったろうと、私たちは思っています。

このころ、私が、となりの区の小学校のPTAにいって話をしたことから、熱心なお母さんが五、六人、見学に見え、ぜひにということで、その人たちの子どもが四人、会員になったことがありました。お母さんたちの「何か勉強させたい」という考えのはいった子どものグループ入会は、「かつら文庫」では、これがはじめてでした。しかし、この子どもたちは、三、四カ月すると、勉強がいそがしいからという理由でやめました。

私たちは、内心ほっとしました。「かつら文庫」では、本を読んでやることも、また子どもたちが本に読みふけることも、まったく臨機応変、その時どき、自分たちで処理するのですが、何か、「さあ、来ました。どの本読むんですか？　何の話してくれるんですか？」というように、こちらのさしずを無意識にも期待されると、私たちはおちつけなかったのです。

この年のクリスマスも盛会でしたが、前年の例にこりず、まだおくり物は交換する方法でやりました。そのため、気にいらないものに当たった子は泣きだしたりして、人さわぎしました。

この年度、文庫を開いた日は、一一二日で、利用者は、のべ一四七〇人。一日の平均は十三人強で、一日の貸し出し平均は、二〇・六冊でした。

この年は、家庭文庫研究会も、大きく前進した年でした。

研究会は、だんだんふえてゆく会友たちへの会報の発行、また新しく文庫をつくる人たちへの本の寄贈、貸し出しセットの補充など、前とおなじようにつづけていましたが、そろそろ、お金を使うだけでなく、つくることを考えなければならない段階にきていました。

そこで、寄り寄り、案をねるうち、「かつら文庫」の子どもたちがたのしんだ外国の絵本を、日本で発行することはどうだろう、そうすれば、私たちの文庫にくる子どもだけでなく、ほかの日本の子どもたちにすぐれた絵本を紹介することになり、また日本のおとなに、そういう絵本のあることを知ってもらうことにもなり、さらにまた、私たちの基金をふやすことにもなる。研究会にはふさわしい事業ではないだろうか、ということになりました。

そこで、数年前から絵本の出版に熱心に当たっていた福音館書店に働きかけ、翻訳権をとることや、翻訳、編集をすることを研究会でうけもち、製作、販売は福音館でしてもらうという約束のもとに、『シナの五にんきょうだい』『一〇〇まんびきのねこ』が、一九六一年一月に出版されました。

これは、家庭文庫研究会のような小さな団体にとっては、まったくの冒険で、私たちは、この二冊を背負って歩いても売るつもりでした。が、三十年も前に出されて以来、ずっと米英の子どもに愛されてきて、またこれを英語の本で見た文庫の子どもたちさえ喜んだ絵本が、ほかの日本の子どもたちにも迎えられないはずはないと、私たちは考え

だれもこないうちに一番乗りして，ほしい本をさがす．

たのでした。そして、その考えは、まちがっていなかったのです。

こうして単行本の絵本が日本でも出現し、それ以来、日本の絵本出版にたずさわる人たちの考えがかなり変わってきたことを考えると、この年、家庭文庫研究会が子どもの本の上に果たした役わりは、かなり大きかったのではないでしょうか。

四年め（一九六一年）

メモで見ると、まだ映画会のようなことを、ごくたまにではありますが、やっているのには、おどろかされます。

この年はじめて、「かつら文庫」は、八月の前半、夏休みをとりました。

十一月に、近くにある、ある会社のアパ

ートから、幼い子がどっとはいってきました。

それまでも、すぐそばにありながら、この大きなアパートから、ほとんど子どもが来ないことを、私たちは、とてもふしぎに思っていました。だれかが先にやってみせないと動けないという心理かもしれません。

この秋から冬へ、私は、三カ月の海外旅行をしました。カナダのトロント市立公共図書館の児童部でおこなわれたストーリー・テリング大会を傍聴する序《つい》でに、ほかの諸国もまわったのです。

十二月末、帰ってきてみると、田辺さんは孤軍奮闘して、にぎやかなクリスマスを準備して待っていてくれました。五十七人の子どもで、私の家は、ぎっちりいっぱいになりました。

この年度は、学齢まえの子が、多数ふえ、そのため、貸し出しカードに名を書くことを、代りにしてやったり、その他の文庫のきまりをのみこませることで、田辺さんの仕事は倍加しました。しかし、幼い子の変化は、目に見えるので、たのしみもまた大きかったわけです。

たとえば、三分のお話もじょうずに聞けない子どもが、じきに五分、十分と、ながいお話にじっと耳をすますようになれるのです。

この年は、夏休みをしたので、文庫を開いた日は九十九日。利用者は、のべ一二九九人。一日の平均十三人強。貸し出し冊数は、のべ二三五五冊、一日の平均では、二十四冊でした。

この年、家庭文庫研究会では、前年につづいて、また福音館との協力で、絵本を出しました。『いたずらきかんしゃちゅうちゅう』と『アンディとらいおん』です。こうして、文庫の子どもたちが好んだ本が、また二冊、ほかの日本の子どもたちの手にわたるようになったのです。前年の二冊も、この年の二冊も、一九六五年現在、つづけて刷られています。

五年め(一九六二年)

この年のはじめごろから、「かつら文庫」では、本を借りると、どんどん帰る子が多くなってきました。そのため、本を読んでやる機会が少なくなって、勉強のチャンスがなくてさびしいと、田辺さんがいうほどでした。

そこへまた、六月ごろ、学齢まえの子どもが、どっとはいってきて、日によると、保育園さながらの観を呈しました。お昼になっても、小さな子が帰らないでいるので、注意すると、「ママが、デパートにいったから、ここで待ってるんだよ」というようなぐあいです。

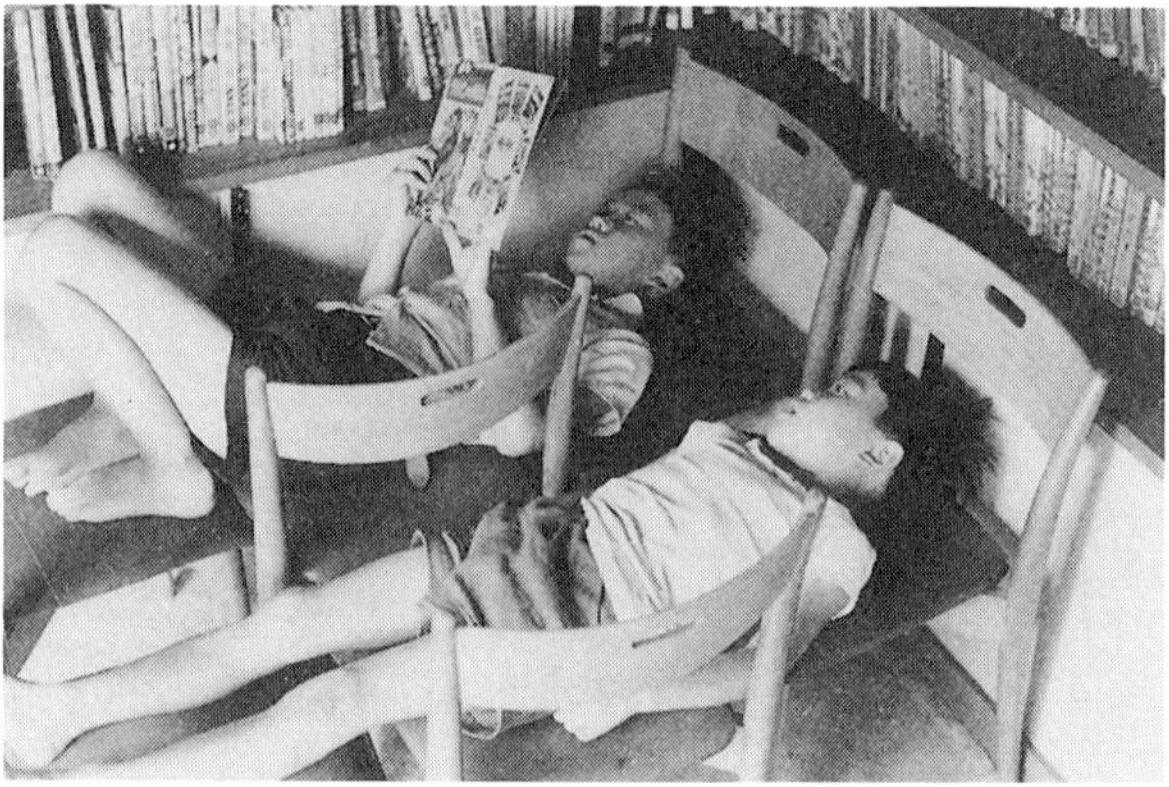

朝のうち，ゆっくりと一人が朗読し，一人がそれを聞く．

こういうチャンスを捕えて、田辺さんは本を読んでやりました。

この年から、はっきり夏休みをとりました。そのかわり、夏休みまえには、いつもの制限をこえて、たくさん貸し出すと貼り紙しますと、大きなふろしきをもってきた子もいました。

秋の貸し出しは、目に見えてふえました。

クリスマスの申しこみは、じつに七十人。体が小さいので、二部屋に、ともかくもつめこみましたが、よくもはいれたと、おとなたちは冷汗をかきました。

おくり物は前年にこりて、五十円を徴集し、こちらで用意したので、子どもたちは、大満足でした。ただ、それぞれの子どもに合う物を用意したおとながわは、その分くたびれましたが。

クリスマスのプログラムは例年、歌、クイズ、ゲーム、かんたんな劇、紙芝居やお話、おくり物などですが、こういう会が、子どもたちにどんなにたのしいものかは、十二月になると、「クリスマス、いつ?」ととびこんでくる子どもがあることでもわかります。そのため、ほかの催しものは消えてなくなったいまでも、これだけはつづいています。

この年の後半から、一日に三十五人前後の子どもがやってくる日曜日が、ちょいちょいあるようになりました。

この年、文庫をひらいた日は、九十二日。利用者は、のべ一三八六人。一日平均の利用者、十五人強。貸し出し総数は二九四二冊でした。一日の平均では、三十二冊強です。

この年、「かつら文庫」の子どもたちに、三年ごし、ガリ版刷りの本で愛読されていた中川李枝子さんの『いやいやえん』が、ちゃんとした本として出版されました。これも、文庫の子どもたちの反応が、出版を促した例でした。

クイズは，クリスマスの人気プログラム．

六年め（一九六三年）

「きょうは、ちょっと繁昌したわね。」などと冗談をいいながら、子どもたちが帰ったあと、子どもたちが名まえをつけていったノートを見ると、三十五人、三十七人という数字の出ている日が、ちょいちょいあるようになりました。ウィークエンドを返上しての仕事なので、おとなたちが少々くたびれてきました。

そこで、この年度から、月のうち、第二、第四の日曜日をぬくことにしました。これが、幼い子にのみこめるまでがたいへんで、日曜の朝、ちょっとのんびりしようとしていると、木戸のベルが鳴り、「早くあけてえ！」という声がかかって、がっかりすることがしばしばでした。

新学期には、大きい子、幼稚園組、ともに新会員が、どっとふえたので、そろそろ、新しい会員をふやさないように心がけようと、本気に考えだしました。日によると、三人も四人もの子どもたちが、「このひとも来たいんだって。」と、友だちをつれてくるようになったからです。

部屋の面積やこちらの精力にも限度があり、「もうすこし待ってね。ひっこす人があったら、知らせるからね。」とことわらなければならないのは、まったく残念でした。

これこそ、うれしい悲鳴というものなのでしょうが、これが私たちの本職だったら、どんなにかうれしいことなのにと、田辺さんと話しあいました。

四月に、勉君(三歳)が、にいちゃん(五歳)といっしょに、みそっかすとしてはいってきましたが、これは、いままで来た子どもたちのなかの最年少で、私たちには、よい勉強材料になりました。

この年も、夏休みをとりました。夏休みまえに本を借りに来た子は、六十四人で、その時の貸し出し冊数は、二八二冊でした。いつも本のはみだしている本棚が、久しぶりですっきりなりました。

夏休みまえまでには、月二回の文庫のお休みは、小さい子にまで徹底して、第二、第四の日曜日に「あけてぇ!」ということはなくなっていました。

十一月、十二月の一日平均の利用者は、三二・五人。ある日などは、四十六人の子どももがやってきました。

クリスマスには、いかに体が小さくとも、とうとう一日ではつめこめなくなり、年齢に応じて二組に分け、二日にわたってお祝いをしました。物価があがり、五十円ではおくり物が買えなくなり、一挙に二倍に値あげしましたが、百円でさえ、たのしいおくり物を見つけるのは、むずかしくなりました。そのため、おとなたちは、足を棒にして歩きまわりました。

幼年組のクリスマス．H君がむずかしいクイズの問題をだす．

また、年齢によって組分けしたため、だし物も二様にしなければならないという苦労がふえましたが、子どもたちの喜びようは、それをおぎなって余りがありました。

お正月休みも、土、日を一回ずつ休むことにするというように、おとなたちは、だんだんずるくなりました。

冬休みをするむね、貼りだしますと、お休みまえに借りに来た子は、四十七人で、貸出し冊数は、八十八冊でした。

この年の半ばから、文庫のこまかい仕事が急激にふえ、田辺さんだけでは手におえなくなりました。一つには、幼い子がふえたため、カードの出し入れにも、手を貸さなければなりません。また一日分の貸し出しカードが、何十まいにもなるので、返しに来た時、幼い子は、そこから自分のをさがしだすのが、容易でなくなりました。その子がさがしているうち、またべつの子も、そのカードのなかから、自分のをさがそうとして、混乱します。また、会員が多くなったので、子どものおもしろがる本は、二冊、三冊と副本を用意して、それにも封筒を貼ったりして、カードを用意しておかなければならないこと等で、どうにも処理できなくなったのです。そこで、土曜日の午後だけ、慶応図書館学科の学生、種田有子さんを応援にたのむことになりました。子どもたちは、田辺さんのわきに坐っている、この「土曜日のおねえさん」にすぐなじみ、クリスマスは、種田さんのおかげで大助かりでした。

この二、三年まえから、児童文学を勉強する若い学生さんたちが、子どものじゃまにならないという条件で、時どき、本を借りにきていました。その人たちのうち、クリスマスの劇の背景描き、人形つくりを手つだってくれる人が出てきて、これもありがたいことでした。

この年度のおわりに、はじめてこちらから出かけていって、いく人かのお母さんに、子どもたちが文庫から借りだす本を、どんな時に、どんなふうに読んでいるかを聞きました。もうこのころまでには、「かつら文庫」の性格ものみこんでもらえ、学習塾のようなものを期待されることはないだろうと考えたからです。お母さんたちも喜んでくださっていて、子どもたちも、「文庫のある日は、うれしい日」などといっていることを聞き、うれしく思いました。

「文庫のある日は、うれしい日！」
これは、子どもたちがお母さんたちに
もらしてくれたことばであった。

その足どり、笑い声。
それを、子どもたちが知らない間に、
カメラがとらえてくれた。

休みを多くしたので、六年めの文庫を開いた日は、ぐっと少なくなり、七十日。利用者は、のべ一七七九人。一日平均では、二十五人強でした。本の貸し出しは、のべ四一二三冊、一日の平均は、五八・九冊になりました。

文庫は、本を読みにくるところ、借りにくるところということが、すっかりのみこめてもらえた感じです。

しかし、べつの意味で、問題もおこってきました。文庫がうまくゆけばゆくほど、文庫のおとなたちの負担は大きくなります。生活の心配もなく、ほかに仕事がないのならば、それもいいのですが、私たちの場合、そうではなかったので、家庭文庫研究会でも、会合のたびに、それが問題になりました。家庭文庫は、やる以上、いい仕事にしなくてはなりません。けれども、どの程度までやり得るか、これをくり返し話しあいました。そしていつも、結局、公共図書館と結びついた時、いろいろな問題(本や人力の補充とか、子どもたちへの働きかけ方などの本式の勉強とか)が、かなり解消されるのではないかというところにおちつきます。

それとは、べつに、家庭文庫研究会では、この年も、かなり思いきったことをやりました。慶応の図書館学科を終えたのち、アメリカの図書館学校を出、ニューヨークの公共図書館で働いてきた経歴のある間崎ルリ子さんを、研究会の相談役にたのんだのです。日本の公共図書館には、こうして、りっぱに技術を習得し、実務の経験ある人たちを、うけ入れる場所がなかったのです。もちろん、間崎さんは奉仕を覚悟で、研究会にけいってきて、一週間に三日働いてくれたのですが、これが、将来、日本の子どもの図書館活動の上に、大きな実りになることだということは、いまから数年したら、いっそうはっきりしてくるでしょう。間崎さんは、私たちの家庭文庫をまわって歩いて、子どもたちへの接しかたを示してくれ、外国では、児童図書館員には必須の条件となっているストーリー・テリングの講習を、定期的にはじめてくれました。

この講習はまた、東京の公共図書館の児童部員のあいだでも、間崎さんを中心に同時にはじまっていましたから、彼女の仕事は、期せずして、公共図書館と家庭文庫とのあいだの橋わたしにもなったわけです。世の中のあちこちで考えていることが寄りあって、一つ方向に流れだすという時期になっていたのかもしれません。

七年め（一九六四年）

文庫は、ようやくしっかりしたレールの上を動きだした感じです。

いままでは、私たちも、何か、はじめからこうだったような気さえするのですが、土、日に、文庫にはいってくる子どもたちが、まったく「自分たちの場所」というように、その子、その子で自由な、ゆとりある顔でやってくるのを見ると、やはり、私たちもか

まじめな顔をして，何の相談？

なり遠い道をやってきたなと思わずにいられません。

この年の四月、文庫の子どもたちが、ひとりのこらず知っている『ちいさいおうち』や『いたずらきかんしゃちゅうちゅう』の著者、バージニア・リー・バートンが、文庫をたずねてくれて、子どもたちは、壁いっぱいにすごい恐竜類を描いてもらい、四歳の勉君までが大興奮の極に達し、彼女が一連の絵を描きおわると、「あーあ、くたびれた！」といいました。そして、「こわくない恐竜のお話書いて。」と、彼女に注文したのでした。

この年も、夏休みをたっぷりとりました。夏休みまえに本を借りにきた子は、七十三人で、貸し出しは、三二二冊でした。

この秋、文庫のおねえさん、田辺さんが結婚して、家が遠くなり、毎土、日を通ってこられなくなりました。そのすきを、「土曜日のおねえさん」のお手伝いだけではうめられなくなり、やはり結婚して幼稚園をやめていた堤さんが、種田さんにかわって、田辺さんとふたりで、交互に文庫を見てくれることになりました。

この年のすえには、会員はいよいよ文庫に満ちあふれ、年少組と小学上級生が、二組に分かれてクリスマスを祝い、中学生二十人は、しずかにおとならしく新年会をしました。

冬休みまえに貸し出した本は、五十二人にたいして二二〇冊でした。

なお、この原稿を書いている、文庫の七年めのおわりごろの会員数は、一三〇人です。この数は、もう一年めの時とはちがって、かなり確実なものです。ちょいちょいくる子、間遠にくる子のちがいはありますが、みな、私たちが親しんでいる「文庫の子どもたち」です。

その内訳は、年齢別・性別で分けてみますと、このようになります。

年齢＼性別	男	女	計
学齢前	7	7	14
小一	9	7	16
小二	7	9	16
小三	7	18	25
小四	2	11	13
小五	5	5	10
小六	9	3	12
中一	9	8	17
中二	0	6	6
中三	0	1	1
計	55	75	130

私たちにとっては、これは手ごろか、それをちょっと越えた人数です。これくらいですと、この子どもたちが、一日にどっとおしよせてくるわけではありませんから、まず、一人一人をそまつにしないでつきあえます。けれども、これ以上になると、混乱がおきるでしょう。部屋がせまくて、はいりきれなくなること、おとなの目がゆきとどかなくなること、そのため、子どもがおちつかなくなることなどが、その原因です。しかし、ほんとうなら、一冊のいい本は、できるだけ大ぜいで利用する方がいいのですから、こうして人数を制限しなければならない個人の文庫は、その点でも矛盾があります。

この表のなかで中学一年生が多いのは、中学にはいる時、受験の心配をしないで、読みつづけていた子と、五、六年で、「お母さんに、もう受験勉強しなくてはいけないといわれたから。」といって、一時、文庫をやめ、受験がすんで、またもどってきた子が合流したことがうかがえます。

しかし、「かつら文庫」は、最初から、大体、小学六年くらいまでを目標においていたので、いまでは、大きな子どもたちの本もたくさん補充しなければならないところに来ています。

最初、戸棚だった本棚の上の袋戸棚も、このごろは本に侵蝕されて、本棚になってしまいましたし、東側の窓の上の壁には、棚をつって、本をのせるようになりました。大きい子なら、手をのばせば、ここでも取れるからです。

こうして、「かつら文庫」の七年は終わろうとしていますが、この年度には、家庭文庫研究会も、大きな変化を迎えました。一九六四年の十二月で、発足以来七年余のこの会も、解散をきめたからです。

けれども、これは、会の仕事がしぼんでおしまいになったというのではありません。会は、絵本の発行が順調にいっているので、かなり定まった収入もあるようになったのですが、これまでに何度かふれたように、個人の家庭のなかの仕事には、限度があるという事実につきあたったからです。

みなちがっている，大ぜいの子ども．

東京にいて、本の選択の便もあり、私たちのように、文庫の観察が、そのまま、自分の勉強に役だつという立場の人間にはいいけれども、地方で、縁がわの片すみに本棚をおいて、近所の子どもたちと本を読んでいる人、団地の一室でやっている人、こういう会友たちには、はげましのことばだけでは役にたちません。そういう人たちには、その地区地区の公共図書館と結びついて、じっさい上の手つだい、つまり本の供給とか、本の読ませ方の指導とかを受けていただかなければならないという結論にたどりついたのです。それには、まず、私たちが東京の公共図書館の児童室の人たちの勉強に合流して、そこから日本全体の児童図書館の組織に流れこむ水路をつくりあげていかなければならないのです。

これは、研究会の初代の会長村岡花子さん、つぎの会長土屋滋子さんのもとで、私たちが、各自の文庫をつづけながら定期的に話しあってきたこと、また、間崎ルリ子さんが、公共図書館の中の児童図書館研究会と家庭文庫とのあいだに立って考えたことから生まれた結論で、やはり、日本の子どもの自由な読書、ひいては、子どもの本の出版にも、これからかなりの影響をおよぼすところがありはしまいかと考えます。

また私たちに、大きな希望をいだかせてくれたのは、間崎さんとおなじく、アメリカで、児童図書館員としての正規の訓練をうけ、アメリカでも優秀な活動をしていることで屈指の、ボルティモア市立公共図書館で働いてきた松岡享子さんが、一九六四年、ついに日本の公共図書館の児童室に仕事を見つけることに成功したことです。四年ほど前に帰国した間崎さんには閉ざされていた窓が、それから二年して帰国した松岡さんには——日本じゅうで、たった一つの窓ではありましたが——開かれたのです。それは、大阪市立図書館の児童室です。

このことは、日本の子どものための図書館活動も、とうとう動きだしたという感を私たちにあたえないではおきませんでした。

いま、家庭文庫研究会の元会員たちは、こうして各自の文庫をつづけながら、公共図書館の人たち、地方にある家庭文庫の人たちといっしょに、いっそう広いところに出て、一九六五年度を歩きだそうとしているところです。

2　子どもたちの記録

子どもの好奇心

いま「かつら文庫」にくる子どもたちは、かなり熱心に本を読みます。前の章にも書いたように、ずっと前には、本を読みにくる子ばかりではありませんでした。そういう子どもが、文庫にくるのには、仲のよい友だちがいっているからとか、あまり叱られない、遠慮のいらないところだからとか、相手にしてもらえるからとか、いろいろ理由があったでしょう。

そして、この理由はどれも、子どもを相手の仕事をする場合には、たいへんだいじに考えなければならないことだと思います。

子どもは、おとなとちがって、まだ本能的な力に動かされている部分が多いのですから、自分のためになるからとか、ひとへの義理などでは、何かをほんとにすきにはなれないのです。しかし、また、子どもは、自分に快いもの、ほしいもの、好奇心をおぼえるものへは、自然に手をのばす力ももっています。ですから、自分が認められ、安心でき、友だちもいるようなところなら、自分もいってみようということになります。

「かつら文庫」は、まず最初は、遊ぶところとも、友だちとの寄り合い場所とも、子どもには見当のつかないところから発足しました。ですから、「本の場所」になるまでには、いくらか手間がかかったかもしれません。私たちは、首になわをつけて、「本を読みましょう！」といって、坐らせることはしたくなかったのです。

しかし、その手間をかけているあいだには、子どもについて、いろいろ学ばせられる機会があり、本と子どもを結びつける上にも、大いに役にたってくれたと思います。

いまでも子どもというものを考える時、おかしく思いだすのは、文庫をひらいて、半年ほどのあいだ、子どもたちが、いれかわり、たちかわり、私の家の便所を使用したことです。

文庫をひらこうとして、子どものくつぬぎ場所は、傘おき場は、などと工夫していたころ、ある人から、「便所は、絶対に使わせないほうがいいですよ。」と忠告されました。しかし、本を読みはじめて、おしっこをしたくなった子に、「家へ帰ってしていらっしゃい。」とは、それこそ絶対にいえないことですし、いってはいけないことだと、私は思いました。

そこで、文庫のすみに小さな便所をつけたのですが、文庫をはじめてみると、そこをたてつづけに使っていると、はた迷惑だということがわかってきました。しぜん、私たち用のを使ってもらうことになりました。すると、たちまち、そこにおすなおすなの行列ができました。ひとりがゆくと、わたしも、ぼくもとつづくのです。

　また、そのついでに、すぐわきの台所の水道のまえにも行列ができました。子どもは、おしっこが近いと聞いてはいましたが、こんなに水をのんでは、おしっこをするものかと、びっくりしました。

　ところが、この便所のまえの行列は、半年ほどすると、うそのように解消され、あいかわらずつづいているのは、「水のましてね。」という子どもたちです。が、これも、はじめのころほど多くはありません。

　つまり、知らない家へ、「本があるから読みにおいで。」とよびこまれた子どもたちが、どのくらいの好奇心でくすぐられていたか、のちになって、私たちは思いいたったのです。

「この家には、どんな人間が、いく人すんでいるのか？　家のかっこうは、どうなっているのか？」等々について、無意識のうちに子どもたちの心と体はくすぐられ、だれかが便所にいったとなれば、たちまち、自分もいきたくなってしまったにちがいありません。

　では、半年たち、一年たって、新しく文庫にはいって来た子どもたちが、なぜそれと

いろいろな姿勢で耳をすます．

おなじような反応をおこさないかといえば、すでに文庫には、すっかり警戒をといた子どもたちが、平気な顔をして本を読んでいたからだろうと思います。

　町や村の子どもが、だれでも自由にいって、棚からすきな本をとりだしてながめ、登録さえすれば、きまった数の本は当然のこととして借りだせるという児童図書館組織が、日常茶飯事になっていない日本のようなところでは、子どもに本を読んでもらおうと思う時、まずおとなは、子どもの気持をのみこむところからはじめなければなりません。

　こうして子どもたちについて学びながら、私たちは、子どもを本の方へさそっていこうとしたのですが、それでも、「本はいいものですよ。ためになりますよ。」といったことは、いままで一度もありません。

　そのかわりに私たちがしたのは、部屋のようすをたのしくすること、きた子は、喜ん

「かつら文庫」版の紙芝居を見る.

で迎えること、本を読んでやるということでした。

部屋には、できるだけ季節感をもたせるように、PR雑誌に美しい風景写真などがあると、文庫用に切りぬいて、飾りました。三月には、ひなを出し、五月には金太郎人形をおきます。いくつかのおもちゃも、さりげなく本棚にだしておいたりします。それも、なるべく手づくりの、子どもがいじっても、こわれないものにしました。こうしたおもちゃが、子どもの心をほぐす度あいは、数字や計算では出てきませんが、出てきたら、おもしろい結果が見られたろうと思います。

年じゅう出しておく、ソ連みやげの入れ子人形や、足に磁石のついた小鳥などは、多くの子どもたちには、文庫にくれば、一

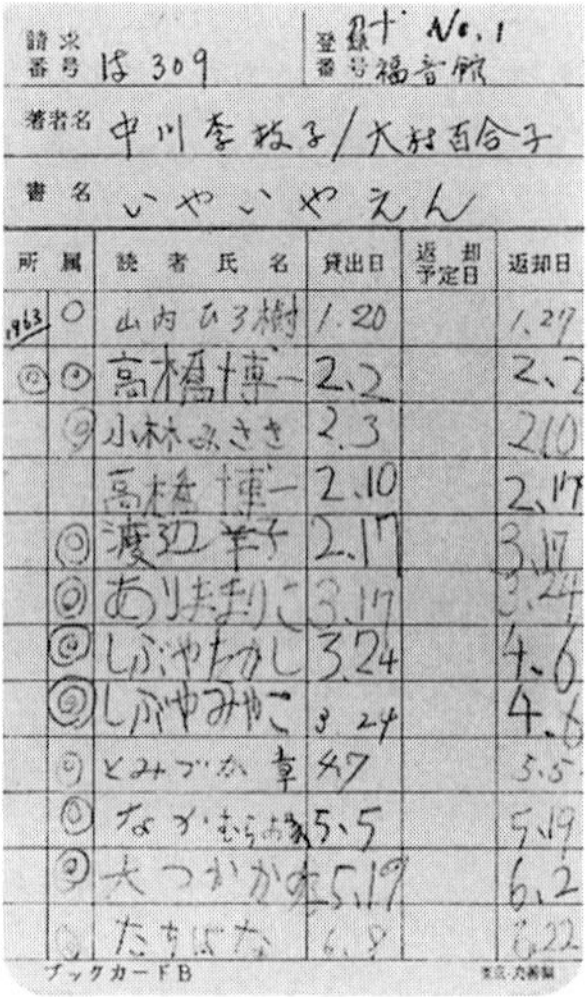

『いやいやえん』の貸し出しカード.

度はさわるものになっています。スチールの本箱にとまらせてあった小鳥は、あまりみんなの手でかわいがられたので、尻尾の毛からぬけはじめ、最後にはあわれなはだかっ子になりはてました。

見ていると、子どもたちは、本を選びながら、無意識のように、ちょっと小鳥をつまみ、べつのところにとまらせるのです。子どもたちが帰ったあとを掃除しながら、「あれ、小鳥はどこへいった?」と思ってみると、じつに思いもつかないところにとまっていることがあります。入れ子人形も、手さぐりで入れたり、だしたりしながら、本を読んでいる子がいます。

こうして七年めの「かつら文庫」では、子どもたちが、心をほどいてやってきてくれ、私たちにも、子どもがいよいよおもしろくなってきたところです。

いろいろな子どもたちの読書リスト

文庫の子どものなかには、いろいろな子どもがいます。

力づよいものをもって、ちょっとやそっとのことでは負けない子。

小さいうちは、のびのびしていたのに、周囲の事情から、貝がフタをとじたようになってしまった子。

圧力をさけて、べつの世界——たとえば、本——に逃げこんでしまった子。

自分を過小視されはしまいかと、自慢する子。

天性、おちつきがなく、五分とじっとしていられない子。

こういういろいろな子どもたちが、名まえを書きいれておいてゆく貸し出しカードを、私たちは、よく子どもがいなくなった部屋でながめますが、それは、時には、一まいのカードではなくなり、つきない興味を私たちに示してくれます。それは、いわば、いろいろな子どもたちの心のカルテでもあるのです。

「××君、また、あの本借りていった。しょうがないなあ。」と、私たちはいったりします。べつの子の場合には、おなじ本を借りだすのは、たいへん喜ばしい時もあるのですが。

子どもと本を結びつける、私たちの技術が不足なため、まだまだそれを他の人にも興味ふかく説明するところまでいっていませんが、こうしたカードからぬきだした、いく人かの子どもたちのようすとその読書歴を、短い注釈をそえながら、つぎに披露してみましょう。あまりページをとりすぎるので、この子どもたちが借りだした本のリストを、全部のせることはできませんが、いく人かの子どもの、興味のある部分をひろってみました。

三宅君きょうだい

三宅君きょうだいは、一九六三年の三月から文庫にきはじめました。といっても、弟の勉ちゃんは、正当にはいってきたのでなく、兄の伸ちゃんが、お母さんにつれられてきたら、あとを追いかけてきて、かえそうとしても、泣いて帰らないので、みそっかすではいってきてしまったのです。

伸ちゃんは五歳で、勉ちゃんは三つ。年が小さい上に、小つぶなので、ふたりが手をつなぎ、本のはいったビニールの袋をさげて、大声にさけびながらかけこんでくるところは、思わず笑わずにいられない光景でした。けっしてふつうにだまって、歩いてはいってくることはありません。

いつか私が二階にいると、文庫の入口で、かすれ声の伸ちゃんが「うおー、うおー」

とライオンのように吠えているので、何かと思ったら、十二時ちょっとすぎに文庫に来たら、まだ木戸があいていないで、はいれなかったと、田辺さんに訴えているのでした。まだはじめは、本について何もまとまった考えがあるわけではなく、わあわあ、きゃあきゃあ、絵本を床じゅうにひっぱりだして、手あたりしだい借りてゆくのでした。

お母さんに聞いてみると、文庫から借りてゆく本は、たいてい夕食後、ねるまえに読んでもらうのだそうです。はじめのころ、伸ちゃんがおもしろがったのは、『シナの五にんきょうだい』『ほしになったりゅうのきば』『ねずみとおうさま』『マーシャとくま』など、ある程度ストーリーのあるものでした。

勉ちゃんは、はじめ乗り物、動物に興味があり、やがて、すこしすじのある『かにのひっこし』がだいすきになり、お友だちにも、この話をしてやりました。

お母さんも、なるべく本を読んでやるようにつとめていましたが、しばらくするうち、伸ちゃんが、勉ちゃんに読んでやるようになったそうです。

家でも、時どき、文庫の本以外に買ってもらいます。たとえば、映画の「ピーター・パン」を見たあとなど、やさしくしてある『ピーター・パン』を買って、みんなで読んだら、夜ねる時、「ピーター・パン、くるかな?」と、伸ちゃんがいいました。

ふたりとも、漫画は、だいすきで、とくに「鉄人28号」「鉄腕アトム」の熱烈なファン。テレビは、七時以後は見ないというきまりですが、「アトム」だけは例外です。「零戦はやと」「わんぱくテレビ局」「なんでしょうテレビ」なども熱心に見、しかしまた、「福沢諭吉の少年時代」などもすきで、これがおわった時、伸ちゃんがとても残念がったということです。

三宅きょうだいは、読んだ本のなかからのことばを、しょっちゅう日常生活に織りこみます。

ある食堂にいった時、勉ちゃんは、天井からさがっている鯉を見て、「鯉が四つ！鯉の四にんきょうだい！」といいました。これは、『シナの五にんきょうだい』から。

またある日、おなじく勉ちゃんが、「ねむたい、ねむたいママさん。」これは、『おやすみなさいのほん』から。

ある風の吹く日、玄関にうつる影を見て、伸ちゃんが、「ママ、へんなものがうごきました！」これは、『アンディとらいおん』から。

かわったおやつをつくったような時、「こっちへ来ては、だめだめ。」これは、『マーシャとくま』から。

文庫から『さざなみ歴史物語』をもって帰ったときは、伸ちゃんも勉ちゃんも大喜びをして、弓矢に多大な興味を示しました。その後、七五三のお祝いに明治神宮へいくと、佐賀の団体が、ほんとの弓矢をもってきていました。伸ちゃんは、それがほしくてたまらず、いくらぐらいするのかと聞き、はては、それを借りて記念撮影をしたということです。

そのあと、幼稚園で、七五三という題で絵をかかされたとき、こい茶色を使って弓矢の絵をかきました。幼稚園の先生はびっくりされたのではないかと、お母さんは苦笑したよし。

日曜日、お父さんとおじさんが新聞を読んでいたら、勉ちゃんが、「早く早く、ぼくもお父さん読んでるところ、読みたいなあ！」といいました。

最初のころ、文庫にきて、きかん坊の弟のいうことを、幼い兄さんが、じつによく聞いてやっているのにおどろきましたが、よく見ていると、これには、こまることも付随していました。勉ちゃんが、あまえたり、とぼけたり、泣いたりして、兄さんの借りたい本に侵蝕していくのです。そして、自分で四冊も借りていきます。そこで、ある日、文庫のおねえさんが、三十分もかかって、勉ちゃんと話しあい、勉ちゃんの使うあの手この手を、ガンとしてうけつけませんでした。すると、とうとう観念し、余分の一冊をひっこめましたが、それ以来、借りていく本に関しては、兄さんにも、文庫のおねえさんにも迷惑をかけたことがありません。独立した一人前の会員として行動できるようになったのです。文庫にはいってきて、七カ月めのことでした。

勉ちゃんは、来はじめたころ、ほんとにかんたんなお話を聞くにも、頭がごちゃごちゃになって、わからなくなってしまったのですが、五歳のいまでは、『イギリス童話集』

のなかのながいお話でも、大きい子といっしょにりっぱに聞くことができます。

兄弟とも、兄さんが小学校にはいってから、前ほど皆勤ではなくなりましたが、文庫には、なれきって、本の出し入れなどすっかりベテランになりました。

つぎに示すのは、このふたりの借りていった本のリストです。

三宅伸

前から文庫の会員だった遠藤君のお母さんにきいたといって、お母さんがつれてみえる。五歳。

一九六三(昭三八)年

3・9 「たろうのおでかけ」「いたずらきかんしゃちゅうちゅう」「かずのほん1 1―10まで」(最後のはおかあさんの選択)

3・16 「学習理科図鑑」「ぶーふーうーのちょうちょとり」「3びきのくま」

3・23 「ヘンゼルとグレーテル」「学習画報4月号」「人類の誕生」

＊全部センパイの遠藤君が借りて返したばかりのものを、そっくり借りる。

3・24 「へりこぷたーのぶんきち」「ちいさいおうち」「地球が生まれた」

＊最後の本は、遠藤君がおもしろいといってみせたので持ってゆく。「人類の誕生」とか「地球が生まれた」などは、その中の大昔の人の絵が魅力で借りたのである。

4・7 「きかんしゃやえもん」「なかよし特急」(これは大きい子の本。本文には関係なく汽車の写真があるので借りた)「青い鳥」

4・13「一〇〇まんびきのねこ」「学習理科図鑑」「うちゅうの7にんきょうだい」
4・20「一〇〇まんびきのねこ」「うさぎのみみはなぜながい」「いたずらきかんしゃちゅうちゅう」
4・27「ヘンゼルとグレーテル」「まいごのふたご」「風の又三郎」(どうして借りたのか？よんでもらったのか？)
5・4「おやすみなさいのほん」「さざなみ歴史物語3」(この時以来、この本にたいへんな興味をもつ。昔の武士のさし絵があったから。話は読んでもらったよし)「おおきなかぬー」「どうぶつ会議」
5・11「さざなみ歴史物語3」「カモさんおとおり」「おおきなかぶ」
5・25「さざなみ歴史物語3」(三度め。文庫でもひろげて、「センソーだセンソーだ」といって弟とよろこぶ)「うさぎのみみはなぜながい」「きかんしゃやえもん」
6・1「ロビンフッドの冒険」(本棚からひっぱり出し、「あれ？ センソーの話らしいぞ？」と弟と大はしゃぎ)「ふしぎなたけのこ」「ちいさなきかんしゃ」
6・8「やまのこどもたち」「かにむかし」「ロビンフッドの冒険」
6・16「うちゅうの7にんきょうだい」(この本のことはずっとあとまで思い出して、口にする)「ろけっとこざる」「カモさんおとおり」「シンデレラ」「まいごのふたご」「ガリバー旅行記」(最後のもの、むずかしくてわからなかった)
＊弟と二人分らしい。どっちがどっちのかわからない。
6・29「たなばた」「ぞうさんばばーる」「さざなみ歴史物語3」(四度め)

7・7 「アンディとらいおん」「キュリー夫人」(なんで、これを借りたのか、わからない)「シナの五にんきょうだい」(「昔の人の、大好き」という)
7・13 「人類の誕生」「ナマリの兵隊」「こねこのぴっち」
7・21 「ピーター・パン」(映画を見たので借りたが、この本はむずかしくてわからなかった)「さざなみ歴史物語1・2」「船と飛行機」(この本は写真をみるため)「カモさんおとおり」「こねこのぴっち」「うさぎのみみはなぜながい」「ピーター・パン」「しらさぎのくるむら」「ちいさいおうち」「もりのおばあさん」
＊夏休み用。喜んでたくさん借りてゆく。
8・25 「科学図鑑3 自動車と鉄道」「ぴかくんめをまわす」「なかよし特急」(また、汽車の写真がみたくて)
＊文庫の夏休みあけの日、よく覚えていて、まちかねたようにやってきた。
9・1 「おかあさんだいすき」「あまがさ」「地球が生まれた」(二度め。「昔の人がついているから」という)
9・7 「たんけん」「ロビンフッドの冒険」「サボテン」
9・14 「ゆきむすめ」「いやいやえん」(読めたのか? 文庫で読んでもらったので、気に入ってもっていったのだろう)「Umbrella」「Voilà le Facteur!」
9・28 「地球が生まれた」(三度め)
10・5 「銀のひづめをもったやぎ」「科学図鑑3 自動車と鉄道」「野球の図鑑」
10・12 「もりのようふくや」「アンディとらいおん」「ひろすけ うたのほん」

　　　＊ひとりで借りられる分は三冊と、弟になっとくさせたのは、この日。これから伸君は、弟にかかわりなく自分の借りたいものを三冊えらべるようになった。
10・19「人に変わる電子」「ふしぎの科学／宇宙への旅／科学の教室」（この二冊とも、小学校上級用。中の絵に惹かれたのか？）「どんどんお山をおりてゆく」
11・2「日本の蝶」「日本の貝」「昆虫」（図鑑類「こういうの大好き」という）
11・9「みゆきちゃんまちへゆく」「どうぶつがり」「ろけっとこざる」
11・30「さざなみ歴史物語1・2」（また！）「かにむかし」
12・21「ゆうかんなペア」「三びきのくま」「名犬ラッシー」
一九六四（昭三九）年
2・8「ほしになったりゅうのきば」「チムとゆうかんなせんちょうさん」「ねむりひめ」
　　＊ずいぶん来なかった。えらび方が、はっきりしてきて、この日のは、ストーリーのあるものばかり。返す時、「どれもとてもおもしろかった」といった。成長した感じ。おかあさんに読んでもらったよし。
2・29「あまがさ」「ねずみとおうさま」（「これとてもすき」）「シナの五にんきょうだい」
3・21「いそっぷのおはなし」「さざなみ歴史物語1・2」
4・5「きつねのさいばん」（半分でやめたよし）「ひろすけ童話」「ピノキオ」
　　＊入学、一年生になった。
4・18「ろけっとこざる」「どんどんお山をおりてゆく」「かばくんのふね」
5・30「しょうぼうじどうしゃじぷた」（一年もあとで思い出して「あのとき、すごくおもしろかった」という）「おおきくなるの」「ひとりでやまへいったケン」

6・7「もりのなか」(これも、あとで思い出して「今でも大好き」という）「やまのたけちゃん」「ふしぎなたいこ」

7・4「ブレーメンのおんがくたい」(「とてもおもしろい！」)「さざなみ歴史物語1・2」

7・18「ちびくろ・さんぼ」(「これもとても好きだ！」)「まいごのふたご」「きえたとのさま」

7・25「ローノとやしがに」「もりのなか」「ぐりとぐら」(「おもしろいよ！」)「ちいさいおうち」(「だいすき」)「ひとまねこざる」(「とってもおもしろい」)「3びきのくま」

8・30「ながいながいペンギンの話」(お母さんに読んでもらった。「よく意味がわからない。長くてすこし飽きちゃった」という）「きいろいことり」「現代日本文学名作集」(お母さんに「安寿と厨子王」の話の出てるのを借りてくるようにいわれたといって。テレビでマンガ風になったのを見て、ぜひ本で読みたいとお母さんにせがんだのだそうだ）

11・1「東京オリンピックブック」「ちいさなさかな」「現代日本文学名作集」(また自分でこれを探し出して、借りていく。全体にすじを摑めたかどうかわからないが、部分部分はおもしろがってきいたよし）

＊ずいぶん来なかった。

12・26「インドむかしばなし 一年生」「ロシアむかしばなし 一年生」(こういうのをとてもおもしろがる)「ばけくらべ」「いたずらこねこ」「ろばのノンちゃん」

＊これらは、冬休み用。

一九六五(昭四〇)年

1・23 「日本のむかしばなし 二年生」「現代日本文学名作集」(またこれを借りる)「インドむかしばなし 二年生」
＊このごろ、大きくなって、わるふざけをして文庫で叱られてばかり。
2・13 「竜の子太郎」(お母さんが読んでやったり、おもしろがるだけでなく、たいへん感激してきいたそうだ)「こわいこわいおおかみ」(お父さんに読んでもらう)「ちびくろさんぼのぼうけん」

三宅勉

兄さんといっしょについて入ってきた。自分も借りるといってきかず、みそっかすで一冊かしてもらった。三歳。

一九六三(昭三八)年
4・7 「やまのきかんしゃ」
4・13 「とらっくとらっくとらっく」「とんだトロップ」「みちができた」
4・20 「ちいさなねこ」
4・27 「ちびくろ・さんぼ」「はなのすきなうし」
5・11 「たろうのともだち」「かもときつね」
5・25 「マーシャとくま」「一〇〇まんびきのねこ」「いたずらきかんしゃちゅうちゅう」
6・1 「ぶーふーうーのおせんたく」「かにむかし」
6・8 「おやすみなさいのほん」「ほらふき男爵の冒険」(「むずかしすぎた」)

6・29　「のろまなローラー」「わんわん物語」（ディズニー）「ちびくろ・さんぼ」
7・7　「のろまなローラー」（二度め。とても気に入って「ノヨマナドーヤー」がいいといって探す）「あふりかのたいこ」「おはがきついた」
7・21　「かばくん」「とんだよひこうき」「じてんしゃにのるひとまねこざる」
＊自分でえらぶ。この子は、自分の好みをはっきり出し、主張する。
7・27　「みつばちぴぃ」「かずのほん3　ながさとかさ」「てじなしとこねこ」
8・25　「ロビンフッドの冒険」（「チェンソーだぞ、チェンソーだぞ」といって抱えてはなさず、文庫中とびまわる）「かにのひっこし」「ローノとやしがに」
9・1　「おはがきついた」「いたずらうさぎ」「へりこぷたーのぶんきち」
＊完全に自分で選び、兄がかえさせようとすると泣く。
9・7　「いたずらきかんしゃちゅうちゅう」「クリちゃんの学習図鑑」「ゆうかんなペア」
9・14　「かずのほん1　1―10まで」「かずのほん3　ながさとかさ」
＊誰の選択か？　まだ時どき、お母さんがついてきていた。
9・21　「ちいさなきかんしゃ」「やまのきかんしゃ」「のろまなローラー」「みちができた」
＊さっさと選び、四冊になってもきかないので、お母さんが兄さんに一冊減らさせた。
10・5　「すてきなのりもの」「クリちゃんの学習図鑑」
10・12　「のろまなローラー」「やまのきかんしゃ」「とんだトロップ」
＊これまでは、この子は幼いので、兄さんがカードのしまつなどしてやり、借りたい本が多くなると、兄さんのを減らしたりしていた。兄弟二人だけで来たので、「ひ

とり三冊まで」ということを話して、こちらがガンとしてゆずらないでいたのは、この日だった。三十分ほどして諦めた。この三冊以外に「ねずみのおいしゃさま」と「ちいさなきかんしゃ」がほしかったのだ。

10・19　「かばくん」「とらっくとらっく」「やまのきかんしゃ」

＊先日のやりとり以来、自分の分三冊を自分でさっさと選び、カードを出してもらいにくる。兄とは全然無関係に借りる。よくわかってくれたのに驚いた。

11・2　「まいごのふたご」「はたらきもののじょせつしゃけいてぃー」「船と飛行機」(中の写真が気に入って)

11・9　「のろまなローラー」「とんだよひこうき」「やまのきかんしゃ」

11・30　「かばくん」「はたらきもののじょせつしゃけいてぃー」「さざなみ歴史物語3」

12・21　「とらっくとらっくとらっく」「かにのひっこし」「いたずらきかんしゃちゅうちゅう」

＊日に日によくわかってくる感じ。カードの出し入れもついていてやると、わりによくできる。まだ字は全然読めない。ことばも舌がまわらない。

一九六四(昭三九)年

2・8　「はたらきもののじょせつしゃけいてぃー」「やまのきかんしゃ」「あふりかのたいこ」

2・29　「どうぶつ」「へりこぷたーのぶんきち」「おはがきつい た」

＊おはなしをきくのは、ごくごくかんたんなものでないとだめ。中川李枝子さんの「そらいろのたね」(「母の友」所載、三歳児のはなし)など全然ついてこられない。

3・21　「おやすみなさいのほん」「みなみからきたつばめたち」「アンディとらいおん」

4・5 「かにのひっこし」(たいへん気にいっているらしい)
4・18 「きしゃはずんずんやってくる」「へりこぷたーのぶんきち」「ツバメの歌／ロバの旅」
5・30 「むしのたなばたまつり」「がんばれセスナき」「みちができた」
6・7 「かにのひっこし」「なくなったじてんしゃ」「どうぶつがり」
7・4 「むーしかのぼうけん」「やまのきかんしゃ」
7・18 「かにのひっこし」(この話が大好きで、自分で友だちに話してやったよし)「ちびくろ・さんぼ」「ねずみのおいしゃさま」
7・25 「おはがきついた」「とんだよひこうき」「みつばちぴい」「むーしかのぼうけん」「のろまなローラー」
8・30 「あふりかのたいこ」「そらいろのたね」「とらっくとらっくとらっく」
11・1 「さーかす」「もりのなか」「ぐりとぐら」(これを、とてもおもしろがる)
12・26 「みちができた」「へりこぷたーのぶんきち」「どうぶつがり」「きしゃはずんずんやってくる」「がんばれセスナき」
*冬休み用にたくさん借りた。

一九六五(昭四〇)年
1・23 「むしのたなばたまつり」「とんだよひこうき」「ピー、うみへゆく」
*「イギリス童話集」の中の話をしてみる。おもしろがる。ずいぶん複雑な話もよく理解できるようになってきたと驚く。
2・13 「ゆかいなかえる」(これはとてもよろこんだよし)「科学図鑑6 気象と海洋」

阿倍和子さん

阿倍和子さんは、いまから三年まえ、小学校一年をおえるというころ、まだ学校へいっていない友だちにつれられてやってきました。たいへんおぎょうぎがよく、おしゃまなところがありました。

はじめ、私たちがびっくりしたのは、文庫にくると、いるあいだじゅう私たちについて歩き、自分や、自分の家の話をすることでした。そして、その話がみな、自慢話で、ちょっと度はずれているのでした。

私たちは、「そうお。そうお。」といって何でも文句をいわず聞いてやりましたが、ふかいりはしないように気をつけました。そして、あなたは、ほかの子どもたちと、まったくおなじにとり扱われるのですよ、ということをわかってもらおうとしました。きた当時は、本がよく読めるというほどではなく、どちらかというと、年より幼く、たどたどしい感じでした。

ところが、おどろいたことに三、四カ月たつうちに、みるみるようすがかわってきました。

まず自慢話がなくなり、態度がおちつき、話を聞くのは、とてもじょうずになり、本をどんどん借りていくようになりました。この間、田辺さんはいつも、いく人か幼い子が集まると、阿倍さんの自慢話のほこ先をかえるいみでも、本を読んでいてやっていたわけですが、阿倍さんは、はじめは、おねえさんを独占するいみで、しきりにお話をせがんだというけはいがあります。しかし、いつのまにか、ほんとにお話がおもしろくなってしまったようでした。

丹念、ていねいな性質らしく、アンドルー・ラング編の『××いろの童話集』のようなシリーズものにとりつくと、つぎつぎに借りていって、読みあげました。

阿倍さんがつづきを借りたいと思っても、文庫では、ほかの子が借りていってしまってその本がないことが、たびたびあります。そういう時は、しんぼうづよく待って、『ドリトル先生』ものなどは、一年にわたって、読んでしまっています。

岩波少年文庫という小型の本も、自分に読めるのだということを発見したのが、三年生になったころ。『学問のあるロバの話』が、最初でした。それ以来、少年文庫を丹念にさがして、自分の気にいるものをひろいだしています。

三年二学期からは、講談社の『オクスフォード世界の民話と伝説』が出版されはじめ、これを順に出てくるのを待って、つぎつぎと今にいたるまで読みつづけています。四年になってからは、ぐんぐん力をまし、岩波少年文庫からひろいだす一方、岩波の愛蔵版は、出るとすぐ読みます。

最近待ちかねて読むのは、講談社から出ている『ルシンダの日記帳』や『風の子キャディ』などの「世界少女名作全集」です。

いままでのところ(現在四年のおわり)、たいへん女の子らしく、ストーリーひとすじです。しかし、日本の創作ものは、ほとんど読んでいません。歴史物、自然科学にも手をだしません。しかし、時どきもらすことばから想像すると、たいへんよく物語を味わっているようです。

まったく、私たちから見ると、阿倍さんは三年前とは、おなじ子と思えないほどの変わりようなのです。自信をもち、力をセーブすることを知っています。

このごろでは、しずかに、ひとりでやってきて、本を選び、「さよなら。」と帰っていきます。文庫でも、もっともおちついている子のひとりになりました。

こういう子どもが、五年、六年になった時、幅ひろくひろがってゆけるよう、歴史や科学にわたる、おもしろい本がたくさんほしいと、つくづく考えます。

阿倍和子

小学校一年、年下のお友だちにつれられてくる。おぎょうぎよく、お話をきくのはとても好きらしい。「文庫がすき」といって、私たちにまつわりつき、じぶんの家の話をする。

一九六二(昭三七)年

1・20　「どうぶつのこどもたち」「クリスマスのまえのばん」「こまどりのクリスマス」

1・21　「三びきのやぎのがらがらどん」「ぞうさんばばーる」「科学クラブ39号」

1・28「じてんしゃにのるひとまねこざる」「まりーちゃんとひつじ」「こねこのぴっち」
＊「ろんろんじいさんのどうぶつえん」を読んでもらって、とてもよろこんで聞いた。
2・4「もりのおばあさん」「金のニワトリ」「みんなの世界」
2・18「きかんしゃやえもん」「やまのたけちゃん」「みつばちマーヤ」
2・24「九月姫とウグイス」「やまのこどもたち」「ちいさいおうち」
2・25「アルプスのきょうだい」「むーしかのぼうけん」「おそばのくきはなぜあかい」
3・4「ナマリの兵隊」「山のクリスマス」「かにむかし」
3・11「ツバメの歌／ロバの旅」「村にダムができる」「オンロックがやってくる」
3・18「ききみみずきん」「ふしぎなたいこ」「ハックルベリーの冒険」
3・24「おとうさんのおとぎばなし」「スザンナのお人形／ビロードうさぎ」「まいごのふたご」
3・25「めずらしいむかしばなし」「インドむかしばなし　一年生」「日本のむかしばなし　一年生」
＊二年生になった。おちついてきて、よく読む。
4・7「一〇〇まんびきのねこ」「ぴーたーうさぎのぼうけん」「シナの五にんきょうだい」
4・8「おはなし世界歴史　1年下」「日本の伝説　一年生」
4・14「こねずみせんせい」「フランスむかしばなし　一年生」「おはなしの時間初級」
4・21「世界探検ものがたり　一年生」「くろうま物語」「Animal Babies」
4・29「ちびくろさんぼのぼうけん」「家なき少女」「キングコングとくつみがき」

5・6「真夏の夜の夢」「日本のむかしばなし 二年生」「日本の伝説 二年生」
5・13「スケートをはいた馬」「あしながおじさん」「小公子」(この最後の二つ、あかね書房版。ともにやさしく再話したもの)
5・20「ハニーちゃんの名たんてい」「くろねこミラック」
5・27「そらのリスくん」「こわいこわいおおかみ」
6・3「ぺにろいやるのおにたいじ」「おだんごぱん」「よんでおきたい物語ちえをはたらかせた話」
*見ちがえるほどおちついてきた。本を選ぶのも早く、前のようにまつわりついてべたべたしなくなった。よく「お話してください」とたのむ。「魔法」のでてくるのがいいという。
6・10「がらんぼごろんぼげろんぼ」「中国むかしばなし 二年生」「ながいながいペンギンの話」
6・30「小公女」(やさしくなおしたもの)「三つの金のりんご」
7・7「オズの魔法つかい」「八つの宝石」「白馬の王子ミオ」
7・8「どうぶつ会議」「マッチのバイオリン」
*前の日に借りたのは、もうみな読んでしまったといって、とりかえにきたのである。
7・15「はなききマーチン」「ニルスのふしぎなたび」「いなごの大旅行/春をつげる鳥」
7・21「青い鳥」「ぴよぴよ一家」「コーカサスのとりこ」
7・28「きのこ星たんけん」「月世界行エレベーター」「町へきたペンギン」「ろばのノンちゃ

ん」「フランダースの犬」「ひつじ太鼓」「イソップどうわ」「ちちうしさん」

8・25 ＊夏休み用なので、たくさん借りた。
9・1 「愛の妖精」「聖書物語」「赤いろうそくと人魚」実のある厚い本にはいりはじめた。
9・8 「少年少女シートン動物記5」「ドリトル先生の楽しい家」
9・15 「ラングくさいろの童話集」(ここからラングがはじまった)「わんぱくだった先生」
「ラングきいろの童話集」「ラングねずみいろの童話集」「ラングむらさきいろの童話集」
9・23 「ラングみずいろの童話集」「ラングばらいろの童話集」
9・30 「白鳥物語」「ジル・マーチンものがたり」
10・7 「ああ無情」「リヤ王」「点子ちゃんとアントン」
10・13 「ドリトル先生アフリカゆき」(「もうこんなの読めるでしょう」とすすめてみた)「オルレアンの少女」「にんじん物語」
＊すっかり自分の意見をもって、さっさとえらんで、さっさと帰るようになった。
10・14 「ドリトル先生と緑のカナリア」(「アフリカゆきほどおもしろくない」と批評する)
「ラングちゃいろの童話集」
10・20 「七わのからす」「ひろすけ童話」
10・28 「ドン・キホーテ」「幼年おはなし宝玉集」
11・4 「人魚のお姫さま」「うさぎのラバット」
11・10 「西遊記」「おおかみ犬」

11・11 「つきをいる」「ドリトル先生のキャラバン」
11・18 「せむしの子馬」
11・25 「ドリトル先生のリーカス」
12・9 「ドリトル先生航海記」
12・22 「長い長いお医者さんの話」
一九六三(昭三八)年
1・13 「家なき人形」
2・9 「サーカス一家」
2・10 「ラングさくらいろの童話集」
2・17 「少年少女シートン動物記3」「おじいさんのえほん／おばあさんのえほん」
2・23 「ラングあかいろの童話集」
3・10 「ラングみどりいろの童話集」「ラングアラビヤン・ナイト」
3・17 「ラングくじゃくいろの童話集」「いやいやえん」
3・24 「星の王子さま」「ゆかいな吉四六さん」(「とてもおもしろい。こんなのもっと読みたい」という)「ラングそらいろの童話集」(丹念にラングを読みあげた)
4・7 「ジップジップと空とぶ円ばん」「くろねこミラック」「カピラ城の王子さま」
＊三年生になった。
4・13 「飛ぶ教室」「チロルの夏休み」
4・20 「アルプスの少女」

4・27「子ねこの世界めぐり」「子鹿物語」
5・4「学問のあるロバの話」(これを読んでからというもの、おもしろそうなものを探したいとき岩波少年文庫の中を、あれこれとみるようになった)「クマのプーさん／プー横丁にたった家」
5・5「ツィーゼルちゃん」
5・18「ゆかいなホーマー君」「りこうすぎた王子」
5・19「ゆかいなヤンくん」「ふたりのロッテ」
6・1「小公子／若草物語」
6・15「ドリトル先生の郵便局」「とんぼがえりの小ウサギ」「チビ君」
6・30「ギリシャ神話」「ポポとフィフィナ」
7・13「小さな魔法使い」「わが友キキー」
7・21「ドリトル先生と月からの使い」
7・27「ばらいろの雲」「黄色い家」「カッパのクー」「だれも知らない小さな国」「しんじゅの家」「でかでか人とちびちび人」「ドリトル先生月へゆく」「ドリトル先生月から帰る」
＊夏休み用。
9・1「ドリトル先生の動物園」「りこうなおきさき」
9・15「ドリトル先生の楽しい家」「かぎのない箱」
9・29「私たちの世界動物記1 ゾウ」「ふくろ小路一番地」「山の上の火」
10・26「馬上の少年時代」

11・2　「白馬フローリアン」(少しむずかしそうだが、馬がすきといって)
11・23　「子じかバンビ」
12・14　「勇士ルスランとリュドミーラ姫」「おさるのキーコ」
　　＊すっかり成長したかんじ。選ぶのも早い。
12・22　「パパはノッポでボクはチビ」「世界少年少女詩集童謡集」「小僧さんとおしょうさん」「ドリトル先生物語／あしながおじさん／名犬ラッシー」
　　＊冬休み用。

一九六四(昭三九)年
1・19　「私たちの世界動物記2　ライオン」「クオレ／スメラルダ号の冒険／わんぱく小僧ジャンの日記」
2・15　「五月三十五日」「ぼくのアメリカ日記」「くらしの工作　3・4ねん」
3・1　「世界動物童話集」「銀河鉄道の夜」
3・14　「エーミールと三人のふたご」「風にのってきたメアリー・ポピンズ／帰ってきたメアリー・ポピンズ」(内容をざっと話してやると、よろこんで借りてゆく)「エミールと探偵たち／オタバリの少年探偵たち」
4・4　「白い小犬」「孤島の野犬」「家なき子／十五少年漂流記」
　　＊四年生になった。このごろ勉強が忙しいらしく、本を借りる時、セーブしている。
4・18　「名探偵カッレとスパイ団」「飛ぶ教室」「少年少女ファーブル昆虫記1　たまころがしの生活」

5・16「牛追いの冬」「名探偵カッレくん」
5・23「インド童話集」「たべものどろぼうと名たんてい」
5・30「小さな魔法使い」「アメリカ童話集」
5・31「アラビアン・ナイト 上・下」
6・6「ロシア童話集」「ロビンフッドの愉快な冒険」
6・13「続ロビンフッドの愉快な冒険」「北欧童話集」
6・27「レスター先生の学校」「星と伝説」
7・5「床下の小人たち」
＊なにか探していたので、出してやると、借りていって、返すとき「とてもおもしろかった」という。
7・11「ムギと王さま」
7・18「オクスフォード世界の民話と伝説2 イギリス編」「とぶ船」「ピノッキオの冒険」「床下の小人たち／野に出た小人たち」「ハンス・ブリンカー」
＊おもしろそうなものを夏休みに借りるからといって、がまんして、とってあった。一気に借りてゆく。
7・25「小公子」「風の王子たち」「さすらいの孤児ラスムス／名探偵カッレくん」
9・19「小さな目 3・4ねん」「ナポリのおくりもの／パリの友情」
10・10「シロクマ号となぞの鳥」(これは、こちらですすめてみた。おもしろかったよし)「バラとゆびわ」

10・24「星のひとみ」「空想男爵の冒険」「白いりゅう黒いりゅう」
10・31「木馬のぼうけん旅行」「黒ちゃん白ちゃん」
11・7「おにごっこ物語」「ルシンダの日記帳」「ジャータカ物語」
11・14「オクスフォード世界の民話と伝説1 イギリス編」「風の子キャディ」「さようなら松葉杖」
＊「ルシンダの日記帳」をよんで、とてもおもしろかったので、おなじシリーズの一冊、出たばかりのを、まちかねたように借りてゆく。
11・21「あらしの前」(よむものを探していたので、すすめてみる)「金のベール」「オクスフォード世界の民話と伝説7 ユーゴスラビア編」
11・28「人形ヒティの冒険」「山にのまれたオーラ」
12・5「あらしのあと」(「あらしの前」がおもしろかったのだろう。自発的にあとを借りている)「オクスフォード世界の民話と伝説5 ドイツ編」
12・6「象の王者サーダー/名馬スモーキー」(動物物語は必ずよむ)「とびらをあけるメアリー・ポピンズ」(「メアリー・ポピンズのつづきよ」というと、大よろこび)
12・12「太平物語」「日本太郎」
12・26「みつばちマーヤの冒険」「オクスフォード世界の民話と伝説8 ロシア編」「あらしの島のきょうだい/サーカスがやってくる/黄金の鳥」「バンビ/小りすペリー」「まぼろしの白馬」(「とてもよかった」)

一九六五(昭四〇)年

1・9 「長い冬 上」(もうこんなものが読めるようになった。とてもよろこんでよんだ)「トムソーヤーの空中旅行」「銀いろラッコのなみだ」
1・23 「オクスフォード世界の民話と伝説10 アフリカ編」(このところ、このシリーズ、新しく出ると、必ず借りだす)「ヤンと野生の馬」「カラハリさばくのライオン」

杉田洋子さん

杉田さんは文庫の近くの小学校にいっている子ではなく、すこし遠くから歩いてくるのでした。五年生の四月に、おなじクラスのTさんが、文庫に来ていたので、いっしょに来はじめたのです。私たちは、来たいというから、いいといっただけで、くわしくは聞かなかったのですが、ようすを見ていると、Tさんからさそわれたのでなく、本があるところと聞いて、Tさんにたのんでいっしょに来たもののようでした。

来た日から、夢中で読みだしました。あかるい、さっぱりした子で、「あたし、本だいすきなの。このあいだは、『××××』を読んだの。すごくおもしろかったわ。おともだちに貸したら、そのひとも夢中で読んだの。」などと、むこうから話しかけてきました。

私が、その「すごくおもしろい本」というのに好奇心をおこして、作者や発行所の名を聞くと、彼女は、それをおぼえていないで、今度もってきて、見せてくれるということです。

そして、つぎの週、忘れずにもってきてくれたのが、ちゃんばら風の本でした。私は、「ありがとう。」とその本を借りて、つぎに杉田さんがきたとき、返しました。

すると、杉田さんは、「おもしろかったでしょう。あたし、歴史だいすきなの。」とうれしそうでした。それからというもの、杉田さんは、とにかく、消化力のある子とみえて、ほとんど毎週文庫の木戸をあけると同時くらいにやってきて、午前ちゅういっぱい、文庫で読みふけり、厚い本を三冊借りていきました。厚いのでないと、一週間もたないのだということです。

おもしろいのは、杉田さんをつれてきたTさんの反応でした。Tさんは、杉田さんよりずっとまえに、お母さんが新聞か何かで「かつら文庫」のことを読んだといって、つれてこられたのです。そのため、文庫にくるのも、どこか、お母さんへの義理というふしが、みえないでもありませんでした。本の選びかたも、ばらばらですし、できるだけ短い、らくなもので点をかせごうというようすがありました。

ところが、杉田さんがいっしょにくるようになってから、Tさんの借りだす本が、がぜん、かわったのです。杉田さんにつられて、実のあるものをもっていくようになりました。私たちは、時どき、子どもたちが帰ったあと、貸し出しカードを見ながら、「あれ、Tさんがこんな本を！」とびっくりしました。これが、二、三カ月つづくうち、T

さんはTさんで、五年生なりの、どっしりした本を読むようになっていました。おもしろさがわかってみれば、歯ごたえのある本は、また堪能のしかたもちがうわけです。

一方、そのまに、杉田さんの読破した本の数は、たいへんなものです。Tさんが、ひっこしたせいもあって、杉田さんは、ひとりでせっせと――そしてすこしたつと、小さい妹をつれて――通ってくるようになりました。また、ほかのお友だちもつれてきて、会員にしました。

杉田さんは、自分で考え、工夫する能力のある子どもらしく、あの社、この社から出ている少年少女のための全集をひろい読みして、自分の気にいった方向をきめると、むだな寄り道をしないで、どんどんそっちへつっこんでいきました。

そのころの杉田さんの本の借り方は、こんなふうでした。日曜の朝早く、文庫に一ばん乗りすると、前の週に借りていった本を返して、本棚のよこの釘にかかっている「岩波少年文庫」の目録をとって、坐りこむ。そして、梗概を読みあさる。それから、これとこれを借りるときめると、本棚にいって、ひとにとられないうちにその本を確保する。そして、午前ちゅうは、そのうちの一冊に没頭し、たいていは、私たちが、わきの部屋で昼食をとっている時、「さよなら。」と声をかけて、帰ってゆくのでした。

この勢いで読むのですから、本を供給するがわの私たちは、時どき、「杉田さん、もっとゆっくり読みなさいよ。」などと冗談をいったものです。

「岩波少年少女文学全集」が出されることになって、その内容見本が送られてきたのを、事務机の上におくと、杉田さんは、すぐに見つけて、「うれしい。あたらしい本がでるの？」と、とりあげましたが、すぐに「つまらない。知ってる本ばかりだ。あ、知らないのもある。『床下の小人たち』のつづきがでるんだ。」と喜びました。

どうして本屋さんは、いつもおんなじものばかりならんだ全集をだして、自分たちの知らない、あたらしい本をだしてくれないのかと、杉田さんは、これまでも大ぜいの子どもが、私たちにのべた不平をくり返しました。そこで、私は、「それを、直接、出版社に投書しなさいよ。一ばん出版社にきくのは、読者からの投書なんだから。」といいました。

それから、すぐあとのこと、私は、岩波少年文庫の編集部の人から、「『かつら文庫』に杉田さんていう子ども、いってますか？」と聞かれました。

「きている。」というと、分厚い封書を示されましたが、差出し人は、杉田さんでした。彼女は、ほんとに直接、出版社に手紙をだしたのです。

すこしながいのですが、その手紙を、彼女の許しを得て、つぎに引かせてもらいます。

編集部にあてた杉田さんの手紙

初めておたよりします。私は小学五年で岩波少年文庫を愛読しています。

私が少年文庫を読みはじめたのは石井桃子先生の、「かつら文庫」に今年の四月に入ってから二か月くらいたった六月ごろからです。『とぶ船』を最初に読んだのをきっかけに、わりあい読みました。

「かつら文庫」に入ってから、とても短い感想をなるべくノートにつけるようにしています。七か月たった今では百三十さつくらい読みました。そのうち少年文庫は六十さつくらいです。読んだ少年文庫の本のうち特におもしろかったのだけノートの感想を書いておきます。

『シャーロック・ホウムズの冒険』大部分の短編は読んだ事もあるがおもしろい。

『名犬ラッド』前にも読んだが本がちがうのでおもしろい。ラッドがほんとうにいた犬で事件も大部分がほんとうに起こったというのでおどろいた。

『秘密の花園 上・下』メアリやコリンの性質が目に見えるように変わっていくのが楽しい。庭のようすが変わっていくのがおもしろい。

『小公子』何度読んでもおもしろい。伯爵の言葉使いが少しらんぼうだ。

『ハイジ 下』上より楽しい事が起きるのでおもしろい。

『四人の姉妹 上・下』とてもおもしろい。おかあさんとベスが、おとうさんの所へ行ってから悲しい事ばかりおこるのでなみだが出そうだ。この本の続きの『よき妻たち』を読んで見たい。

『床下の小人たち』家の中で使う道具の工夫がおもしろい。この本の続きの『野に出た小人たち』を読んで見たい。

『小さな魔法使い』アルデンヌの森へ行ってからおもしろくなる。

『続あしながおじさん』正よりおもしろい。手紙の文章だけでできているが、この児院の改良がおもしろい。

『長い冬　下』クリスマスのよるやごちそうがたのしい。

『ふたりのロッテ』とてもおもしろい。

『大草原の小さな町』ワイルダー先生がにくらしい。この続きがあったらよい。

『ヴィーチャと学校友だち』シーシキンが文法がよくなったり犬に芸を覚えさせたり図書館員になったりしていくのがおもしろい。

『ばらいろの雲』ピクトルデュの館が三つのうち一番おもしろい。

『ジェーン・アダムスの生涯』ハルハウスのまわりがよくなっていくのがおもしろい。

『アラビアン・ナイト　上』今までアラビアン・ナイトをたくさん読んだが、一番おもしろい。早く下が見たい。

『エイブ・リンカーン』テレビで見た事もあるが、やはり苦心がくわしく書いてあるのでむちゅうになってしまう。

『チポリーノの冒険』とてもおもしろい。さしえもかわいい。

『ワショークと仲間たち』チョークの事で事件が起きるが時々なみだが出そうになる。とてもおもしろい。

といったぐあいです。

私は日本の物語より外国の物語の方がすきです。なぜかというと、外国のは長編が多くてへんかが多いが、日本のは短編でばかばかしいようなものが多いからです。

それから主人公やまわりの人の性かくの変わるものがすきです。たとえば『八人のいとこ』『秘密の花園』『小公子』などです。

また外国の日常生活もすきです。たとえば『若草物語』『ヴィーチャと学校友だち』『ワショークと仲間たち』『ハイジ』『こぐま星座』などです。

少年文庫のよい所は原文に近いという事だと思います。原文はまだとても読めないので、なるべく原文に近いのを読みたいのです。

それから小さくて持ち歩きやすいという所だと思います。

こん度全集が出るそうですね。早く読みたいです。

『八人のいとこ』『がんくつ王』は少年文庫からできるだけくわしいのを出してほしいと思います。

これからも外国のめずらしくておもしろい本をたくさん出して下さい。

さようなら

十一月四日

杉田さんは、六年になると、受験勉強が、「すごくいそがしい。」といって、文庫にくるのが、たいへん間遠になりました。たまにきた時は、何となくしょんぼり見えました。

それから、くるのが、しばらくとだえて、つぎの年の三月、あかるい顔でやってきました。むずかしい中学が受かったのだそうです。しかし、学校が遠いので、もう文庫には、つづけてこなくなりました。私たちは、杉田さんを思いだすたびに、かの女が、いまも、たのしい世界への読書の旅をつづけていてくれるようにと思っています。

田宮茂ちゃん

茂ちゃんは、おもしろい子です。

一九六三年の三月、これから小学校にはいろうという時、お母さんにつれられて、文庫にやってきました。

大柄で、色がくろい、目のぎょろっとした子で、物をはきはきいいました。私たちに一ばんおもしろく思えたのは、茂ちゃんが、いろんなことに興味をもち、自分におもしろいことは、ひとにも分けずにいられないところでした。文庫に来たてのころ、たちまち私の家の犬や池の魚に興味を示し、自分の家にも、自分より一つ年下のガチョウがいることを、いっしょうけんめい、鼻の頭に汗をためるようにして話してくれました。そのときから、私たちには、この子のすがたが、かなりはっきりうつるようになりました。

茂ちゃんは、いつかお父さんにマジック・ガムというのを買ってもらって、さっそく、文庫へも披露しにもってきました。そのガムは、両手でひっぱると、ちょうど中華そばをつくる時のように、細く細くのび、また、まるめて突くと、まりのようにはずむのです。

私が、文庫に顔をだすと、茂ちゃんは、「一八〇円もするんだよ。」と説明して、私にガムの一端をもっているようにと要求しました。そして、二人は、しばらく中華そばをつくるようなことをくり返したのです。

つぎの文庫の日、私が二階で仕事をしていると、茂ちゃんは、階段のところで、「おりてこないかな。おりてこないかな。」と、うろうろしていたそうです。それほど、茂ちゃんは、自分でたのしむことを知り、それを、ひとといっしょにしようとするのです。

お母さんから聞いたことと、文庫での茂ちゃんのようすを合わせて報告してみますと、つぎのようなことになります。

茂ちゃんは、文庫にくるまえから、本を読んでもらうことが、だいすきでした。お母さんが、くたびれるまで読まされるので、文庫にいくようになれば、これで自分ではりきって読みだすだろうと、ほっとしていると、さにあらず、相かわらず「ママ、読んで。」でした。

平がなも、カタカナも、たいして苦労なくおぼえて、十分、本を読めるので、放っておいたら読みはじめるだろうと、かまわずにいたら、いっこう読みはじめず、一時は、まえより本から遠ざかった感じがしました。

そこで、お母さんは、昼間、ひまのできた時、一冊の本(「岩波の子どもの本」など)を、すこしずつ交替で読むことをはじめました。また、夜は、妹の澄子ちゃんとさわぐのを静めるいみでも、お母さんがすこし読むと、茂ちゃんは、「長い本を。」と注文するので、『クマのプーさん』や『ニールスのふしぎな旅』をくり返し読むことになりました。

そのうち、文庫から『エルマーのぼうけん』を借りてきました。そこで、「ぼくのとうさんねこにあう」の章は、ママ。つぎの章は、茂ちゃんというように読む長さをぐっとのばしました。すると、この本はたいへん気にいり、途中からひとりで読んでしまいました。

このすこしあとで借りた『おおかみ犬』は、最初にちょっとお母さんに読んでもらっただけで、ねどこにもってゆき、つぎの朝おきてくると、「ママ、あのあと、バリーはね。」と、つづきを聞かせました。

その後は、お母さんに読んでもらうのもたのしみだけれど、自分でもせっせと読むようになりました。

このごろは、お母さんが、澄子ちゃんにとっている「こどものとも」が本屋さんからくると、茂ちゃんが読んでやります。

茂ちゃんは、最近は、ずいぶん長い本を借りるので、知らない字が出てきたときこんなふうな問答が、お母さんとのあいだにありました。

母「その字の上に、どんなことが書いてあるの？」

茂「×××。」

母「下は？」

茂「〇〇〇。」

母「じゃ、その字、なんて読むと思う？」

茂「△△。」

母「その通り。」

これで解決して以来、茂ちゃんは、お母さんに字を聞いたことがないので、正しく読んでいるかどうか、お母さんは、ちょっと心配しています。

また、茂ちゃんは、遊んでいる最中、とつぜん聞いたりします。

「そんけいって、なに？」

「えらいな、と思うこと。どこに書いてあったの？」

「『そらのリスくん』さ。ほら、自動車の屋根でね……」と、茂ちゃんは、ながながとその話をお母さんにしてやりました。

茂ちゃんの日常生活には、読んだ本のなかから、いろんなことばや遊びが織りこまれます。あるときは、朝ごはんをたべながら、

「海の水をのみほしました。」といって、ズズズーと音をたてて牛乳をのみこみました。『シナの五にんきょうだい』は、その一年ほどまえに、お母さんに読んでもらっただけだったのに、耳から聞いたことばをはっきりおぼえていたらしいのです。

絵本『はたらきもののじょせつしゃけいてぃー』を文庫から借りたときは、ちょうどそのすぐあとで雪が降りました。茂ちゃんは、はじめ、三輪車にちりとりをつけて押していましたが、うまくいかないので、とうとう、自分が「けいてぃー」になって、庭じゅうをはいずりまわりました。

雨の日に使ったかさをほしておいて、風にとばされて、さかだちをすれば、「プーのあたま丸！」といったり、澄子ちゃんとお菓子をたべているとき、庭にキジバトがくれば、「あれは、キジバトかな、スズメかな。ごらんになっとくべきだな、あの鳥は。」といって、澄子ちゃんがそっちを見たすきに、お菓子をとって、「ハハハ！」と笑ったりします。

クマのプーさんが、ウサギ穴につまってしまった場面も遊びになり、澄子ちゃんをいすの下に腹ばいにさせ、自分はウサギのつもりで、澄子ちゃんの足にタオルをほし、それから自分は、前にまわって、本を読んでやったりしました。

一連の『ひとまねこざる』などの絵本を読んだときには、ジョージが、まだジャングルにいるときのことを想像して、わら半紙に絵をかいて、絵本をつくりました。

「図鑑」で、「いっかく」をはじめて見たときは、かなり興奮したらしく、しばらくのあいだ、××ザウルスや△△ドンを絵にかいたり、ねん土でつくったりしました。最近は、「鉄人28号」に熱中しています。

この「図鑑」の話で思いだすのは、茂ちゃんが、二年になってまもなくのころ、とても夢中になって、お父さんから誕生日に買ってもらった本の話をしてくれたことです。海だの、星だのについての、とても大きな本で、「すごくおもしろくて、とても高い本だ。」といいます。

茂ちゃんの説明では、はっきりはわからないのですが、どうも私には、その本のようすが、しばらく前にＮＨＫラジオの「学芸展望」かで聞いて、見たいと考えていた本のように思えました。ＮＨＫでは、出版社の名まえを放送しませんから、私は、どこから出たのか、しらべてみようと思っていたところでした。茂ちゃんが帰りかけたとき、私は、「今度、その本見せてね。」といいました。

すると、十五分もたったか、たたないころ、汗だくになった茂ちゃんが、大きなふろしき包みをさげて、はぁはぁいいながら、また文庫へやってきたではありませんか。その中には、おとなにさえ重い、厚い本が三冊はいっていました。

それは、とても茂ちゃんに読めるような本ではなかったのですが、かれは、お父さんやお母さんから聞いた説明をそらでおぼえてしまっていたとみえ、その本をとりかこんだ中学生や私たちに、「ほら、この本のここ。××星。すごいだろ。ほら、△△星はここ。」と、自由自在にパタンパタンとそのページをあけて見せてくれたのです。

そのあと、文庫でも、さっそくその本を買いました。それは、ライフ社から出され、時事通信社から日本語版になった『地球』や『宇宙』や『森林』でした。

このごろの茂ちゃんの読書時間は、妹の澄子ちゃんがねてから、自分がねるまえの一時間にきまってきたらしいということです。

けれども、文庫から本を借りてきた日は、どさっとかばんをおき、借りた三冊のうち、一ばん気らくに読めそうな一冊は、その場で一気に読んでしまいます。あとの二冊は、夜、すこしずつ読みます。昼間は、勉強をちょっぴりして、あとは友だちや澄子ちゃんと夢中で遊びます。夕方はテレビ。茂ちゃんの一日は、なかなかいそがしいのです。

富山君きょうだい

つぎにあげるのは、きょうだい三人が、つぎつぎに学校にあがるように、文庫へも入学した例です。

兄さんの富山一郎君は、一九六〇年十二月に、文庫がひらいた年から来ていた同級の女の子につれられて、もう一人の男の子といっしょにやってきました。その時は、三年生でした。

あとで聞くと、お母さんたちの雑談のおり、子どもが読みたがるだけの本を買ってやるのは、たいへんだという話から、「かつら文庫」の名が話にのぼり、お母さんに、いきなさいといわれたのだそうです。

とてもはきはきしていて、一郎君とは別の小学校から来ている男の子たちと話しあう時、負けん気で大げさに物をいうのではないかという感じをうけました。借りていく本も、少しむずかしすぎるのを借りるような気がしました。(しかし、こういうことを、まだなじまない子に注意するのは、そのメンツをつぶすことになるので、いい方法ではありません。)けれども、とても子どもっぽいところもある、はしゃぎやでした。

やがて、三カ月ほどして四年になると、文庫にもなれ、背のびをしなくなり、民話、伝説、外国のストーリー、探検物など、幅ひろく、どんどん借りてゆくようになりました。

文庫にやってくると、かばんに入れて来た本を返すのも忘れて、目についた本から読みふけります。文庫のしまる時間になって、まだその日借りていくのを選んでいないのに気がつき、大あわてでするしまつです。

こんなふうですから、ちょいちょい来ながら、ずっとまえに借りた本を、返すのを忘れていて、文庫のおねえさんに叱られたりします。

一九六一年の四月には、小学校にはいった妹の恭子ちゃんもきはじめ、相かわらずかなり遠い道を、いっしょに歩いてきました。

五、六年と、じつによくやってきて、六年生の時に借りだした本は、七十三冊です。

一九六二年の春には、恭子ちゃんの下の真二郎君が、幼稚園(五歳)で、文庫入学しました。

一郎君は、中学にはいると、もう妹や弟から解放された、といわんばかりの顔で、新しい中学の友だちとやってきて、自由をたのしんでいます。

わきでひとが何をしていようが、知らん顔で読みふけるのは、相かわらずです。一度読みだしたら、何の音も聞こえなくなるようです。男の子でありながら、やさしい物語もけっしてはずかしがらずに読める、このましい型です。富山君のような子には、もっともっと文庫の本がたくさんあって、どんどん先へ手をのばせるようなしかけになればいいのになあ、と思います。

富山恭子ちゃんは、小学一年になった時、兄さんといっしょにやってきました。しかし、その時は、兄さんのような本の虫ではなく、ふつうの女の子にみえました。けれども、兄さんが、じつによくやってくるので、恭子ちゃんも、いつもいっしょについてきました。

二学期になるころには、だんだんながいお話を読みはじめていましたが、どんどん自分から読んでゆくというようなところはなく、二年になって、兄さんの足がちょっと遠のくと、恭子ちゃんも、ひと月に一度くらいやってきて、何となく借りてゆくという調子でした。けれども、着実に来ているので、私たちとは気安い間がらとなり、田辺さんのお話もよく聞きました。

ところが、二年の三学期のころです、講談社の「少年少女新世界文学全集」の『ドリトル先生物語／あしながおじさん／名犬ラッシー』と、三つも話がはいっている本を借りだそうとしているので、「恭子ちゃん、それ、ずいぶんむずかしい字が多くない？」と、田辺さんがいうと、「平気、これくらいの字！」という返事でした。

そして、じっさい、その日から、厚い本を、ばたばたなぎたおすように読みはじめたのです。二年のおわりまでに、『ドリトル先生』ものは、五冊読んでしまいました。

三年になると、もう兄さんからは、すっかり独立して、年下のお友だちや弟をつれてやってくるようになりました。そして、文庫で読みふけり、弟たちに、「帰ろう、帰ろう。」といわれるところ、兄さんによく似てきました。

三年の中ごろから、日本のものを読みはじめ、おわりごろには、「岩波少年文庫」にも手をのばしました。

四年になると、すっかりおとなしくなって、兄さんが読みおえて返す『シロクマ号となぞの鳥』を、今度は自分がすぐ借りだし、幅のひろいところも兄さんに似てきました。

四年をおえるところにいるいまでは、もう読書のたのしみを、すっかり手のうちにおさめたという感じです。恭子ちゃんの読んだ本のリストだけ、うしろに載せました。

真二郎君は、末っ子で、いまのところ、まだあまったれのきみがぬけていません。来はじめたころは、絵本のところで、自分の本をさがしだすことには、たいへん熱心でしたが、カードのしまつなどは、きょうだいに早くやらせようとして、「キイキイ」いっていました。本の選び方は、「そそう早し」という感じでした。

兄さんやねえさんとちがって、せっかちなのかもしれないと見ているうちに、半年ほどたつと、とてもおちついてきました。おなじ団地に住む、一年生の男の子をつれてくるようになり、その子とふたりで組になり、兄姉たちとは独立して行動もするようになりました。

一九六四年四月、小学生になるころには、カードもちゃんと自分でしまつをつけ、もう一人まえでした。本も、一年の後半には、『エルマーのぼうけん』『がらんぼごろんぼげろんぼ』『ながいながいペンギンの話』など、相当な長さのものを、あたりまえの顔して読んでいます。

もう真二郎君は、兄姉の生活に、本が当然のものとしてはいってしまっているところで育っていくのですから、ふみかためられた道を、かなりらくに歩いていくでしょう。

このきょうだいのお母さんに、家での読書のようすを聞いてみると、一郎君は、読みたい時に、ぱっと読みだし、ほかのことはわからなくなり、知らない字など聞いたことがないそうです。おもしろい本を読んだ時は、お母さんにもいろいろ話して、これは枚挙にいとまがないそうです。

また一郎君は、学校図書館、区立図書館からも借りだすというのですから、おどろきます。どのくらい頭につめこむつもりなのでしょう。テレビは、漫画よりも野球がすきで、野球がはじまると、熱中します。

恭子ちゃんの読書は、大体ひるまで、朝早く目をさまして、寝床で読んでいることもあるそうです。むずかしい、ふりがなのついていない字は、どんどんぬかして読んでしまうようです。本の中に出てきたおもしろいことばは、すぐ使ってしまうから、どの時、どんなことと一々あげられないくらいです。

テレビは、五時すぎに少し見ますが、本の方がすきらしいということです。学校図書館からも、毎週借りてきます。

真二郎君の読書は、夜ねるまえ。おもしろかった本、たとえば『シナの五にんきょうだい』や『ひとまねこざる』や『金のニワトリ』の話などは、お母さんに話して聞かせました。

テレビは、五時ごろから八時まで、いっしょうけんめい見ます。「ディズニー・ランド」の時は九時まで。夢中になると、テレビのすぐ前にいって坐りこむので、それだけはお母さんにちょいちょい注意されるそうです。

お母さんは、子どもたちの行動にほとんど注文をつけません。

いまどき、めずらしくゆったりしたお母さんと、熱中屋の子どものそろっているにぎやかな——時には、それを通りこしているらしく想像される——この一家のようすを、私たちは文庫の窓を通して、興味ぶかくながめています。

富山恭子

入学したばかりの一年生。文庫にも入りたいというので連れてこられた。とてもハキハキした子。

一九六一(昭三六)年

4・2 「ひとまねこざる」「ねずみとおうさま」「まいごのふたご」

4・8 「うさぎのラバット」「名犬ラッシー」「イソップえばなし」「ジオジオのかんむり」

4・23 「カモさんおとおり」「りすとかしのみ」「海のおばけオーリー」

5・7 「ぞうさんばばーる」「ろばのノンちゃん」
5・28 「ぴーたーうさぎのぼうけん」「こまどりのクリスマス」「カモさんおとおり」
6・18 「ふしぎの国のアリス」
7・9 「一〇〇まんびきのねこ」「ちちうしさん」「アルプスのきょうだい」
7・23 「ごんぎつね」「日本のむかしばなし 三年生」(むずかしすぎただろう)
8・5 「きかんしゃやえもん」「ツバメの歌/ロバの旅」「ロシアむかしばなし 二年生」
8・6 「どんぐりと山ねこ」
9・24 「空中旅行三十五日」(「こういう本とてもおもしろい」という)「かにむかし」
10・29 「子ねこの世界めぐり」「じてんしゃにのるひとまねこざる」「すずめのてがみ」
11・26 「スケートをはいた馬」「ろけっとこざる」「ひとまねこざる」
一九六二(昭三七)年
1・14 「こねこのぴっち」「こわいこわいおおかみ」「こねずみせんせい」
1・28 「百まいのきもの」(これは読めなかったにちがいない)「やまのたけちゃん」「どうぶつのこどもたち」
2・18 「うさぎときつねのちえくらべ」「もりのおばあさん」「インドむかしばなし 一年生」
3・25 「フランスむかしばなし 一年生」「ふしぎなたいこ」「ぞうさんばばーる」
*二年生になった。相変らず兄さんとくるが、文庫にもなれ、お話を読んでもらうのがとても好き。
4・14 「ぼく・わたしのくふう工作 初級」「アンディとらいおん」「おおかみ犬」

5・12「名犬ラッシー」「おはなし世界歴史 二年下」「ゆきのじょおう」
6・17「名犬ラッドのぼうけん」「ぴよぴよ一家」「ジップジップと空とぶ円ばん」
7・15「シャボン玉王子」「三つの金のりんご」「うさぎのラバット」
11・3「ロシアむかしばなし 二年生」「こねずみせんせい」「中国むかしばなし 二年生」
＊しばらく文庫にごぶさた。
12・2「スケートをはいた馬」「ひとまねこざる」
一九六三(昭三八)年
1・20「白馬の王子ミオ」「はなききマーチン」「ドリトル先生物語／あしながおじさん／名犬ラッシー」
＊「こんなの平気だ」といって、持っていく。このころから、きゅうに本に喰いついた感じ。
2・17「善太三平物語」これがほしいといって、さがしてもっていった)「サーカス一家」「ぴーたーうさぎのぼうけん」(と、また、たいへんやさしい本を)
2・24「フランダースの犬」「カッパのクー」「インドむかしばなし 二年生」
3・10「くろねこミラック」「そらのリスくん」「長い長いお医者さんの話」
＊同じアパートの年下の女の子をつれてくる。大いに先輩ぶって、せわをやく。
3・17「がらんぼごろんぼげろんぼ」「ながいながいペンギンの話」
3・24「きのこ星たんけん」「ドリトル先生と月からの使い」「ドリトル先生月へゆく」「ドリトル先生月から帰る」「ドリトル先生と緑のカナリア」(ドリトル先生のもの、どんどん読み

出した）

＊春休み用。この日から弟も仲間いり。三年生になった。

4・7 「ガマのゆめ」「インドむかしばなし 三年生」「シェークスピア名作集」

4・21 「名たんていカッコちゃん」「宝島／シェークスピア名作集／ふしぎの国のアリス」（字のこまかいことなど意に介さない）「ミシシッピーの冒険」（全然よめなかったよし）

5・5 「よんでおきたい物語 ちえをはたらかせた話」「ものがたり星と伝説」「ふたりのロッテ」

＊完全に兄さんから独立。友だち、弟をつれて、ねえさんらしくおちついてやってくるようになった。

5・19 「北極のムーシカ・ミーシカ」「きつねのさいばん」「みんなの世界」

6・2 「ビーバーの冒険」「プーポン博士の宇宙旅行」

6・16 「よんでおきたい物語 いさましい話」

6・30 「魔法のなしの木」「オズの魔法つかい」

7・27 「にんじん物語」「白馬フローリアン」（「読めた？」とあとで聞くと、「おもしろかった」という）「キングコングとくつみがき」「あっはっはむかしばなし」「あきれたむかしばなし」「ぼくは王さま」

＊夏休み用。

9・15 「世界の伝説 4年生」「かぎのない箱」「少年少女シートン動物記1」

10・6 「よんでおきたい物語 おかあさんの話」「だれも知らない小さな国」（「とてもおもしろ

かった!」)「きつね森の山男」
10・12「二十一の気球/海をおそれる少年/赤毛のアン」
10・20「木かげの家の小人たち」「しんじゅの家」「でかでか人とちびちび人」
＊日本の長編の創作読み出す。
11・2「ラングみどりいろの童話集」「ラングみずいろの童話集」「ラングさくらいろの童話集」
11・17「ラングばらいろの童話集」「ラングねずみいろの童話集」「白いりす」
＊おなじアパートから、一年生の男の子をつれてくる。歩いてくる仲間は四人になった。
11・30「おしょうさんとこぞうさん」「チョコレート町一番地」「少年オルフェ」「竜の子太郎」
＊「どうしても、みんな借りたい」といって、四冊借りる。
12・15「山ばとクル」「雲の階段」「日本アラビヤン・ナイト」
一九六四(昭三九)年
1・19「カラスだんなのおよめとり」「しびれ池のカモ」「世界動物童話集」
2・2「ガリバー旅行記」「ノンちゃん雲に乗る」「だれも知らない小さな国」(二度め)
2・16「月世界行エレベーター」「小僧さんとおしょうさん」「ひきがえるの冒険/漁師とその魂」
3・15「豆つぶほどの小さな犬」(「だれも知らない小さな国」のつづきときいて読む。これは、それほどおもしろくなかったという)「ジル・マーチンものがたり」
3・28 「ムギと王さま」「くろんぼのペーター」「ゆかいなホーマー君」「世界のふしぎ物語三年生」「いたずら教室」
＊春休み用。もうあぶなげなく、自分でどんどん選ぶ。岩波少年文庫にとりつき出した。四年生になった。
4・5 「にんじん」「うずしお丸の少年たち」「プフア少年」
5・3 「ブチよしっかりわたれ」「愛の動物記 上」「孤島の野犬」「黒馬物語」
＊この日借りたのは全部動物もの。
5・31 「名犬ラッド」「愛の動物記 下」「シロクマ号となぞの鳥」(兄さんがこのあいだ借りたばかり。もう恭子ちゃんにも読める)
6・21 「ドリトル先生アフリカゆき」「平太の休日」「とらちゃんの日記」
7・5 「風にのってきたメアリー・ポピンズ/帰ってきたメアリー・ポピンズ」(「これすきだ」という)「小公子/若草物語」「名犬レンニー」
7・19 「りこうすぎた王子」(まえに、一部を文庫で読んでもらったことがあるのを思いだして、借りた)「星の王子さま」「ふくろ小路一番地」「ぼくはライオン」
＊夏休み用。
9・6 「すてきなおじさん」「チビ君」「クリスマス・キャロル」
9・20 「ちいさいモモちゃん」「ニールスのふしぎな旅 上・下」
＊文庫で、前後を忘れてよみふける点、兄さん、そっくりになってきた。

10・4 「エーミールと探偵たち」「たのしい川べ」「宝島」
10・31 「わが友キキー」「わたしが子どもだったころ」
12・6 「風の子キャディ」(「おもしろかった」)「ルシンダの日記帳」
12・26 「かわうそタルカ／アマゾンの白ひょう」「マアおばさんはネコがすき」「タオ・チーの夏休み日記」「サル王子の冒険」「小さな目 5・6ねん」
＊冬休み用
一九六五(昭和四〇)年
1・20 「秘密の花園」「名探偵カッレとスパイ団」「バンビ／小りすペリー」
1・24 「エーミールと三人のふたご」「わたしが子どもだったころ」(二度め)「ふたりのロッテ／町からきた少女」

遠藤正雄君

遠藤君は、文庫にまえからきていた幼稚園のお友だちにつれられて、一九六二年の四月にやってきたのでした。まったく子どもたちだけの考えで来たらしく、名まえも書けず、自分の家の番地もわかりません。その日は、きょときょと、きゃあきゃあして帰っていきました。しかし、まず図鑑類が目につき、何度めかにきた時、「図鑑」を三冊借りていきました。

それまで五歳くらいで、はいってきた子も、説明すると、カードのつけ方など、わりに早くのみこむのに、遠藤君は、一向におぼえません。そのたびに、文庫のおとなにつきっきりでしまつしてもらうのでした。

そのころ、かれは毎週、着実にやってきては奇声をあげ、「図鑑」や『とらっくとらっくとらっく』のような絵本をまぜて三冊借りていきました。

そういう遠藤君に、田辺さんは、あきずに本を読んでやり、遠藤君が、おしりをじっといすにおちつけて聞くようになったのは、六カ月もたってからだったでしょうか。

そのころ、福音館の「母の友」に中川李枝子さんの「かえるのエルタ」というお話が連載されはじめ、遠藤君はこれを待つようになりました。見たり借りたりするものも、「図鑑」だけでなしに、ストーリーのある絵本が多くなりました。

そして、小学校入学までほとんど皆勤で、私たちからみると、たいへんな幼さで小学生になりました。一年になってからも、わりによく来ていましたが、二年になると、足はかなり遠ざかり、よく遠藤君の名が、「本を返すのが、たいへんおそい人」の仲間にはいってしまいます。

文庫とも縁が切れるのかなと、残念に思っていると、夏休みまえにはやってきて、かなりながいお話を借りていきました。「図鑑」は、あいかわらず好きです。自分より年下の友だちといっしょにくる時は、たいへん兄さんらしくおちついて、本なども、おもしろいのをいっしょうけんめい、さがそうとするようになりました。

いっぽうに、とびぬけてよく読める田宮茂君(前出)と同級生なので、ふたりが文庫でかちあい、『エルマーとりゅう』のおもしろさなどを対等に話しあっているのを見ると、私たちは、遠藤君にこそ、文庫が必要であったのだなと思い、たいへんうれしくなるのです。

このごろ私たちには、遠藤君のような子がたいへんおもしろくなり、ひょいとやってくると、その一言一句を聞きもらすまいとし、帰ったあとで、「遠藤君、たのしみね。」と話しあいます。

遠藤君の借りだした本は、つぎのようなものです。

遠藤正雄

五歳。字も全然読めず、ほんとに幼い感じ。友だちについて、めずらしそうにキョトキョトしてやってくる。図鑑に興味を持つ。

一九六二(昭三七)年

4・15「魚と貝の図鑑」「昆虫の図鑑」「動物の図鑑」

4・22「よんでおきたい物語ちえをはたらかせた話」(これは無理だったろう)「昆虫の世界」「野鳥の世界」

4・29「もりのむしたち」「そりにのって」「ライオンのめがね」(これも話は読めないが、絵にひかれてか?)

5・6　「きつねとねずみ」「ろくとはちのぼうけん」「ピーター・パン」

＊だいぶん文庫のようすにも馴れてきたが、一々つきっきりでせわをやいてやらなければならない。でもおもしろいのか、よくやって来る。

5・20　「採集と標本の図鑑」「魚と貝の図鑑」「動物の図鑑」

5・27　「すてきなのりもの」「くりひろい」「ぞうさんばばーる」

6・3　「かいたくちのみゆきちゃん」「とらっくとらっくとらっく」「きしゃはずんずんやってくる」

＊この子が本をえらぶのを見ていると、図鑑、のりもの以外は、手あたりしだいという感じ。

6・9　「どうぶつ」「ちびくろ・さんぼ」(読んでやったので借りてゆく)「大自然にはばたく」(むずかしいのだが、写真にひかれて)

6・17　「かにむかし」「じてんしゃにのるひとまねこざる」「昆虫の世界」

6・24　「ピー、うみへゆく」「クリスマスのまえのばん」「ぴかくんめをまわす」

7・1　「イソップ」「ツバメの歌／ロバの旅」

7・8　「シナの五にんきょうだい」「船とみなと」(写真をみるため)

7・15　「あふりかのたいこ」「どうぶつ会議」(読んでもらうのか？)「いたずらきかんしゃちゅうちゅう」

7・22　「人類の誕生」(大むかしの人の絵がみたいので)「魚と貝の図鑑」「学習画報6月号」

9・2　「もりのでんしゃ」「へりこぷたーのぶんきち」「とらっくとらっくとらっく」

9・8 「きしゃはずんずんやってくる」「たぐぼーとのいちにち」「昆虫の世界」
9・15 「原色幼年動物図鑑」「船と飛行機」「原色幼年生物図鑑」
9・22 「日本の貝」「ねずみのおいしゃさま」「パノラマ図鑑2」
＊文庫にはいってきたころと比べると、とてもおちついてきた。お話もわりに長いものが聞けるようになった。自分から「おはなしして」という。毎号雑誌にのる「かえるのエルタ」を楽しみにしている。
9・30 「昆虫」「野の鳥山の鳥」「乗物図鑑」
11・11 「ひとまねこざる」「魚と貝の図鑑」「ピノキオ」
11・18 「きかんしゃやえもん」「やまのたけちゃん」「ひろすけ　うたのほん」
11・24 「原色幼年くだものやさい図鑑」「プーポン博士の宇宙旅行」(字のたくさんある本だが、絵がおもしろい)
12・1 「ふしぎなランプ」「まいごのふたご」「ヘンゼルとグレーテル」
12・8 「切手」「岩石鉱物図鑑」
12・16 「ちいさいおうち」「どうぶつ会議」(二度め)「スクールクラブ」
12・23 「みんなの世界」「パノラマ図鑑3・4」「たろうのともだち」「おなかのかわ」
＊冬休み用。

一九六三(昭三八)年
1・12 「もりのようふくや」「3びきのくま」「はたらきもののじょせつしゃけいてぃー」
1・19 「ちいさなきかんしゃ」「のろまなローラー」

1・26「原色幼年野草図鑑」「原色幼年鳥図鑑」「三びきのこぶた」(自分からすすんで、物語の絵本を選ぶようになった)
1・27「じてんしゃにのるひとまねこざる」「ろけっとこざる」「学習理科図鑑」
2・3「つばめのうちさがし」「きつねとねずみ」「むーしかのぼうけん」
2・10「かずのほん1 1―10まで」「ひろすけ おはなしのほん」「かもときつね」
2・17「鳥の図鑑」「イソップどうわ」「野球の図鑑」
3・2「かにむかし」「一〇〇まんびきのねこ」
3・9「ぶーふーうーのちょうちょとり」「とんだトロップ」「3びきのくま」
3・16「ヘンゼルとグレーテル」「学習画報4月号」「人類の誕生」(こういう本のさし絵を文庫で、飽かずに眺める。友だちにも「おもしろいぞ」とすすめる)
3・23「鳥の生活」「犬の訓練」

*この一年間、毎週皆勤のようによくきた。

一年生になった。最初に比べれば、おどろくほどのおちつきよう。話も長いのが解るようになった。けれどもほかの子にくらべるとまだ幼い。入学してどうなるか楽しみ。

4・7「動物の図鑑」「地球と人類」「人類が生まれるまで」「魚と貝の図鑑」
4・20「はなのすきなうし」「まいごのふたご」「学習画報5月号」
4・27「パノラマ図鑑2・3・4」
5・5「おかあさんだいすき」「はたらきもののじょせつしゃけいてぃー」「きかんしゃやえ

もん」

5・11「ぶーふーうーのおせんたく」「ぶーふーうーのちょうちょとり」「おなかのかわ」
＊宿題も放り出して文庫にかけつけるという。お母さんに聞くと、たのしみは、「お話読んでもらえること」だとか。

5・19「どうぶつ会議」「原色幼年鳥図鑑」「原色幼年魚・貝図鑑」

6・2「かばくん」「ゆきむすめ」「おおきなかぶ」

6・8「はたらきもののじょせつしゃけいてぃー」「動物の図鑑」「地球が生まれた」

6・16「ぞうさんばばーる」「とんだよひこうき」「ちいさいおうち」

6・22「マーシャとくま」「かわ」「ひろすけ　おはなしのほん」

7・21「山のクリスマス」「かずのほん3　ながさとかさ」「科学図鑑3　自動車と鉄道」

7・27「日本の貝」「ミツバチの世界」「犬の世界」「昆虫の図鑑」「ちいさなねこ」「だいくとおにろく」「たなばた」「昆虫1」「四季の鳥」
＊夏休み用。

9・7「野球の図鑑」「ぴかくんめをまわす」「がんばれセスナき」

9・28「学習理科図鑑」「しょうぼうじどうしゃじぷた」「日本の蝶」「いやいやえん」(ガリ版刷りの時に、何度もよんでもらい、大すきだった。自分で読みとおしたのか？)「ミツバチの世界」「ヒマラヤ」

12・21「なかよし特急」「ろくとはちのぼうけん」

一九六四(昭和三九)年

2・8　「学習画報2月号」「イソップどうわ」「山の上の火」
＊最後の本の中のお話、一つ読んでやると、たいへんおもしろがって聞いた。「遠藤君、もうこれぐらい読めるでしょう」というと、「読める」と意気ごんでもって帰る。
やはり学校が、かれの生活に大きな比重をしめるのだろう、入学してから足が遠のいた。借りていくのは相変わらずの調子である。
二年生になった。ぽつりぽつりとやってくる。借りていった本を返さないので、催促される。

4・18　「採集と標本の図鑑」「野の鳥山の鳥」「科学図鑑11 電気と電波」(お母さんの話では、「どんなことが書いてあるのか読んでごらん」といわれるのがいやで、図鑑を借りて帰り、「こんなのは読めないよ」といって絵を見ているとか)

6・7　「ぞうのはなはなぜながい」「かえるのエルタ」「ながいながいペンギンの話」
＊しばらくぶりに会うと、急に成長した感じ。借りてゆく本も絵本ではない。「かえるのエルタ」は連載当時、読んでやり、楽しみにきいたもの。本になったというと、よろこんで借りてゆく。

7・18　「プーポン博士の宇宙旅行」「インドむかしばなし 二年生」「まほうの馬」「科学図鑑16 魚・貝Ⅱ」「世界の文学 小学二年生」
＊夏休み用。

9・26　「私たちの世界動物記1 ゾウ」「世界の切手」「のうさぎのフルー」(おもしろかったら

しい顔つきで返しにきた）
10・17 「原色幼年動物図鑑」「てんからふってきたたまごのはなし」「一〇〇まんびきのねこ」
11・7 「どうぶつ会議」（ずいぶん何度も借りている。もう自分で読めるのだろう）「日本のむかしばなし 二年生」「こどもの質問に答える動物のふしぎ」
12・26 「いやいやえん」「わらいねこ」「がらんぼごろんぼげろんぼ」「天からふってきたお金」「動物家族 写真集」
＊冬休み用。
積極的におもしろそうなものを探そうとするようになってきた。貸し出しのしまつなどは、あわてるせいかよくまちがえるが、なんといっても、「自分の文庫だ」という顔でおちついてきたところ、もとの遠藤君とくらべてたいへんなちがいで、うれしくなる。

橋本信子ちゃん

信子ちゃんは、一九六〇年に、前から文庫にきていた年上の女の子につれられて、来はじめました。四つでしたが、とてもおとなしく、はっきりものをいいました。そして、もうひらがながよく読めました。あとでお母さんに聞くと、三歳ごろから看板の字などをしつこく聞いて、いつのまにかおぼえてしまったのだということです。

そのころ、文庫にきているおなじ年ごろの子どもたちが、えっちら、おっちら、文字ととりくんでいるのとくらべると、ふしぎな気がしました。最初に文庫に来た時から、ほかの絵本は、あまり手にとらないで、「岩波の子どもの本」のような、ストーリーのあるものをとりだして、文庫にいるあいだに、声をださずに、一、二冊は読んでしまいます。さりげなく、「声をだして読んで、聞かして。」というと、すらすらと読みます。

毎週やってきて、三冊ずつ借りてゆくので、「子どもの本」は、すぐ種ぎれになり、「雨の日文庫」(麦書房)などに手をのばしました。

この調子でいったら、どういうことになるのかと考え、あとからあとから、やさしくておもしろいお話を提供してやれないのが、残念でした。

幼稚園のころには、このあとに載せてある図書目録にも出てくるように、『こわいこわいおおかみ』や『子ねこの世界めぐり』のような、ながいお話も読んでいます。

一年にはいったころから、まえからききわけのいい子だったのが、いよいよしずかになり、何か家庭の事情でもあるのかな、と私たちで話しあったこともありましたが、そんなことは全然なかったようです。ほかにお稽古ごとをはじめたとのことで、本を借りるわりあいは少なくなりましたが、これは読めないからではなく、お母さんが、あまり読みすぎると、目をわるくすると心配したためのようでした。

しかし、このころから、読書は何となく停滞しはじめ、四、五歳のころ、このままでいったら、どうなるかと、考えたちょうしとは、すこしちがってきました。

三年になってからは、玲子ちゃん(後出)とおなじクラスになり、意気投合したらしく、文庫に来てもずっと元気になりました。現在の信子ちゃんからは、年よりもすこし幼いような感じさえうけます。私の素人考えでは、信子ちゃんのような子は、早教育をすると、ぐんぐんのびたのではないかと考えられ、幼いうちに、もっとたくさんの本を提供したかったと残念に思っています。日本の出版社は、文字の世界にはいりかけた子どもたちのための本を、もっと真剣に工夫する必要がありそうです。

橋本信子

四歳。文庫に来ていた年上の女の子につれられてくる。とてもよく読めて驚くほどだ。

一九六〇(昭三五)年

9・18　「まりーちゃんとひつじ」「ぞうさんばばーる」「じてんしゃにのるひとまねこざる」「ろけっとこざる」

9・25　「りすとかしのみ」「ちびくろ・さんぼ」「かにむかし」「The Summer Snowman」

＊文庫にいる間に、「岩波の子どもの本」など、二、三冊読んでしまう。

10・1　「やまのたけちゃん」「どうぶつのこどもたち」「ちびくろ・さんぼ」

10・16　「まいごのふたご」「金のニワトリ」「はなのすきなうし」

＊題と中身をみて、よく吟味してから、えらぶ。人にきいたりしない。

10・22　「ちいさいおうち」「もりのおばあさん」「みんなの世界」

10・29　「ききみみずきん」「ふしぎなたいこ」「ねずみとおうさま」

11・6 「アルプスのきょうだい」「はなのすきなうし」「みんなこうして生きている」
11・13 「きかんしゃやえもん」「くまさんにきいてごらん」「ふーせんのおしらせ」
11・20 「ぞうさんばばーる」「おそばのくきはなぜあかい」「どろんこさん」
11・27 「フクちゃん1」「あかいふね」「はる」
12・11 「くまさんのおもちゃ」「くまのみつけたアイスクリーム」「ちびくろ・さんぼ」(「これ、とても好き」)

＊ほかにお稽古をはじめて、少し足がとおのく。

一九六一(昭三六)年

1・29 「ちいさいおうち」(「これは大好き」)「一〇〇まんびきのねこ」
2・5 「Angus Lost」「Angus and the Ducks」「ろけっとこざる」
2・12 「りすとかしのみ」「やまのこどもたち」「こねこのぴっち」
2・19 「スザンナのお人形／ビロードうさぎ」「ちびくろ・さんぼ」
3・5 「わんわん物語」(ディズニー)
3・12 「おかあさんだいすき」「ねずみとおうさま」
3・19 「ひろすけ　うたのほん」「ひろすけ　あいうえおのほん」「Blue Bonnet for Lucinda」(英語の絵本で、ほかにもだいぶん気に入ったらしいのがあったが、パパはよんでくれないというのでやめる)
4・1 「かにむかし」「シナの五にんきょうだい」(「とってもおもしろい」)「ひろすけ　おはなしのほん」

4・23　「イソップ」「おかあさんだいすき」
4・30　「まいごのふたご」「じてんしゃにのるひとまねこざる」
5・14　「どうぶつのこどもたち」「七ひきのこやぎ」
5・20　「百まいのきもの」(絵本の棚のものは、みんな読んでしまったので、さんざん本棚を探したすえ、かながふってあるから、これでも読めるといってもってゆく)
6・4　「どうぶつ」「お月さまのたんけん」「こねずみせんせい」
6・25　「うさぎのラバット」(「おもしろかった」という)
7・23　「こわいこわいおおかみ」
7・30　「おやゆびひめ」「よくわかる折り紙」
8・27　「ろばのびっこ」『めずらしいむかしばなし』
9・2　「ぴーたーうさぎのぼうけん」「マッチ売りの少女」
9・17　「子ねこの世界めぐり」(長い話をこのごろ読むようになった。一冊ずつ持って帰る)
9・24　「たべものどろぼうと名たんてい」
10・14　「竜の子太郎」「ハニーちゃんの名たんてい」「インドむかしばなし 一年生」
＊病気で入院しているとのことで、読んでもらってもいいようなものを選んであげる。
10・21　「名犬ラッドのぼうけん」
10・29　「きつねのさいばん」
11・5　「ゆきのじょおう」
11・26　「町へきたペンギン」(「とってもおもしろかった」)

12・2 「月世界行エレベーター」
12・10 「動物の図鑑」(幼稚園のクリスマスの劇にトナカイのおめんがいるので、絵をみるため)「Words」

一九六二(昭三七)年

1・14 「じてんしゃにのるひとまねこざる」「ウィリアム・テル」
2・17 「みゆきちゃんまちへゆく」
3・11 「ロシアむかしばなし 一年生」
3・18 「あしながおじさん」
3・25 「ぞうさんばばーる」

＊一年生になった。

4・21 「おしょうさんとこぞうさん」
4・22 「名犬ラッシー」
5・6 「ジップジップと空とぶ円ばん」
5・20 「おはなしの時間初級」
5・27 「おやすみなさいのほん」
6・10 「もりのようふくや」
7・16 「魔法のなしの木」
8・1 「アイヌの物語」「イギリス童話集」
8・5 「ラングむらさきいろの童話集」「秘密の花園」「シナの五にんきょうだい」

9・9 「秘密の花園」(また借りた)
9・22 「日本の伝説 一年生」
10・14 「つきをいる」
10・21 「名犬ラッドのぼうけん」
11・11 「くろねこミラック」「うさぎのみみはなぜながい」
11・17 「金のニワトリ」「ふしぎの国のアリス」
12・1 「小公女」「子鹿物語」(二つとも再話)
12・8 「フランダースの犬」

一九六三(昭三八)年

1・19 「少年少女世界めぐり 二年」
　＊前にくらべると、このごろおとなしくなりすぎた気がする。あまりものもいわない。
　お行儀はすこぶるよい。どうしたのだろう。
2・9 「青い鳥」「ナマリの兵隊」
2・10 「アメリカ童話集」「わらしべ長者」
3・17 「いやいやえん」
　＊二年生になった。
5・5 「Words」「ちびくろさんぼのぼうけん」
5・18 「日本のむかしばなし 二年生」「白馬の王子ミオ」
6・2 「よんでおきたい物語ふしぎな話」「つきをいる」「少年少女世界めぐり 一年」

6・8 「原色幼年鳥図鑑」「少年少女世界めぐり 三年」(「世界めぐり」はとても気に入ったようす)「マッチのバイオリン」
7・7 「でかでか人とちびちび人」「オニの子ブン」「おおきなかぬー」
7・13 「密林の少年」「キュリー夫人」「日本の伝説 二年生」「八つの宝石」
＊夏休み用。
9・7 「中国むかしばなし 二年生」「ちびっこカムのぼうけん」
10・6 「偉人のこどものころ」「かぎのない箱」
11・7 「ゆかいな吉四六さん」「たぬき学校」(二冊とも「とてもおもしろかった」)
12・22 「トンボソのおひめさま」
一九六四(昭三九)年
1・19 「世界の文学小学三年生」「少年少女シートン動物記4」「エルマーのぼうけん」
2・2 「私たちの世界動物記1 ゾウ」「世界動物童話集」
2・16 「アンデルセン童話全集1」(中の話を一つ二つ読んでやったら、借りてゆく)
3・1 「アンデルセン童話全集3」
3・15 「アンデルセン童話全集4」(「アンデルセン」気に入ったらしい)「なんてんいろの童話集」
3・28 「白クマそらをとぶ」「アンデルセン童話全集5」
＊三年生になった。上野玲子ちゃんと仲よしになったらしく、文庫にもいっしょに来たり、楽しそうにしゃべったりするようになった。

5・3　「カラスだんなのおよめとり」「三月ひなのつき」

5・17　「小さな目　3・4ねん」「オクスフォード世界の民話と伝説1　イギリス編」

5・31　「クマのプーさん／プー横丁にたった家」

6・13　「ドリトル先生の楽しい家」

6・21　「世界のふしぎ物語　四年生」「ながいながいペンギンの話」

7・5　「星の王子さま」「アンデルセン童話全集7」「長い長いお医者さんの話」(上野玲子ちゃんにすすめられて)

7・11　「なんでもふたつ」「アンデルセン童話全集2」(丹念にアンデルセンを読む)

7・18　「小僧さんとおしょうさん」「ポルコさまちえばなし」(この本、新しく出したら、すぐ借りた)

7・25　「天からふってきたお金」(玲子ちゃんと取りかえっこ)「中国童話集」「ふしぎなぼうし」「ドリトル先生アフリカゆき」

9・6　「ドリトル先生の郵便局」「日本むかしばなし2　ネズミのくに」

9・12　「山のトムさん」(中身をすこし話してやったら)「エーミールと探偵たち」

9・26　「木馬のぼうけん旅行」(「とてもよかった」)

10・17　「イソップ童話集」「あべこべばなし三にんのおうじ」

10・24　「かえるのエルタ」

11・15　「百まいのきもの」「フクちゃん1」

12・6　「エルマーとりゅう」

12・12 「まほうの馬」
一九六五(昭四〇)年
1・9 「白いりゅう黒いりゅう」「ものいうなべ」
1・23 「アンデルセン童話全集6」(これが、一ばんぴったりしたところか)

堀江幸子さん

堀江さんは、一九六二年、小学二年の時に、「かつら文庫」にきているお友だちに、本が自由に借りられるところがあると聞いて、まさにとびこんできたのでした。

お母さんとも知りあうようになってから、笑い話に聞かせてくださったことによると、堀江さんは、いっしょうけんめい、その友だちのごきげんをとりむすんで、文庫につれてきてもらったのです。

堀江さんは、まったくはじめから、御馳走をぱくぱくたべるように、本を読む子でした。家がすこし遠くて、電車にのってこなければならなかったので、文庫がしまるまぎわに、ころころした体で、ふうふういいながらかけこんでくると、そのころは、ある私立学校へいっていたので、「おそれいります。」というようなあいさつをし、なるたけ読みでのありそうな本を三冊選ぶと、「ごきげんよう。」と帰っていきました。

このあいさつは、その学校の子どもたちがつかうきまり文句でしたが、本棚の前をうろうろしながら、もらすひとり言などは、まったく子どもっぽくておもしろいものでした。

そして、一年間、もりもり読んだと思うと、とつぜん、お父さんの転勤で、遠くへひっこしていってしまいました。時どき、そこから、「学校は、のんびりしていて、とてもいいけれど、文庫のないのがつまらない」というたよりやら、自作の物語やらを送ってくれました。

そして、一年したある日、またとつぜん、文庫の前にあらわれて、私たちをおどろかしました。またお父さんが転勤になったのだそうです。

「まあ、よく帰ってきたわねえ。」と、私たちは、歓声をあげて、彼女を迎えました。

堀江さんは、すぐ本を選びはじめながら、

「むこうには文庫なかったでしょう？　だから、もったいないけど、本棚にいっぱい、本を買っちゃったの。」

その日、私たちは、子どもたちが帰ったあと、文庫の片づけをしながら、この実感のこもった「もったいないけど」を思いだして、おなかをかかえて笑ってしまいました。

それ以来、堀江さんは、学校も近所の公立にかわり、またせっせと文庫に通ってきます。

このごろの流行で、堀江さんも、学校以外に、いろいろ勉強しているらしいのに、どんな時に本を読むのか、ふしぎに思って、お母さんに聞いてみましたら、五分、十分のひまでも、すっと本の中にはいっていくのだそうです。たとえば、理科の勉強をすます、そして、算数の勉強をはじめるまえに、十分間。学校から帰って、おやつをたべ、あと三十分。朝すこし早く目がさめると、ねたまま、読む。または、着がえをすませて、五分読む、という調子だそうです。夜、寝床にはいってからは、くたびれるのか、すぐぐっすりねむってしまうので、読みません。

学校にあがるまえ――二歳くらいから――、お母さんは、堀江さんが、ねるまえ、くたくたになるほど――それこそ、「また夕方になったと、時には泣きたくなるほど」――お話を要求され、お話したり、読んだりの毎日だったのだそうですが、学校にはいってからは、緊張するせいか、すぐねむるようになったとのことです。小さいころの堀江さんの愛読書は、『ちびくろ・さんぼ』『ぞうさんばばーる』『こねこのぴっち』で、これは、いまでも、だれにもやらずに、とってあるそうです。

堀江さんが、字をひろい読みするようになったのは、三歳くらいからで、それは、お母さんが、あまり絵本を読まされるのに悲鳴をあげて、「ひらがな積木」を買ってあたえると、あそびながら「おーさーるーさーんーがー」などと、本のひろい読みをはじめたのだそうです。

もう五、六歳の時には、講談社の「現代児童名作全集」の『子ねこの世界めぐり』『ハニーちゃんの名たんてい』『きのこ星たんけん』『月世界行エレベーター』などを愛読しました。

それからつづけて、小学館の「少年少女世界名作文学全集」が出たので、注文しておいたら、くるのを待ちかねて、『ロビンソン・クルーソー』『宝島』『ジャングル・ブック』『若草物語』などを、とてもおもしろがってよみました。

そしてそのころ、「かつら文庫」のことを聞きつけたという順序になるのです。それからは、思う存分、いままでの「三倍も、四倍も」読めるようになったと、堀江さんは大喜びなのです。それに、いままでは、本屋さんや百貨店で、一冊ずつ、その本が、どんなのかわからないまま買ってきたのですが、文庫では、本が選んであり、その中から自分で、自由に選べるのが、うれしくてしかたがないといいます。文庫のおねえさんに聞いて、選んでもって帰ると、あまりおもしろくて、こんな本があるのかとびっくりすることがあるそうです。

たとえば、『床下の小人たち』の時がそうです。また、『メアリー・ポピンズ』や『ドリトル先生』なども、それまで全然知らなかったので、びっくりして、学校図書館の時間には、だれにもとられないうちにと、図書室にかけこみ、クラスの親友たちのために、そういう本を確保し、「これは、あなた。これは、あなた。」とすすめると、みんなが、おもしろがるそうです。

この話を聞いた時には、堀江さんの小さい図書館員ぶりを想像し、「お株をとられた。」といって、私たちは笑いました。

堀江さんは、自分のお小づかいでは、少女週刊誌を買い、テレビもけっこうたのしみます。学校図書館で借りた、ぼろぼろの『にあんちゃん』にはたいへん感動し、おばあさんにもすすめ、それから堀江さんの学校にだす日記のつけ方が、すっかりちがってしまい、先生から、「こういう日記だと、堀江さんの心のなかまでわかる。」とほめられたそうです。

堀江さんのクラスには、すごいいじめっ子がいて、授業時間もクラスをかきまわすそうですが、女の子たちは、手をくんでそれに耐え、そのため「みんな人物ができてしまった」という話を聞いて、ゆかいになると同時に、この四年生の女の子のなかにあるたくましさにおどろきました。

堀江幸子

小学校二年生。文庫に来たくて、友だちにたのんでつれてきてもらう。

一九六二(昭三七)年

5・27 「パパはのっぽでボクはちび」「ふたごのころちゃん／つるのふえ」「名たんていカッコちゃん」

6・3 「ながいながいペンギンの話」「ふしぎなぼうし」「ジル・マーチンものがたり」

6・9 「ラングきいろの童話集」(ラングを読みだした)「ちびっこカムのぼうけん」「ゆうやけ学校」
6・16 「ラングみどりいろの童話集」「ラングみずいろの童話集」「赤毛のポチ」(風邪でお母さんが代りに本を借りにくる。前にもこれが借りたかったのだが、まだむずかしいと文庫のおねえさんにいわれ、とても残念だった。きょうはぜひ借りてきてほしいといったとか)
7・1 「ラングさくらいろの童話集」「砂の妖精」(よむものを探していたので、すすめる)
7・29 「サーカス一家」『家なき人形』「オズの魔法つかい」
9・9 「チロルの夏休み」「ラングくじゃくいろの童話集」「ラングばらいろの童話集」
9・16 「すてきなおじさん」「ラングちゃいろの童話集」「ラングアラビヤン・ナイト」
9・30 「星の木の葉」「しんじゅの家」「ラングむらさきいろの童話集」
10・13 「少年少女シートン動物記5」「オニの子ブン」「点子ちゃんとアントン」
10・21 「ドリトル先生の郵便局」「ドリトル先生のサーカス」(ドリトル先生を読み出した)
11・3 「ドリトル先生航海記」「ドリトル先生のキャラバン」「エミールと探偵たち／オタバリの少年探偵たち」
11・18 「ドリトル先生の楽しい家」「ドリトル先生と緑のカナリア」「ふたりのロッテ」
12・1 「コーカサスのとりこ」「ビーバーの冒険」「マッチのバイオリン」
12・15 「サランガのぼうけん」「マルチンくんの旅」「海底の宮殿」

一九六三(昭三八)年

1・3　「秘密の地図」「山のトムさん」「ドリトル先生月へゆく」(ながいあいだ、この本が返ってくるのをまっていた)
1・20　「りんごのおばけ」(題がおもしろそうだと、借りてゆく)「ふしぎな城」(字がこまかくて、かなもあまりふってない本)「十五匹のうさぎ」
2・2　「少女ドリー」「山の天使ティス」「あしながおじさん」(年不相応だと思うが、こちらはだまって見ていた)
2・16　「山の天使ティス」「二十四の瞳」「ジップジップと空とぶ円ばん」
2・23　「錦の中の仙女」「黒馬物語」「サル王子の冒険」(岩波少年文庫をよみ出す)
3・10　「ニールスのふしぎな旅上」「たぬき学校」
3・16　「黒ちゃん白ちゃん」「こぐま星座　上・下」
3・24　「黒い手と金の心」「ふしぎなオルガン」「さすらいの孤児ラスムス／名探偵カッレくん」「空中旅行三十五日」「エーミールと三人のふたご」

＊三年生になった。

4・6　「風の王子たち」「金色の鷲の秘密」「チポリーノの冒険」
4・7　「星の王子さま」
4・13　「十八番目はチボー先生」「町からきた少女」「続ロビンフッドの愉快な冒険」「チビ君」
5・4　「地下の洞穴の冒険／ふたたび洞穴へ」「夢を追う子」「竜のきば」「大草原の小さな町」

＊四冊も借りている。もう一冊もう一冊とせがんで。
突然ひっこし。一年間こなかった。
四年生。帰京したので、また文庫へやってきた。すっかりおとならしくなった。

一九六四(昭三九)年

5・17「銀いろラッコのなみだ」(返す時、「これは、ラッコと人間と二つの世界から書いてあってておもしろい」という)「埋もれた世界／大昔の狩人の洞穴」
5・31「あらしの前／あらしのあと」「アンデルセン童話全集6」
6・6「アンデルセン童話全集6」「風にのってきたメアリー・ポピンズ／帰ってきたメアリー・ポピンズ」(「おもしろくておもしろくて」といって、返す)「アリの国探検記」
6・27「だれも知らない小さな国」「黒馬物語」
7・5「南極へいったねこ」(「これひっこす前からとっても読みたかったのよ。やっと借りられた」とよろこぶ)「トム・ソーヤーの空中旅行」「ムギと王さま」
7・11「五月三十五日」「月世界探検／黒い宇宙」
7・18「白鳥座61番星」「アンネの日記」(とても感動しておばあさんにまで読ませたとか)「鏡の中の顔」「赤いリスの秘密」「メギー新しい国へ」
＊夏休みのためたくさん借りだす。
7・25「山の娘モモの冒険」「青いにしんの秘密」「白い象の秘密」「茶色い狐の秘密」「銀河鉄道の夜」
＊またまた夏休み用！

9・5 「木馬のぼうけん旅行」「家なき子 上・中・下」(ちいさい時、再話で読み、かわいそうな話だと思っていたが、とても冒険的だ。全然かんじが違うという)
9・19 「昔かたぎの少女」「床下の小人たち」(読むものを探していたのですすめた。あとで、「こんなおもしろいのはない。こういうのをもっともっと読みたい」という)「エイブ・リンカーン/ジェーン・アダムスの生涯」(これも、こちらですすめた。「とてもよかった」という)
10・3 「レスター先生の学校」「飛ぶ教室/67番地の子ども/ひいじいさんとぼく」「とぶ船」(とてもおもしろかったそうだ)
10・18 「黄色い猫の秘密」「燃えるタンカー/ガラスのくつ」「木かげの家の小人たち」(「床下の小人たち」を読んでから、小人の出てくるものを読みたいという)
10・31 「名探偵カッレくん」「ツバメ号の伝書バト」「床下の小人たち/野に出た小人たち」(続きが読みたくて、ずいぶんこの本が返ってくるのを待っていた。大よろこびで借りる)
11・7 「長い冬」(「もうこんなのも読めるでしょう」と渡した)「ツバメ号とアマゾン号 上・下」
11・14 「世界をまわろう 上・下」「ルシンダの日記帳」
11・28 「せっちゃん」「金のベール」
12・5 「オオカミに冬なし 上・下」「キュリー夫人伝」
12・19 「くろんぼのペーター」「チムール少年隊」「バラとゆびわ」

一九六五(昭四〇)年
1・16「まぼろしの白馬」「私はチビ」「オクスフォード世界の民話と伝説7　ユーゴスラビア編」
1・24「オクスフォード世界の民話と伝説8　ロシア編」「ぽっぽおばちゃんに敬礼」
2・14「なぞの三十九段」「黒い犬の秘密」「日向ヶ丘の少女／七人兄弟／ネバタ号の少年」

高杉まさる君

高杉君は、おなじクラスの男の子につれられて、一九六二年の九月、一年生の時、はじめて文庫にやってきました。よくはしゃぎ、ふざけて、「ここは外じゃないんですよ！」といわれることでは、幼稚園組の遠藤君と双璧でした。

すぐに興味が、本よりほかのところにとんでいってしまい、クリスマスの準備などはじまると、まめまめしく手をだし、朝来て、昼来て、夕方くるというようにして飾りつけを手つだってくれたりしました。

一年生としては、とくに読めないというのではないのですが、本ずきという子ではないので、手っとり早いところ、何かを借りて、あとはあたりにあるものをいじったりして遊んでしまうのです。この子も、田辺さんが、すきを見つけては、本を読んでやった組です。

来た年の秋に、絵本『アンディとらいおん』を借りだし、それがすっかり気にいって、間をおいては、八回借りだしています。

何かないかなと本棚をさがす時、『アンディ』にめぐりあうと、ほっと安心して、またそれを借りることになるようです。

一年の三学期に、田辺さんが、「高杉君、もうながい話読めるんだろ？」といって、『西遊記』をやさしく再話したものをわたしました。この、一六八ページある本は、高杉君にははじめてのながい本で、かれは、これを時間をかけて読み、この話にすっかりとりつかれました。つぎの年にも何回か借りだしています。あまり喜んだので、家でもこの本を買ってもらったとのこと。ただし、おなじ本が、本屋さんに見つからなくて、べつの再話でした。

これ以来、田辺さんが本を選んでやろうとすると、「『西遊記』ぐらい？」と聞くようになりました。おもしろさ、字のやさしさ、ながさ、すべて、『西遊記』が高杉君の標準なのです。どういうわけか、本はむずかしいものという先入主があるらしく、『西遊記』か『アンディ』でないものは、つよく警戒し、いつも「借りるのない。借りるのない。」とこぼしています。そして、あちこちさがしまわって、また『西遊記』と『アンディ』と「図鑑」などを借りて、私たちへの義理をはたしてくれます。

二年のおわりごろ、高杉君がふと気がつくと、五年生の男の子、Y君が、『月への冒険』という本を借りだしています。いわゆるサイエンス・フィクションもので、子どもたちの英雄、手塚治虫氏がさし絵をつけていました。

「わあい、それ借りる！」ととびつきましたが、すでにY君がその本のカードに名まえをかき、借りだす手つづきをすましてしまったあとでした。高杉君は残念がり、いつまでもY君のまわりをまわっていました。

Y君というのは、いつも文庫に坐りこむ、ながっ尻組で、半分か一冊読んでから帰る子なのです。その時も、じっと読みふけり、半分以上読んでしまってふっと気がつくと、まだ高杉君がそばにいるので、兄さんらしく、「あした返すよ。」といってくれました。

つぎの朝、文庫があくと、高杉君は、「Y君、きた？」ととびこんできました。そして、お昼すぎまでしんぼうづよく待ち、とうとうY君がやってくると、「きた、きた！」と喜んで、『月への冒険』をかかえ、意気揚々とひきあげてゆきました。

しかし、この本は、高杉君には、もちろん、むずかしくて、手におえなかったらしく、期限がくると、もう一ど、カードを書きかえました。そして、三度めに、もう一ど書きかえようとして、「高杉君には、まだちょっとむずかしいだろ。」と、田辺さんにいわれて、未了のまま、返しました。しかし、それからも、また何度か借りだしているので、いつか、よい機会に、高杉君の感想を聞き、一部分でもいっしょに読んでみたいと思っています。

三年になってからは、シートンの『動物記』のやさしいのなどを借りるようになりましたが、どのくらいわかっているのでしょうか。

高杉君は、家では、漫画やテレビに夢中で、年よりも幼いものに熱狂するとのことです。

このごろは、大分、文庫から足が遠のきました。よく道であうと、とてもはにかみ、いかにも友だちに会ったようにしてくれ、そのあと、思いだしたように文庫に来だしたりします。こういう子には、もう少しこっちから積極的に手をだすべきだろうが、手がたりない、と私たちは話しあっています。

小さいころは、田辺さんからお話を聞くのがとてもすきで、グリムの『いさましいちびっこの仕立て屋さん』などは、大いに気に入り、大入道が、相手をなげとばしたり、どぶにつっこんだりする、ものすごいところは、声をたてて喜びました。いまの高杉君にあいそうな、すこしながい、迫力のあるつづきものの話はないものかと、私たちはさがしています。

高杉まさる

小学校一年。同級生につれられてやってくる。元気のよいはしゃぎや。絵本や、「岩波の子どもの本」ぐらいは読める。

一九六二(昭三七)年

9・30 「うさぎのみみはなぜながい」「ちいさいおうち」「昆虫」
10・6 「ゆうかんなペア」「植物」
10・21 「かもときつね」「どうぶつのこどもたち」
10・28 「かにのひっこし」「どうぶつ」
11・11 「もりのむしたち」「シナの五にんきょうだい」「アンディとらいおん」
11・18 「野の鳥山の鳥」「海べの生物」「クリちゃんの学習図鑑」
11・24 「うさぎのみみはなぜながい」(二度め)「りすとかしのみ」
12・1 「ガリバー旅行記」「動物の図鑑」
12・8 「なくなったじてんしゃ」「てんからふってきたたまごのはなし」
12・9 「かにむかし」「ぺにろいやるのおにたいじ」「いたずらうさぎ」
＊クリスマスが近づいたので、そわそわ。日曜には一日、文庫にいて、はしゃいでいる。
12・15 「ちいさなきかんしゃ」「アンディとらいおん」(二度め。「前にすきだったよ」といって)
12・23 「うたうポロンくん」「かにのひっこし」「クリちゃんの学習図鑑」「はたらきもののじょせつしゃけいてぃー」
＊冬休み用。

一九六三(昭和三八)年

1・12 「金のニワトリ」『なくなったじてんしゃ」

1・13 ＊この日も、「キイキイ」さわいで叱られたが、叱られてもおもしろいらしい。
「ちいさいおうち」「ゆうかんなペア」「イソップものがたり」

1・19 「原色幼年動物図鑑」「アンディとらいおん」(三度め)「学習画報2月号」(岩石のついている本といって探して、これを借りる)

1・20 「Perri」「ぞうさんばばーる」「わんわん物語」(ディズニー)

1・26 「むーしかのぼうけん」「ちいさいおうち」「てんからふってきたたまごのはなし」

1・27 「野の鳥山の鳥」「うさぎのみみはなぜながい」(三度め)

2・3 「ツバメの歌／ロバの旅」「植物」

2・9 「もりのようふくや」「まいごのふたご」「海べの生物」

2・16 「3びきのくま」「西遊記」(「少しは長い話も読んでごらん」といって渡した)

2・17 「ゆうかんなペア」「西遊記」(貸し出しカードをわざわざ延長した。「おもしろかった。とても好き」という)「かずのほん3 ながさとかさ」

2・23 「ちびくろさんぼのぼうけん」「よんでおきたい物語いさましい話」

3・17 「てんからふってきたたまごのはなし」「たろうのおでかけ」「たろうのともだち」
＊毎週きたのに、このあいだ、しばらくごぶさた。

3・30 「プーポン博士の宇宙旅行」(読めたのか？)「昆虫」「岩石鉱物図鑑」
＊二年生になった。

4・7 「シンデレラ」「アンディとらいおん」(二年になっても、まだ借りてゆく。四度め)

5・5 「岩石鉱物図鑑」「うさぎのみみはなぜながい」

5・18「たのしいはりえ 2ねんせい」「アンディとらいおん」(五度め)「ライオンのめがね」
6・15「西遊記」(三度め)「ぶーふーうーのおせんたく」
6・16「西遊記」「ジップジップと空とぶ円ばん」(「これぐらい読めるでしょう」といってすすめてみる。おもしろかったよし)
6・22「ぼく・わたしのくふう工作 初級」「てんからふってきたたまごのはなし」「よくわかる折り紙」
7・13「シナの五にんきょうだい」「クリちゃんの学習図鑑」
7・21「白クマそらをとぶ」「なくなったじてんしゃ」「日本の蝶」「むしのたなばたまつり」「アンディとらいおん」(必ずこれを一冊入れてある)「どうぶつがり」
＊夏休み用
8・25「くらしの工作 3・4ねん」「トンボソのおひめさま」
9・14「西遊記」(また!)「ぶーふーうーのちょうちょとり」「魚と貝の図鑑」
9・21「むーしかのぼうけん」「ちいさなねこ」「ぼく・わたしのくふう工作 中級」
10・5「エルマーのぼうけん」「とんだよひこうき」「乗物図鑑」
10・26「いたずらきかんしゃちゅうちゅう」「どうぶつ会議」(わかったのか?)
11・30「ワンワンものがたり」「うみのはなし」
一九六四(昭三九)年
1・19「へりこぷたーのぶんきち」「名犬ラッドのぼうけん」「アンディとらいおん」(また)
＊ずいぶん来なかった。

2・29 「ゆうかんなペア」「ジップジップと空とぶ円ばん」「きのこ星たんけん」
3・1 「フクちゃん1」「採集と標本の図鑑」「月への冒険」(これを、Y君が借りたのがうらやましくてたまらず、きょう返すのをまちかねて借りた)
3・28 「月への冒険」(また日のべして借りた)「アンディとらいおん」(時どきこれをみないと気がすまないらしい)「いたずらきかんしゃちゅうちゅう」
＊三年生になった。
4・5 「月への冒険」(この前全部よめなかったらしい)
4・11 「鳥の図鑑」「てんからふってきたたまごのはなし」
4・25 「みちができた」「ぞうのはななぜながい」
5・31 「月への冒険」(また借りている)「ぴーたーうさぎのぼうけん」
6・21 「少年少女シートン動物記2」「少年少女ファーブル昆虫記1」「月への冒険」(また)
7・19 「ぐるぐるばなしやまからうみから」「少年少女ファーブル昆虫記2」「イソップ童話集」
10・3 「月への冒険」(また！ 手塚治虫氏のさし絵の魅力か)「まほうの馬」
10・10 「シロクマ号となぞの鳥」(むずかしすぎた。題名にひかれたのか)「切手」「りすのパナシ」
10・17 「ポルコさまちえばなし」「のうさぎのフルー」
＊この日借りたもの、二冊とも、いまの高杉君の年齢に一ばんぴったり。この調子！
10・18 「世界の切手」(昨日ひとが借りたのをほしくて、「返してきたら、とっておいて」とた

のんで借りた)
11・15「あべこべばなし三にんのおうじ」
一九六五(昭四〇)年
1・24「少年少女ファーブル昆虫記5」

上野玲子ちゃん

玲子ちゃんは、小学校一年の二学期(一九六二年十月)に、おばあさんらしい人につれられてきました。家が、すぐそばのアパートなので、その日から、文庫に坐って、本を読みはじめました。やせて、小さく、おとなっぽい顔をしていて、つい見おとしてしまいそうな子どもでしたが、いつか、私たちは、玲子ちゃんに注意するようになっていました。

本はよく読めて、文庫に来て、坐っているまに、あかね書房の「世界絵文庫」や、「岩波の子どもの本」など、二、三冊は読みあげてしまいます。思ったことは、はにかまずに、すぐ口にだしました。それが、はっきりしていて、核心をついていました。自然、私たちは、玲子ちゃんのいうことに聞き耳をたてます。

本を読むのが、じょうずなだけでなく、お話を聞くことも、たいへんじょうずでした。田辺さんは、玲子ちゃんがおもしろがってくれると、自分までじょうずに読めるといいます。話の途中でわからないことがあると、ぱっと聞きますが、それが、けっしてでしゃばって、じゃまをするのではありませんでした。

しかし、よく読めるわりに、まめにくるというのではなく、体がよわいせいか、ぽつりぽつりとやって来て、一冊借りていったり、二冊借りていったりします。そうかと思うと、何か用たしの途中で思いだした、とでもいうように、ふらっと来て、本をとりだし、読みふけって、一、二時間、動かないで坐っていることがあります。

ある時、玲子ちゃんが、我を忘れて本に読みふけっているので、私たちもほうっておくと、お母さんがやってきて、「玲子ちゃん、どうしたのかと思ったわ。もう出かける時間じゃないの。文庫じゃないかと思ってきてみたら、やっぱりそうだったわ。」といったことがあります。

彼女は、お母さんと出かける約束があったのに、うっかり、文庫によって、それを忘れてしまったのです。

玲子ちゃんが、ある時、小さい(そのころ二歳?)弟のために絵本をさがしているのを、そばで見ていましたら、『いたずらきかんしゃちゅうちゅう』を手にとって、

「あ、これ、『ちいさいおうち』のひとが、かいたんだ。」といいました。

そして、それはほんとうに、両方とも、バージニア・リー・バートンのつくった絵本でした。けれども、玲子ちゃんは、表紙の文字を見てそういったのではなく、なかの絵

を見ながらいったのです。

玲子ちゃんだけでなく、小さい子どもは、絵のスタイルには、たいへん敏感です。ですから、小さい子には、個性のあるいい絵を見せておかなければいけないと思います。こういう敏感性は、年とともににぶってしまうからです。

それから、玲子ちゃんは、『ちゅうちゅう』を立ち読みして、

「このひと、いなかのことかくの、すきね。」といいました。

そのあと、『ちゅうちゅう』から、おなじ機関車のことをかいた『きかんしゃやえもん』を思いだしたらしく、

「『やえもん』は、じぶんのこと、おれっていってるけど、『ちゅうちゅう』は、あたしだ。」といいました。

私は、ちょっとはっとして、あとでしらべてみたら、そのとおりになっていました。私が、はっとしたのは、玲子ちゃんにとっては、じぶんをおれという『やえもん』――または、それからもっとほかの絵本の主人公――が、私たちより、ずっと生きてうけとめられているらしいと感じ、子どものお話は、一字もかりそめには書けないと思わされたからです。

ところが、それからまもなく、『ちゅうちゅう』をかいたひと、バージニア・リー・バートンが、ほんとうに文庫にやってくることになりました。

『ちいさいおうち』や『ちゅうちゅう』を読む幼い子どもたちは、『ちいさいおうち』や『ちゅうちゅう』とは友だちになっても、それをかいたひとのことは、めったに考えてみません。そこで、私たちは、バートンさんが日本に来た機会に、文庫に寄りたいといってくれた時、

「『ちゅうちゅう』『ちいさいおうち』を
かいたひと、バートンさんが、
×月×日、午後三時、文庫にきます。
みんなに絵をかいてくださるそうです。」

と書いて、文庫の壁に貼りだしました。

ところが、その午後、玲子ちゃんは、何かのつごうで、文庫にこられませんでした。そして、夕方、やっと時間ができて、玲子ちゃんが、文庫にかけつけた時、ほかの子どもたちは、もう帰ってしまい、バートンさんは、その夜、私の家であるはずの、おとなたちの会合の時間を待って、文庫のしきいぎわに立って、庭をながめていました。

玲子ちゃんは、その彼女を、すこしはなれたとび石の上にたって、ふしぎなものを見るようにつくづくとながめました。バートンさんは、おかしそうに玲子ちゃんを見おろしていました。

家のなかに立っているバートンさんは、ぬっと大きく、庭にいる玲子ちゃんは小つぶ

子どもたちの注文で，絵をかくバートンさん．

で、その対照が、あまりきわだっているので、私は部屋を片づけながら、とてもおかしく思いましたが、そのことよりも強く私にきたのは、ふたりは対等に見あっているということでした。玲子ちゃんは、見たいものを、いっしょうけんめい、見ているという感じだったのです。玲子ちゃんは、しばらくそうして見ていてから、だまって帰っていきました。

私は、それからも、玲子ちゃんに、「バートンさん、どんな感じだった？」とか、「あのひと、いなかがすきそうなひとに見えた？」とか、聞いたことはありません。そんなことを聞いて、玲子ちゃんが、あんなにいっしょうけんめいにうけいれた印象を、かきまわしてはいけないと思ったからです。

それを聞く時期は、玲子ちゃんが、それを自分でいいだす時か、彼女がもう少し大きくなって、それをまとまったことばでいえるようになってからでしょう。

お母さんに聞くと、玲子ちゃんは、文庫から借りてゆく本は、あっというまに読んでしまうので、お母さんは、べつに何も聞かないそうです。おもしろい本を読むと、お母さんにもその話をするとのこと。動物の出てくるお話がすきなので、シートンの『動物記』のやさしいのを、家に揃えています。学校図書館はありますが、まだ年齢が下なので、貸し出してもらえません。テレビでは、「鉄腕アトム」やその他の漫画を見ますが、見ずにはいられないというほどでもありません。

一九六四年のクリスマスに、文庫では、年少組の日に、私が、自作「あり子のおつかい」という話を、友だちに紙芝居にしてもらって見せました。玲子ちゃんが、それを見ていたことを、私たちはすっかり忘れていましたが、ずっとあとで、田辺さんが、玲子ちゃんのお母さんに会った時、聞くと、玲子ちゃんは、それを自分でも紙芝居にしたということでした。

そこで、今度は、私たちがそれを借りだしてみますと、話の順序がかんけつで、私たちのより要領よくできているくらいなのに、びっくりしました。玲子ちゃんは、一年の夏休みにも、『かぎのない箱』という本のなかで、たいへんおもしろいと思った「ユルマと海の神」のお話を紙芝居にして、子ども会でやって、好評を博したそうです。

どうも玲子ちゃんには、動物物語だけでは満足できそうもないものがあると、私たち

玲子ちゃんのつくった紙芝居.

はにらんでいます。残念なことに、玲子ちゃんは、体がよわく、去年のクリスマスには、顔を見せましたが、このごろ、熱をだしたり、ぜんそくだったりで、ごくたまにやってくるだけです。そのかわり、三歳の弟の宏君が、一人まえの顔をして、まめにやってくるようになりました。

ここまでのところで、いく人かの子どもたちのようすと、その子たちが本を読んできたあとをたどってみました。よく読める子ばかり選んだわけではなく、最初からよく読めた子もおり、なかなか読めない子もあり、まだ字の読めないうちにきた幼い子もいます。できるだけ、ちがったタイプの子を選んだつもりです。

子どもの性質がさまざまなように、その子たちの暮らしむきもちがっているようです。大体、「かつら文庫」がしずかな住宅地にあり、ここまで歩いてこられる距離に住む子どもたちを歓迎していると、大部分がサラリーマン階層の家庭の子どもということになるようです。それでも、子どもたちとつきあっているうちに、だんだんわかってくるのは、やはり子どもたちの境遇は、そうかんたんにはわりきれないということです。学校の先生あり、銀行員あり、セールスマンあり、洋服屋さんあり、また、お母さんひとりで、たいへん苦労をして、子どもを育てているらしい家庭などもあるようです。

それはともかく、こういう家庭の事情は、文庫では問題にしないことにしています。私たちの問題は、どの子もひとりの子どもだということと、その子と本とのつながりです。

そこで、文庫がはじまって、五、六年は、どちらかというと、私たちは、家庭との交渉をさけてきました。というのは、最近のお母さん方、そして、時にはお父さんも、ともすれば、子どもの価値を学校の点数で判断しがちだからです。それで、「かつら文庫」を塾的なもの、つまり、学校の勉強の延長のように期待されたくないと思ったからです。

もし、「かつら文庫」が、そういうところなら、自分の子どもをよこそうとして、視察にくるお母さん方も時たまありました。よくおぼえているのは、あるお母さんが、三十分ばかり文庫のようすを観察していてから、「ここでは読書指導はなさらないのですか？」といった時のことです。その人は、私たちが子どもたちをならべて、「ここにはどういうことが書いてありますか。これを書いた時の作者の考えは何だったでしょうか。」というようなことを聞いていると思ったのではないでしょうか。そのお母さんとは、ただ一度の出会いであったことを、よかったと思っています。

こうして、かなりながいあいだ、数多い家庭とはほとんど没交渉にすんでから、少しお母さんたちに、子どものようすを聞いてみたら、私たちのしてきたことの結果を、こちらだけで考えているより、もう少しよくわかるのではないかと考えだしたのは、一年ほどまえのことです。たいていの家庭で、「かつら文庫」の性格をのみこんでくださったことではあり、あまりこちらの質問に神経質にならずに答えていただけるだろうと思ったからです。

こうして、一九六三年、田辺さんが十何人のお母さんを訪問しました。一軒一軒の家庭で、ちがった答えのでたこともありますが、お母さんたちの話の共通点はつぎのようなものでした。

一　すらすら本にはいっていった子どもの場合、お母さんは、その子どもがごく小さい時、かならずお話をしてやったり、本を読んでやったりしている。子どもが大きくなってからは、子どもの本をのぞいてもみないというお母さんでも。

二　文庫で本を読んでもらうのが、子どもたちは、たいへんたのしいらしく、家へ帰って、そのことを話す。

三　自分がおもしろい本を読むと、お母さんにすすめる。「読んでごらん。」といったり、「読んであげようか。」といったりする。

四　学校図書館には、あまり魅力を感じないらしい。（ことに、低学年の子どもは借りだせないところが多い。）

五　お母さんたち自身は、どういう本を選んでやったらいいか、わからないので、文庫では、子どもにおもしろい本が選んであり、自由に借りだせることに、安心していられる。

六　経済的にも、ほんとにありがたい。

七　どこの子どもも、ほとんどテレビ漫画の熱心なファンであること。ことに幼い男の子は例外なし。

こういう結果は、おぼろげながら想像していたものでしたが、はっきりお母さんたちの口から聞けたことは、私たちにとって、こちらの気もちに、一つ心棒が通った思いでした。ことに、子どもたちが、たのしんで文庫にきていることは、何にもまして私たちを喜ばせてくれました。

3 子どもの本

子どもといっしょに本を読む

七年のあいだに、「かつら文庫」の子どもたちが、いつとはなしに「本を読む子」としてまとまってきたように、文庫の本棚の本も、かなり変わりました。その一つの理由は、一年のうち、子どもたちがほとんど手にとらない本は、本棚から除かれ、新刊書で補充していったからです。(もちろん、よく読まれる本は、いつもだいじにとっておきましたが。)

それから、もう一つ、子どもとつきあううちに、子どもに教えられて、私たちの日が開かれ、子どものおもしろがることが、だんだんよくわかってきたということがありました。そして、これは、ぜひ子どもに教わらなければいけなかったのです。なぜかというと、私たちは、もうおとなで、子どもではないからです。

そして、この点でもっともよく私たちを助けてくれたのは、子どもといっしょに本を読む――つまり声をだしてかれらに読んでやることでした。

私は、この本のはじめにも、「かつら文庫」をはじめるまえ、東北の子どもたちに本を読んでやったと書きました。この時は、ほんとに、子どもたちは坐っていて、私だけが読む専門でした。私が読まない時は、子どもたちの読書活動は休んでしまうのです。

しかし、「かつら文庫」の場合は、子どもたち自身、読むのです、それでも、折を見つけては、私たちも読んでやったのです。これは、比較的年の少ない子どもたちを本に結びつけるのに、たいへん効果的な方法でしたが、それと、もう一つありがたかったのは、そのお話がおもしろいか、おもしろくないかを知る上に、大いに役だってくれたことでした。

目と目を見あってするお話――ストーリー・テリング――ですと、子どもに働きかける度あいや満足感はずっと強いでしょうが、私たちは、そらでお話をする練習の時間をもちませんでした。そこで、たいていは、本から読みました。すると、目は文字を追っていながら、じつによく子どもの反応が、こちらにかえってくるのにおどろきました。ある話では、いくらこっちがあがいても、子どもは、宙にういてしまって、ちっともついてきません。

かと思うと、読み手と聞き手の間に、ぴいんと糸がはられたような感じのする話があります。これは、たとえば、えさを放ると、くっと魚がくいついたり、いい風をうけて、凧が高くあがったりしたときの手ごたえに似ているかもしれません。

グリムその他の昔話には、こういうお話がたくさんあります。しかし、それは、もともと昔話が、何百年ものあいだ、じょうずな語り手によって、口づてに語りつがれてきたことを考えれば、当然です。

けれども、昔話も、かなり原型に近いものでないと、その実力を発揮しません。昔話のなかにある、子どもをひっぱる力は何か、ということを理解しないで、再話者が型を切りくずしてしまうことがあるからです。

刈られた芝で「クマのプーさん」をつくる.

私の、あるおかしな経験を書いてみますと、ある出版社から、『×××昔話集』という本が出ました。さし絵や製本は、あまり感心できなかったのですが、字も大きく、読みやすかったので、文庫に、二、三年生用の本が、いつも不足ぎみのところから、子どもたちに読んでやって、置くか置かないかをきめようという、ずるい考です。

えをおこしました。（子どもたちこそ、いい迷惑ですが。）

そこで、私は、二、三年の子どもがいく人かそろうと、「さあ、この本を読みますよ。」

とはじめました。けれども、五、六行読むと、「ちょっとまって、これ、やめて、つぎのにするから。」といいました。これは、子どもがついてこないらしいな、と感じたからです。

それから、つぎのを読みはじめて、また、「あ、ごめん。これもやめよう。」といいました。そして、とうとう、三つめのもやめて、子どもたちに、「なにしてるのよう！」と叱られて、いそいで、べつの本にかえました。

この本をつくった人は、いまも昔とかわらず、おなじように子どもをひっぱってゆく力は、何かということをつきつめて考えないで、現代の子どもには、現代風にと、会話などをたくさん入れて、小説風な再話をしていたのです。

ところが、現代の子どもは、現代に生きてはいても、まだ何年も生きていません。経験もつんでいません。そこで、昔、昔話を伝えた文字を知らない人たちとおなじように、抽象観念の少ない世界に生きています。（抽象観念は、経験や文字が、私たちに与えてくれるものです。）そこで、そういう人たちのためのお話は、だれがどう思ったかということでなく、だれが、何をしたかでなければなりません。つまり、語られることは形になり、それが動いていなければなりません。昔話を見てください。みなそうなっています。

「あるところに、おじいさんとおばあさんがすんでいました。おじいさんは山へ柴刈りにいき、おばあさんは、川へ洗濯にゆきました。すると、桃が、どんぶりこ、どんぶりこと流れてきました。」

そのものずばりの主人公が出てきて、すぐ動きはじめて、事件がおこります。どうして、こういううまい形式ができたかと感心しないではいられません。

子どものためには、この形をくずすことはできないのです。これなら、子どもたちは、するするとついてきます。絵が、どんどん動いていくからです。この絵がまっすぐ前進するか、しないかということは、おとなには、それほどぴんときません。おとなの頭は、絵がまがって歩いても、話が逆もどりしても、けっこう処理してついていってしまうからです。

ところが、子どもには、それがたいへんむずかしいのだということは、子どもに声をだして読んでやると、すぐわかります。それが、私によくわかった例をお話ししましょう。

「ながぐつをはいたねこ」というペローの昔話があります。私は、この話がすきで、いつかこの話を、いい翻訳か再話で子どもたちに読んでやりたいと、まえから考えていました。私のもっている二つの翻訳では、あまりうまくいっていないからです。その一つの方のはじまりは、「ひとりの粉屋が、三人のむすこに、わずかな財産として、水車とロバとネコだけをのこして、かわいそうにも世を去りました。」となっています。もう一つの翻訳では、「ある粉屋が、三人のむすこにのこした全財産としては、水車とロバとネコだけでした。」となっています。

これは、話の一ばんはじめに出てくる、たった一つのセンテンスですが、子どものお話では、このたった一つが、とてもたいせつなのです。私は、これをはじめて子どもたちを前にして読んだ時、口のなかがモガモガして、聞き手も読み手も、話のなかにはいっていかれないもどかしさをおぼえました。おとなとして、目で読んだ時は、べつに不都合を感じなかったので、こんなはずではなかったが、と思いました。

そこで、フランス語の原典に、忠実な英語訳をさがして、そこがどうなっているかしらべてみました。すると、できるだけ、英語のことばの順にならべてみますと、「ひとりの粉屋が死んだ、全財産として、三人のむすこに、水車とロバとネコだけをのこして(A miller died, leaving as sole riches to his three sons his mill, his donkey, and his cat.)」となっています。

つまり、粉屋は、物語に顔をだすと同時に死んでいるのです。死んだあとを見ると、遺産としては、こうこういうものしか残っていなかったというのです。これだと、まっすぐ、子どもの頭にはいってきます。物ごとは、おこる順序に、子どもの頭のなかで絵を形づくっていくことができるからです。遺産が先に出てきて、あとで死ぬのでは逆です。

ですから、ここのところは、「ひとりの粉屋が死んだ。死んでみると、三人のむすこに、のこされた財産は、水車小屋とロバとネコだけだった。」となります。そこで、すぐ財産分配の伏線がうまれてきます。そして、子どもたちは、何か事件がおこるぞ、と耳をすまします。

たった一つのセンテンス、それに、これほど厄介な問題がふくまれているのです。お話全体にこんなことがおこったら、どうでしょう、子どもの頭は、何かをつかもうとして、あっちへ手をのばしたり、こっちへ手をのばしたり、しまいには、くたびれて、宙に浮いてしまいます。少しまえのところで、私は、昔話は原型に近くといいましたが、もちろん、それは原型に近くということで、この翻訳のようにフィルムを逆まきにしたような語り口をいっているのではありません。おとなはよく、無理解から、おどろくほどこういうお話を子どもにおしつけているのです。

ところで、昔話は、そういう構成でもいいが、創作童話は、ちがうだろうと考える人が、かなり多いようです。その証拠には、私のところへ送られてくる童話の雑誌には、「きょうは日曜日、お母さんと買物にいく約束をした日だ。」「わあ、すごい、窓をあけると、お日さまがきらきら光っていた。」というような出だしのお話がたくさんあります。

こういうお話を子どもに読んでやると、読み手も聞き手も、はじめの何行かは、ふらふらとさまよい歩かなければなりません。いったい、だれが、どうしたというのでしょう。かんじんな主人公は、どこにいるのでしょう。書く人の心には、主人公は、ちゃんと目に見えています。だから、読む人にも、わかっている、あるいは、だんだんわかってくると思っているのかもしれません。けれども、宙に浮いているあいだ、読者の心は、迷いつづけます。

ですから、私たちおとなは、ぜひ直接子どもから、子どもの目には、それがどう見えるかということを学ばなければならないのです。ところが、子どもたちは、論理的なことばで、私たちにそれを説明してはくれません。まだそういうことをする能力がないからです。ただある本はくり返し借りだしたり、その話を聞くのを喜んだりすることで、「こういう本がすきだよ。こういう話なら、よくわかって、おもしろいんだよ。」ということを教えてくれるのです。私たちおとなの仕事は、子どものそうした「声なき声」や、時には、笑い声や叫び声に耳を傾けて、もう一度その本や話を見なおし、いったい、そのなかには、子どもを喜ばすどんなものがあるのかを、見てみることです。

三、四歳の子どもが、そういうことを、おとなたちにはっきり教えてくれたものとして、『ちびくろ・さんぼ』というお話は、いちじるしい例だと思いますので、ここで少しそのお話をしらべてみたいと思います。

このお話は、いまから七十年ほどまえに、イギリスのヘレン・バンナーマンというおくさんによって書かれました。この人は、インドに駐在した医師の夫人で、幼い子どもを教育のために、故国につれてもどり、またインドにかえる途中、別離の情に耐えかねて、このお話を書き、むすめたちに送ったのだと伝えられています。

ヘレン・バンナーマンは、その話に稚拙なさし絵をつけ、十センチに十四センチほどの小さな絵本にしたてました。おそらく、この手づくりの本は、これを読んだ子どもたちには、たいへん喜ばれたのでしょう。まもなく、イギリスで出版されました。アメリカでも、すぐに海賊版が出ました。まだ著作権は、あまり守られていない、十九世紀末の話だったのです。

出た当時、『ちびくろ・さんぼ』は、おとなたちのあいだでは、いっこうに評判になりませんでした。まだ、そのころ、欧米でも、四、五歳の子どものための創作物は、ごく少なく、おとなたちは、これを評価する目をもっていなかったからです。ということは、当時、おとなたちは、その年ごろの子どもたちが、どんなことをほんとにおもしろがるか、つかんでいなかったということになります。

おとなたちが、この本に注目しはじめたのは、初版後、十年たっても、子どもたちがまだこの本を愛読することをやめなかったからです。そのころ、アメリカやイギリスでは、もう公共の図書館——つまり税金でまかなわれる、一般市民の図書館——が活動しはじめていました。そこで、くる年も、くる年も、三、四、五歳くらいの子どもたちが、『ちびくろ・さんぼ』を借りだすことに、おとなたちは気づきました。（こういういみでも、公けの図書館があるということは、たいへんいいことです。親対子どもで、本を読んでいるだけでは、このような不特定多数の人々の反応を見ることはできません。）そして、おとなたちは、おとなの目でこの本を見なおし、これが傑作であることを発見して、びっくりしました。

このように、『ちびくろ・さんぼ』のおもしろさは、おとなにはながいあいだわからなかったのですが、子どもには、一ぺん読めば、わかることだったのです。そして、毎年、いれかわり、たちかわり、この本をおもしろがることによって、子どもたちは、この本が、この世の中から消えていかないように守ったのです。

この事実のなかには、だいじなことが含まれています。一つは、『ちびくろ・さんぼ』が守られたということ、もう一つは、子どもたちが、ことばでは知らせることのできない、自分たちの心の秘密を、おとなたちに知らせたということです。つまり、三、四、五歳の子どもにお話を書く人たちは、『ちびくろ・さんぼ』をよく読むことで、この年齢の子どもにとっては、何がだいじで、何がおもしろいか、どんな手段で書けば、その子どもたちに、はっきりつかんでもらえるかを知ることができます。

一八九九年に出版された、この『ちびくろ・さんぼ』という話を、このごろ、私は読めば読むほど感心しないではいられません。この話が、これほどおもしろく思えるのは、たしかに、この数年、子どもたちといっしょに本を読んできたおかげだと思います。

まず最初の二ページで、主人公が紹介されます。その主人公は、小さい男の子で、読者はそれをすぐ自分と比較して身近に感じるか、または自分と同一視します。こうして、最初の見ひらき(向かいあった二ページ)で、一つのイメージをはっきり、頭にうけとめて、つぎの二ページに移ります。すると、母親が出てきます。さんぼに、一つの幸福の条件が加わったのです。さんぼは、ひとりぼっちではありません。子どもにとって何よりだいじな母親がいたのです。そして、つぎの二ページでは、父親が出てきます。母親のつぎにだいじな父親。それから、赤い上着、青いずぼん、みどりのかさに、まっかな底とうらのついた、むらさきのくつ！　と、テンポは快調に進みます。

こうして、さんぼの幸福の条件が、一ページ、一ページと重なっていって、その絶頂に達した時、八場面めで、場面は急転直下、さんぼは、生命の危険にさらされることになります。

そのどたん場から、さんぼが、どんなにしてぬけだしたか、いじわるいとらからどんなふうにうまくにげだしたか、一つ一つの場面が、おどろきとおかしみに満ち、最後に、とらたちは、自分たちの貪欲のむくいをうけて、とけてしまい、さんぼは、とらのバタでやいたほっとけーきを、おなかがはちきれんばかりたいらげて、物語は大きな満足のうちに終わります。

ことばは、単純明快、いらないことばは一つもなく、うれしいとか、かなしいとかいう、心のなかのことをあらわす形容詞や動詞は、とらがおこったという時と、バタをもってきてもらって、まんぼが喜んだという時に使ってあるだけです。

そこで、この話は、すべての子どもの頭のなかに、動く絵になってあらわれることができます。喜びやおどろき、その他の情緒は、みな、その動く絵から生まれ、けっして、「ああ、よかった。」「こわいなあ。」などというようなことばではあらわされません。

この動く絵で組みたてられたお話、これこそは、子どもたちを喜ばすお話の秘密なのです。

子どもの物語にたいせつなこと

お話の出だしはどうか、主人公ははっきり、登場してくるかどうか、主人公に条件が付加されていくにしたがって、それが力づよく事件の伏線になっているかどうか。一つ一つのことばは、力をもってつみかさねになっているかどうか。――というのは、とってしまっても、さして関係のないことばがないかどうか。

『ちびくろ・さんぼ』を一ばん喜ぶのは、四、五歳の子どもかと思いますが、この話のなかに含まれている、子どもを喜ばす条件は、もっと年下の子どもの話の場合にも、もっと年上の子どもの場合にも、応用できると思います。

私は、私なりに『ちびくろ・さんぼ』から教えられたことを応用して、このように考えています。

まず、私は、子どもの頭の発達と本の内容との関係について、こう考えます。生まれたばかりの人間の子どもは、犬やねことたいした変わりのない、本能的な力をたよりに生活をはじめます。その子たちには、現在だけが問題で、いま満腹しているか、あたたかいか、おそろしい音はしているか、いないか、そういうことだけが、安心か不安かを左右します。子どもは、そういうことを知るのに、五官を使うという点では、犬やねこの子どもとおなじです。ところが、子どもは、一歳になると、もう断然、動物をひきはなして、人間としての生活にはいっています。

まずことばをおぼえ、それを意志を伝達する道具に使い、また、ひとから何かをうけとるための道具に使います。そして、もう少し大きくなると、絵を見れば、それが、何をあらわしているか、理解することができるようになります。

これは、じつにおどろくべきことです。実物を見ないでも、自動車の絵を見れば、自動車を思いうかべ、犬の絵を見れば、犬を頭にえがくことができるのです。つまり、見たり、さわったりできる、形のあるものから、形をひきぬいて、頭のなかにしまうことができます。そして、それが、音をだすものだと、音もいっしょにしまいこみます。これは、とても犬やねこにできることではありません。犬やねこは、絵の肉や魚には、よだれをたらしません。

　けれども、子どもは、まだこの時代には、自動車の絵を見れば、「ブーブー」といって、犬の絵を見れば、「わんわん」という段階です。そのわんわんが、つぎにどうしたということまで、すじみちをたどったり、注意を集中したりするところへいっていません。そこで、そのころ——一歳半から二歳——の絵本は、二ページごとに、新しいものが出てくるというのが、ちょうどいいのだと思います。けれども、その絵には、やはり、あまりいろいろなひらひらしたお飾りがついていてはいけないし、単純に生き生きととらえていなければなりません。死んだ絵で、形さえなぞってあればいいというのは、まちがいです。

　いつか、私が、ある絵本を小さい子どもに見せていましたら、その子が、「これ、なに？」と聞きました。それは、私の目から見ると、犬でしたので、そう答えると、その子は、「ちがう。」といいました。その絵は、お話のなかの犬でしたので、洋服を着ていましたが、その子が、「ちがう。」といったのは、犬が洋服を着ていたからではないのです。その絵には、ほかにも洋服を着たねこやライオンがテーブルをかこんでならんでいました。ほかの動物はわかったのに、その犬がわからなかったのには、おどろきましたが、犬のもっている何かがそこから抜けていたのではないかと思います。

さて、子どもは、毎日、どんどん新しいことを学んでいるので、見ひらきに一つの場面で満足する時代は、すぐに去ってゆきます。そして、最初の場面にあらわれる自動車や犬が、いくつかの場面にわたって、ある継続的な行動をおこしても、それについていくことができるようになります。つまり、子どもは頭のなかで、一台の自動車が動きだして、衝突したり、いたずらをしたりする道すじをたのしむことができるようになります。また迷子になった犬が、苦労して家までかえるのに、ついてゆくこともできます。けれども、子どもたちは、まだそれを、みな絵と形で考えるのです。そして、子どもは、大きくなるにつれて、その絵や形をいよいよ複雑なものにしていくことができます。一つのお話のなかに、自動車が何台もでてきたり、犬が何びきも登場したりして、かなり長い話を構成していても、それらを区別して、すじを追ってゆくことができます。

そして、やがて、子どもの世界に文字がはいってきます。これもじつにすばらしいと思うのは、この年代までの子どもは、絵を見て、頭のなかに実体をえがきましたが、小学校にあがるくらいの子どもたちは、「じどうしゃ」という文字を見て、自動車の形を頭にえがくことができるからです。子どもはここで、一大飛躍をして、現代の人間になります。

けれども、ここでおとなたちが、よくまちがうのは、子どもは文字を読めるようになったのだから、りくつもわかり、気もちの問題もわかり、判断力もついたと考えることです。ところが、小学校三、四年くらいまでの子どもは、まだまだ絵や形で考えている部分が、たいへん多いようです。そこで、そのころの子どもたちに、お話をしたり、書いたりする場合、絵にならないものを書くと、子どもたちには、たいへんむずかしくなることもあるのです。

たとえば、ある満足な状態の子どもがいたということを知らせたい場合、『ちびくろ・さんぼ』の例でいうと、作者は、さんぼがいて、まんぼというお母さんがいて、じゃんぼというお父さんがいて、赤い上着が出てきて、青いずぼんが出てき、その他のものを登場させました。

これは、幼児の場合ですが、三、四年の子どもに、そういう状態を知らせるのには、どうしたら、いいでしょうか。

「その子は、しあわせだった」では、通じないのです。やはり、その子（または動物であれ、何であれ、その話の主人公）は、どういうところに住んでいたか、だれと暮らしていたか、何をもっていたか、どういう友だちがあったか、そういう事や物で、その「しあわせ」の程度、実体をあらわさなければなりません。しかも、その事や物は、その年代の子どもが、一ばん重要と思う事や物でなければなりません。ちょっと考えただけでも、これはたいへんな仕事だということがわかります。しかし、子どものための話を書く以上、私たちは、これをなしとげなければならないのです。

そして、子どもが、もう少し大きくなると、その子は、だんだんいろいろなことにぶつかって、経験をつみ、その子の頭のなかでは、目に見えるもののかげにある奥ゆきを知るようになります。たとえば、一人の人間には、目に見える形だけでなく、目に見えない、心のおくのこともあるということを学びます。その子の考える「しあわせ」ということばの内容も、どんどんふかまってゆきます。そこで、小学五、六年の子どもに話しかけることばのなかには、抽象的なものが、かなりはいってきても、理解できるようになります。つまり、だれが、何をしたかということだけでなく、だれがどう考えたということがはいってきても、その年代の子どもには理解できます。

そして、とうとうおとなになると、もうこのごろでは、だれがどう考えたということばかりの小説もあって、それが、私たちには、たいへんおもしろく思えるのです。そして、それが私たちには、むずかしく思われないばかりに、私たちは、その方法を子どもにも施してしまいます。

それが、いままで日本の児童文学を書く人たち——もちろん、私もふくめて——のおかしてきたあやまちではなかったでしょうか。

どの年代には、どのくらい、絵と事件の要素が必要か、こういうことを、りくつでなく知りたい、それも、英米の児童図書館員たちが学んできたように、何十年もかけないで知りたいと思う人は、四、五人の子どもを前にして、声をだして本を読むことを、何カ月かやってみるといいと思います。

田辺さんと私が、これまで子どもたちにくり返し読んだ本で、子どもも、私たちもたのしい経験をした本を、いくつかあげておきましょう。

まず、文庫のはじまりごろには、そのころ、まだ英語だった『シナの五にんきょうだい』『一〇〇まんびきのねこ』『いたずらきかんしゃちゅうちゅう』を見せながら、日本語で話してやりました。これはみんな、その後、家庭文庫研究会の手で、翻訳されました。

それから、もちろん、『ちびくろ・さんぼ』があり、『ひとまねこざる』『きかんしゃやえもん』『ちいさいおうち』がありました。このなかでは、『やえもん』ただ一つが日本のお話です。

『ちいさいおうち』は、『ちびくろ・さんぼ』などとちがって、先はどうなるかということで、ぐんぐんひきつけてゆくお話ではなく、子どもたちは、しずかに聞くのです。幼い子どもでも、しずかに聞く話もあるということを、ここでいっておきたいと思います。もっとも、『ちいさいおうち』が、ビルや高架線にとりかこまれていくところで、子どもは、かなり興奮しますが。

それから、もう少し大きい子のためには、英語版の『エルマーのぼうけん』がありました。これも、子どもたちが、つぎの週を待ちかねて聞いたので、のちには、翻訳することを、出版社にすすめました。

もう少しながい話になると、『砂の妖精』があります。これは、私が自分で訳しかけていた本だったので、どのくらい子どもたちがわかってくれるか、おもしろがってくれるかを、じかに知りたいと思って、やはりつづき物にして読んだのです。いまから六年もまえのことですが、そのころは、いまより文庫にくる子どもが少なかったので、私たちは、定期的に日曜の午後三時を本を読む時間ときめて、その時間までに大体の準備をしておくことができました。すると、私たちのまわりに集まるのは、五人から七、八人の子どもでしたが、その年齢は、さまざまでした。そこで、私たちは、最初に五分くらいの、幼児むきの話を読み、つぎにながい、すこしむずかしい話を読むようにしました。

ところで、『砂の妖精』を読みはじめておどろいたのは、その時、六つで、これから小学校にはいろうとしていた二人の男の子が、年上の子どもといっしょに熱心にその話を聞いたことです。その小さい子たちは、その本がおわるまで皆勤で、時どき、私が忙しくて、準備ができず、本をもって「ぶっつけ本番」に文庫に出てゆき、「このまえ、どこまでだった？」と聞くと、「だれだれが何々したところ。」と、たちどころに教えてくれました。そして、前の週にこなかった年上の子どもたちに、私が前週のあらすじを話そうとすると、Kちゃんという六歳児などは、「ぼくがする、ぼくがする！」といって、私のかわりに話してくれました。その話が、すじ道のたっていることといったら、大げさでなく、私がしたよりじょうずにできたのではないかと思うほどでした。これは、第2章の「子どもたちの記録」のところに書いた玲子ちゃんの紙芝居と同様、もう六歳くらいになると、子どもの頭のなかには、聞いた話のいらないところ――たいしてだいじでない個所――は捨て、話の本筋に関係のあるところを、動く絵ではっきりおぼえるという、子ども本来の力を発揮していることを示しているように思えます。

この本が終わると、子どもたちは、その先にも二冊、つづきがあることを知って、訳せ、訳せと私にいい、私も「そのうちにね。」と返事をしながら、まだその約束をはたしていません。Kちゃんは、もう五年生になっていますが、いまも時どき思いだしたように、「あれ、まだなんだね。」と、私を責めるようにいいます。

この本を読んだことは、私にはたいへん勉強になりました。外国の作家の物語は、かなり幅ひろい年齢の子どもにもわかるほど、自由に絵を動かしていることを、はっきり示してくれたからです。この本の作者、E・ネズビットという女の人は、時どき、話の途中で、中の事件からそれて、そのころの時世についておしゃべりを入れるくせがあります。そのおしゃべりを、私は、前に準備する時間のあった時は、鉛筆でしるしをつけて、読む時にはしょりました。そこは、子どもたちが、たいくつそうにするところだったからです。また、口がもつれて話しにくいところは、訳がへたで、「ながぐつをはいたねこ」式になった個所でした。しかし、とにかく、子どもたちは、『砂の妖精』は、お話の終わりまで、毎週、たのしみにしてついてきてくれました。

田辺さんも私も、読んでやって、その力におどろいたのは、トルストイの「民話」でした。「人は何でいきるか」「人には多くの土地がいるか」「愛のあるところには神もいる」などというお話に、子どもたちがどのくらいひき入れられるか、それは試してみないとわからないことです。最初のうち、ざわざわとざわめいている子どもたちの心は、五分もするうち、しーんとしずまって、一つの方向へ流れだすという感じです。テレビやラジオのチャンチャカチャンチャカという伴奏に寸断された話でないと、いまの子どもたちはついてこないと思う人は、これをためしてみる必要があると思います。

それから、これは、田辺さんの経験ですが、ある日、何気なしにヴィーヘルトという作家の『くろんぼのペーター』という短篇集を本棚からとって数人の子どもたちに読みだし、しばらくして気がつくと、文庫じゅうにいるすこし年上の子どもが、全部、白分の読んでいた本をやめて、その話に聞きいり、それが、あまりにもしずまり返った聞き方なので、読んでいるほうがおどろいてしまったというのです。それは、「母の心」という話でした。また、この短篇集のなかでは、「もうない鳥」「この世でいちばん大切なもの」なども、子どもたちは、おなじように聞いたそうです。

トルストイの話も、ヴィーヘルトの話も、どちらかといえば、暗い、魂にかかわりのある寓話です。

いわゆる深刻な心のなかの問題まで、これら練達の作家たちが、どのくらい子どもたちにつかめるような手段で――つまり動く絵で――、書くべきことを処理しているか、たしかに私たちは、学ぶ必要があると思います。

もちろん、子どもも、文字の世界にふかくはいりこんでゆくにつれて、絵や音だけで組みたてられる世界より、もっとおくふかいところへはいってゆきます。

子どもたちが十二歳にもなってくれば、そうそう、耳で聞いて絵になることばかりが、その子どもたちの文学を計る標準ではなくなります。しかし、まだまだ子どもは、子どもです。心に絵が描けないような、具体的でないことだけがたくさんでてくる物語は、かれらには、たいへんつかみにくいようです。

ことに、さびしかった、かなしかったというようなことばを、つい言いたくなる私たち日本の作家は、よほど気をつけるべきだと考えさせられます。

さて、いままでのところで、子どもに本を読んでやったことについて書きましたので、今度は、それが、子どもが、任意に自分たちで借りだしていった本とどんな関係になっているかを見てみましょう。

貸し出しカードのよみ方

「かつら文庫」の本には、ポケットがついていて、子どもたちは、本を借りだす時、その中にはいっているカードに、自分の名まえと借りだした日を書いて、文庫へおいてゆきます。その本を借りる子どもが多いと、カードの記入欄はすぐいっぱいになってしまいますから、そのカードはしまって、また新しいカードをつくって、その本のポケットに入れます。

そうして、いっぱいになったカードはゴム輪でとめられて、文庫の引きだしにしまってあります。このカードは、いわば子どもたちの半分無意識の人気投票で、私たちには、かなりの勉強材料なのです。これらのカードのなかから、年齢の下の順から、いくつかの本をぬいて、私たちなりの「感想」を入れてみましょう。

『ひとまねこざる』(これは三冊つづきもの)『ちびくろ・さんぼ』(すごい回転率)『ちいさいおうち』『こねこのぴっち』『きかんしゃやえもん』『かにむかし』

これらの本は、文庫がはじまった時からあるものだが、その欠点は、製本の粗末なことで、いつも副本を二冊くらいだしているけれど、どれもぼろぼろになり、何度も買いかえた。

『たろうのおでかけ』『ぐりとぐら』『かばくん』『三びきのくま』『おおきなかぶ』

これは、毎月一冊ずつ出る、「こどものとも」シリーズのうち。多くは再版がつづいているので、カードがかわり、本がやぶれても、買いかえることができる。

『シナの五にんきょうだい』『一〇〇まんびきのねこ』『いたずらきかんしゃちゅうちゅう』『はたらきもののじょせつしゃけいてぃー』『どろんこハリー』

大型の単行本絵本。出た時からいままで、人気はすこしも変わらない。

こうしたもののほかにも、絵本はいろいろおいてみたのですが、出ては消え、出ては消えの場合は、カードのかわるまえに、本がやぶれてなくなるのがたくさんありました。そういう本は、たいてい紙も造本も、その他の点も、おそまつです。

『ぴーたーうさぎのぼうけん』『こわいこわいおおかみ』『サーカス一家』『こねずみせんせい』

お話がおもしろいので、よく読まれる。けれども、どれもいまは絶版。この本が、文庫にまだあるのは、文庫がはじまった時、これらの本がすぐ絶版になることを見こして、それぞれの副本を四冊も揃えてしまったからである。製本、さし絵ともに、そまつ。しっかりした本の出はじめたいまでは、なおそう思える。いま文庫に出ているのが、最後の一冊。

『ラングそらいろの童話集』

その他『××いろの童話集』とつづいて十三冊出た。絶版。これが一九六八年に出たころには、絵本を卒業した子どもたちが、かならずたどっていく一つの道になっていて、毎月出るのを待ちかねて、借りだした。これをだしていた出版社が事業に失敗すると、このシリーズは、ほかの出版社に移されたが、前のよりもおちつきのないつくりになったし、最近では、ほかにもよい昔話の再話が出だしたので、子どもたちは、これを読まなくなった。

一時、この本の評判がよかったので、おなじ社では、つづけて、日本の昔話で『××いろの童話集』をだしたが、子どもたちは読まず、文庫の棚におかれる時間も短かった。子どもの本は、拙速主義ではだめなことを示している。

『いやいやえん』(ものすごい回転率)　『エルマーのぼうけん』(つづきがある。ともに回転率良好)

二冊とも、本になって出るまえから、語るお話として、文庫の子どもたちには親しまれていたもの。本になってから、二冊も副本を揃えてあるのに、文庫の棚にじっと坐っていることは、まれである。ことに、『いやいやえん』のような日本の創作物が出だしたことは、私たちを力づける。

『ぼくは王さま』　『ちびっこカムのぼうけん』　『マッチのバイオリン』　『北極のムーシカ・ミーシカ』

相当に読まれているが、外国のものとくらべると、もう一つ力づよい手ごたえがほしい。

『竜の子太郎』

民話から取材した創作。出版された当時、子どもたちはいそがしく借りだした。このごろ、そうひんぱんでないのは、ほかで出だした、きちっとした造本の本にくらべると、体裁がかなり見おとりするからと思われる。

『ジップジップと空とぶ円ばん』『きのこ星たんけん』『スケートをはいた馬』

お話がおもしろく、題がおもしろい。手ごろな厚さ、大きさ。字が大きく、読みやすい。つまり、子どもにはたいへんとっつきやすい本である。装幀、製本、さし絵はよくない。

出版社に聞くと、このシリーズは、売れなかったよし。しかし、おなじ社のもっとずっと売れた全集物より、これらの方が、子どもが手にとる率は、はるかに大きいので、子どもがじっさいに読む本と、売れる本(おとなの買う本)とは、ずれがあることを示してくれた本。ともに絶版。


『たぬき学校』『小僧さんとおしょうさん』『おさるのキーコ』『ゆかいな吉四六さん』

このシリーズ、読みやすく、わかりやすく、ゆかい。じつに広い層の子どもに読まれる。子どものなかの素朴なところに訴えかけるようだ。


『がらんぼごろんぼげろんぼ』『そらのリスくん』『くろねこミラック』

ひっぱりだこというのではないのに、いつもしずかに読まれている。しかし、ともに絶版なので、やがてぼろぼろになって、なくなるだろう。装幀、さし絵はよくない。

『ドリトル先生』シリーズ
一九六一年に、このシリーズが出はじめ、「少年文庫」から大型に変わり、字が大きくなり、ふりがなが多くなったとたんに、この本の読者の年齢が、ぐっと下にさがった。いまでは、時どき、一年生も読んでいる。こういう事実を見せられると、日本の子どもの本をつくる技術は、時には、子どもに本を読めなくしている場合もあるのではないかと疑いたくなる。たいていの子が、一冊を読みだすと、つぎつぎに待っていて、読みおえる。

『まほうの馬』『かぎのない箱』

一九六三年の夏、この「おはなしの本」シリーズの最初の五冊が出ると、かつての『ラング』を読んだ年齢の子どもは、みな、こちらに流れていった。以来二年、十冊になった「おはなしの本」は、各二冊ずつ出してあるが、そろって文庫にもどっていることは、めずらしい。

『だれも知らない小さな国』

一九六〇年、「かつら文庫」に出した時から、ずっと読まれている。そして、読後、「おもしろかった」という感想を、非常に多くの子が、自分から話してくれる。

『オクスフォード世界の民話と伝説　各国編』

いまつづいて出されている諸国の伝説と民話。これもかつての『ラング』とおなじケース。本つくりは、『ラング』より、ずっとスマートである。

年齢が、すこし上になると、読書の幅は、ずっと広くなり、カードのかわる率がおそくなります。そのかわり、子どもたちは、かなりはっきり自分たちの注文をだすことができるようになり、そのいみで、私たちには、子どもたちの反応がとらえやすくなります。

『床下の小人たち』『風にのってきたメアリー・ポピンズ』『クマのプーさん』

これらは、前に「少年文庫」だったのが、その後、大型の本になったもので、その時以来、読者の年齢が、ぐっとさがったことは、『ドリトル先生』シリーズの場合とおなじ。

『ふたりのロッテ』『エーミールと探偵たち』

「ケストナー全集」のうち。これは、「少年文庫」で出た時から、「かつら文庫」で読まれ、全集になってからも、ずっと読まれている。

『とぶ船』『名探偵カッレとスパイ団』『ゆかいなホーマー君』

じみな「少年文庫」シリーズのなかからさがしだして読まれている。

『ピラミッドの秘密』『コンチキ号漂流記』

「少年少女世界ノンフィクション全集」のうち。おとなむけのノン・フィクションを、少年少女むけにすこし書きなおしたもの。このシリーズのほかのものも、非常によく読まれる。事実のふしぎさに目を向けはじめた小学高学年の子どもに愛読される。

『少年少女シートン動物記　全六巻』『少年少女ファーブル昆虫記　全六巻』

小学中級から、幅ひろく読まれる。すきな子は、全巻夢中で読む。装幀はよくない。

『にあんちゃん』

非常によく読まれて(いまは、まえほどでなくなったが)、ぼろぼろになってしまった。大きな、ちゃんとした本で出してもらいたい本。

『ふしぎな足音』

「少年少女世界推理文学全集」のうち。小学上級に読まれる。

あまり書名ばかりになりますから、カードの書きかえの多かったのだけにして、ここらでとどめますが、こうして名まえをならべていくと、それにつれて、その本のつくりや、それを読んで、返す時、「おもしろかった！」といってくれた子どもの顔が、一しょに頭にうかんできます。

ふりかえって考えると、この七年、子どもの本も、けっして一つところにとどまってはいませんでした。だんだんに時間をかけて、内容を吟味したもの、装幀、造本に十分気をつけたものなどが出はじめました。そういうのが出てくると、「そそう早し」で出す本は、たいへん見おとりするようになります。

これは、たいへんいいことだと思います。子どもには、内容さえよければ、見かけはどうでもということは通じないからです。子どもにとっては、見た目と、そのおくの内容は、二つに分かれていません。贅沢である必要はちっともありませんが、教育上からいっても、子どもの本は、できるだけ美しくありたいと思います。

本の内容、装幀などの点で、その本が出たために、日本の子どもの本全体の調子がかわってきた――そのあとから出てくる本に何かの新風を吹きこんだ――と、私たちに見えた本が、この数年間に何冊かありました。

絵本では『シナの五にんきょうだい』『一〇〇まんびきのねこ』「子どもがはじめてで

あう絵本――『ちいさなうさこちゃん』シリーズ――」、幼児のお話の本では『いやいやえん』、装幀の点では岩波書店の「愛蔵版」、小学高学年のためのノン・フィクションでは、あかねの「少年少女世界ノンフィクション全集」。しかし、最後のものなどが出ると、あちらの出版社でも、こちらの出版社でも、おなじような企画で本を出しはじめるのは、どうしたことでしょう。しかも内容まで重複しているのは、考えものです。

もうここらで日本の出版社も、どこでだしても変わりばえのしない「全集物」「名作物」からぬけだして、独自の考えのはいった単行本の発行を心がける時代が来ていると思います。

じじつ、どれもおなじ顔をしている「全集物」は、子どもはあまり手にとりたがりません。

しかし、一つ一つが新しい企画である単行本を発行し、さし絵や製本の点でも吟味しなければならないとなると、子どもの本は、高くなります。子どもが、三十分で読んでしまう本――たとえ、あとで何度もだしてきてみるとしても――を、五〇〇円で買える親は、そうはありません。

ここらで、日本のおとなたちが、どんな家の子も、いい本が手にとれるよう、そのしくみを考えなければならない時代が、到来しているのだと考えられます。

4　子どもの図書館

公共図書館の役わり

さて、「かつら文庫」七年の経験のあとで、私は、また十年まえに考えていたことにもどってきたようです。

それは、日本の子どもの読書の問題を解決するには、本を書く人も、本をつくって売る人も、まだまだ勉強すべきことは多いのですが、その人たちに道をさし示してくれる機関として、子どものたのしい読書の場である児童図書館——または、公共図書館の児童室——は欠くべからざるものだろうということです。いまの場合、学校図書館のことは、考えないことにします。学校図書館のほんとうの任務は、学校の勉強とつながったところで、本を読ませることですし、いまの日本の場合、あまりこれを重要視すると、子どもの自由な精神活動にまで点をつけたくなるという欠点が出てきそうです。そして、子どもがわくにはまらず、その子らしく育つためには、どうしても、この自由な精神活動が必要だと、私には思えるからです。

四、五年まえのことでしたが、ニュー・ジーランドの文部省から、女のお役人が、日本へ視察にきたことがありました。その人は、日本の学校を見学したり、子どもの本の出版社をまわったりしてから、だれに聞いたのか、「かつら文庫」にやってきました。子どもの図書の出版が国でおこなわれているニュー・ジーランドで、その人は、小学校の子どもに読ませる、教科書以外の本の編纂をしていたのです。

文庫のひらいていない日でしたが、文庫のようすを見せ、私たちがしたいと考えていることの大体を説明しますと、その人は、せきを切ったように、夢中で話しだしました。胸にたまっていたことをいわずにいられないというようすでした。

「いままで私が見てきた日本の小学校のようすから察すると、日本の子どもは、受験勉強のために、小学五、六年で、せっかく動きだしたクリエーティヴ・パワーをおしつぶされてしまうのではあるまいか。由々《ゆゆ》しい問題ではないか。」というのです。

話を聞いていて、ほんとうにいいお役人だと思ったのは、その人は、日本の子どものことだから、自分とは関係ないとは思わなかったのです。学校の勉強はたいせつだ、けれども、子どもは、みずみずしい力をもっているうちに、自分からたのしいものに手をのばすチャンスをあたえられなくてはいけないというのです。この人のいうクリエーティヴ・パワーというのは、字義だけをかたくなに訳せば、「創造する力」となって、まるで芸術家しかもっていないもののように思えますが、そうではなくて、人間だれしもがもっている、快いものや知りたいものに手をのばす力、それをにぎりしめ、自分のものにして、自分らしい人間になる力です。

私は、不勉強で、いまの日本の学校教育を自分でよく観察してこなかったので、その人のいうことに、はっきり賛成も否定もできませんでした。けれども、その人のようすから、日本の学校教育の重苦しさを知らされたような気がしました。

その人は、それから三カ月ほど飛行機の旅をつづけて、ニュー・ジーランドに帰ったのですが、旅の途中から、「あなたのところへいった時はうれしかった。いまでもあの図書室を時どき思いだしている。」というたよりをよこして、私をびっくりさせました。

私は、これを自慢話として書いているのではありません。子どもが、学校の図書室に坐らせられて、一時間じっと本を読んでいるところだけを二、三カ月も見てきたあとで、ふいに、子どもが自由な時に、ふらっときて本を選べる図書室が、目の前にあらわれた時、その人は、しんからほっとしたのだろうと思います。ふつうの人なら、だれでもそう感じるだろうと思います。私が、びっくりしたのは、私の家のささやかな文庫が、その人の頭にそんなにふかくきざみつけられるほど、日本の子どもの勉強するすがたは、暗いのかということです。

こういう経験に出あうと、私たちは、これほど小規模の文庫の活動でも、だいじにして、これをひろめなくてはならないのだなと、家庭文庫研究会の人たちと話しあったのでした。しかし、私設の図書室は、たいへん力のよわいものです。このマス・コミ時代に、家庭文庫などというものは、たとえてみれば、オートメーション時代に手工業をやっているよりも力ない試みでしょう。その文庫の心棒になっている人間が病気になるとか、そのほかにも、ちょっとした身辺の変化があれば、挫折してしまいます。また、うまくいった場合でさえ、「繁昌」しすぎると、どうにも個人の手にはおえなくなります。では、どうしたらいいかといえば、公共的な図書館――市や町や村で運営し、税金でまかなわれる図書館――の児童部を育ててゆくほかはないと思います。

日本で、特殊の家庭の子どもだけが、家庭で親や先生から教育された時代が、とっくに去ってしまって、国の規則で、どんな家の子どもでも、学校へいくようになったように、子どもが遊ぶ場所や、自由な読書のできる場所も、国家的・公共的な基盤で、とうにできていなければいけなかったのです。庭のない家の子どもは遊ぶな(いまは、庭のある家の子どもも、なかなか親が遊ばしてくれませんが)、本を買えない家の子どもは読むなというのでは、ずいぶんおかしな話です。遊んだり、本を読んだりは、子どもの自然の活動の一部なのです。そして、また、こう物価があがってきますと、余裕のある家でも、そうそう、子どもに毎月、何冊もの本を買ってやれる時代でなくなりました。

こう考えてくると、公共児童図書館を充実させることは、それこそ「焦眉《しょうび》の急」のように思えますが、それには、どうしたらいいでしょう。

よい図書館には、年齢も性格もさまざまな子どものためのよい本があり、それを子どもに結びつけるだけの力と経験をもった図書館員が必要です。

ところが、私は、いままでのところで、子どものためのよい本――これまで書いてきたところでわかっていただけたと思いますが、この「よい本」というのは、感心な本のことではありません――を、子どもの反応をたしかめながら蓄積していくには、長い時間がかかると書き、そういう本を知る図書館員も、子どもとながくつきあった上で一人前になるだろうと書きました。すると、まるでいたちごっこのように、一つところを堂々めぐりするばかりではありませんか。日本では、結局、そういう子どもの図書館は、望み得ないということでしょうか。

けれど、考えてみれば、どこの国にもはじまりはあったわけです。どこの国にも、完成した子ども図書館が、ある日、突然、現われたわけではありません。

アメリカの図書館の先達

私は、アメリカやイギリスの児童図書館をまわった時、はじめは羨ましさにたえかねて、「日本には、あなた方には理解できない問題があるのだ。」といって、国の公共図書館にたいする無理解、図書館の不足、よい本の不足、国語国字問題などについて、苦情をならべ、なげいてみせたものでした。

そういう時、外国の児童図書館員たちが示す反応は、私をかなりおどろかせました。彼女たち――というのは、外国の児童図書館員は、ほとんど例外なく女性です――は、目をかがやかして、「ちっとも知らなかった。How exciting! How challenging!」というようなことばを発するのです。

私は、はじめ、みょうなことをいうと思いました。学校でならった英語では、これを「なんておもしろい」とか、「なんて挑戦的な」と訳したくなりますが、それではおかしいし、彼女たちの表情に合致しません。二、三回こういうことばを聞いているうちに、それは、「なんて興味のある問題なんでしょう！　なんてやりがいのある仕事でしょう！」といういみだとわかってきました。

そして、彼女たちは、「あなた方は、開拓者なのね。アメリカでいえば、ミス・ヒューインズやミス・ムーアがやった仕事ではありませんか。」というのでした。

私は、何度かこうした彼女たちの出かたを経験してからは、イギリス人やアメリカ人と、日本人のあいだには、かなり問題との対決のしかたがちがうのだなと考えて、しばらくしてからは、もう愚痴をこぼすことをやめました。

さて、彼女たちが挙げた名まえのうち、アン・キャロル・ムーア（一八七一～一九六一）

は、まだ十年まえ、私がアメリカにいった時は、八十歳近くでお元気でした。

私は、その留学の旅に出た時、まずサン・フランシスコまで船で渡り、それから、汽車で、アメリカ大陸を横断し、あちこち、泊りを重ねて図書館を見学しながら、ニューヨークまでいったのですが、見学する図書館、図書館で、児童図書館員に、「ニューヨークへいらっしゃるの？　ムーアさんにお会いできますね。私からよろしくっていってください。」といわれました。

私は、ニューヨークから遠くはなれたところの児童図書館員さえも、ムーアさんの個人的な友人らしいのにおどろき、また、こういう児童図書館員がみな、私がニューヨークへいったら、児童図書館員の大先輩で、子どもの本の批評家としては大御所的な存在になっているムーアさんに会うときめてかかっているのを、おかしく思いました。まだ知らない国についたばかりの私は、八十歳近くの老人を訪ねて、じゃまをするつもりはなかったのです。

ところが、ちょうどアメリカ大陸のまん中ごろのシンシナティ市についた時、予約しておいたホテルにつくと、知らない人からの手紙が私を待っていました。その市の図書館気付に来たものを、図書館の人が、ホテルまでとどけておいてくれたのです。たいへん読みにくい、いわば草書体のペン字なのですが、アン・キャロル・ムーアから来たものだとわかりました。

その手紙には、子どもの本と図書館について勉強をしにきたものへの歓迎のことばをのべ、どんな手だすけも惜しまないからと書いてありました。

ムーアさんは、私のことを、私の勉強を指導してくれていた友だちから聞いたのでした。アメリカの公共図書館の組織は、全国にあみの目のようにはりめぐらされ、そのサービスぶりは想像以上ですから(ひとによると、クリスマスに、遠い市に住んでいる人の電話番号まで、図書館に聞いてくるそうです)、ムーアさんが、私がどの辺の図書館をまわっているかをしらべるのは、たやすいことだったのでしょう。

ムーアさんは、一八九六年にブルックリンのプラット・インスティテュート・フリー・ライブラリーという図書館で児童図書館員の草分けとして働きだし、身をもって児童図書館の形をつくり、児童図書館員の身分を確立し、後輩の養成にあたってきた人でした。そこで、よその国から、子どもの本や図書館の勉強にきた人間があると知ると、手を出さずにいられなかったのです。私だけでなく、ノルウェー人、フランス人、ドイツ人、その他の国々の人たちにも、みなそれをやっていることを、あとで知りました。現にスウェーデンなどは、何十年か前に、ムーアさんの薫陶《くんとう》をうけた人によって、児童図書館の基礎が築かれたのです。

このようにムーアさんは、児童図書館員としては、開拓者といってもいいのですが、それでも、もうムーアさんの出発した時代には、アメリカの公共図書館は、かなり整いつつありました。この時よりまえに、まだ図書館の組織が、国のなかでそれほど力をもたなかった時代に、子どもたちのための公共の図書室の道をひらくのに、大きな力のあった人が、もうひとりいます。それが、少しまえに名をあげたキャロライン・ヒューインズ(一八四六〜一九二七)です。彼女の業績をあとづけることは、私たちにも参考になるように思いますので、短く紹介することにしましょう。

キャロライン・ヒューインズは、一八四六年マサチューセッツ州、ボストンの近くに生まれました。

父方の祖父は、かなり名の知られた肖像画家で、父は、男子用装身具の貿易商でした。家には、ひいおばあさん、おばあさん、父母、妹が七人に弟が一人、というにぎやかな家庭で、不自由のない、知的な境遇に育ちました。

小学校程度の教育は、弟といっしょに母親からうけましたが、のちにボストンの女学校にはいると、ほかの生徒よりずっと勉強がおくれていることがわかり、追いつくのにたいへん苦労しました。けれども、幼いころ、大ぜいのきょうだいといっしょに読んだ本や田園の生活は、のちに図書館員になってから、たいへん役にたちました。

この学校にいたあいだに、彼女が生涯の一転機に出あったというのは、ある日、学校の校長のために、ある資料をしらべにボストンの図書館にいったことです。その時、学問・知識の宝庫であり、それを市民に手わたす役をする図書館というものに非常な興味をもたされ、それからは、学校を卒業したら図書館で働かしてくれと、父にたのむようになりました。

当時、アメリカでは、働く婦人たちが、あちこちに出はじめていましたが、父親は、むすめを社会に出したくなかったので、彼女の部屋を建てましなどして、家にひきとめようとしました。けれども、彼女の気もちは変わらず、ボストン図書館にはいりました。

当時、ボストン図書館の館長は、プールという索引学の大家だったので、キャロラインは、ここでこの人から、図書館の仕事の重要さとおもしろさを教えられたのだろうといわれています。

しかし、彼女に適当なポストがなかったので、この図書館には一年いただけで、あとは女学校の先生をしたりしながら、機会を待つうち、一八七五年、コネティカット州の首府、ハートフォード市の青年図書館の司書に採用されました。そのころ、ハートフォード市は、人口五万。そして青年図書館というのは、有料で、登録している会員は、五〇〇人ほどでした。会費は、年に三ドルで、二年まとめてはらえば、五ドルでした。本は、一回に一冊借りられました。

そのころ、アメリカの図書館で、子どものための活動をしているところは、ほとんどありませんでした。彼女は、仕事につくと、まずそこからはじめなければと考えましたが、年に三ドルという大金を、子どものためにはらおうという親はなかったのです。そこで、図書館にある子どもの本は、会員になっているおとなが、自分の子どものために借りてゆくので、そういう本は、おとなの本といっしょに、題名でＡＢＣ順にならべてありました。

その中には、アンデルセンや、ホーソンや、スコットや、グリムや、ディケンズなどの本がありましたが、これらの本は、当時の子どものための流行作家、オプティック(道徳的な冒険小説の作家)、アルジャー(立身出世物語の作家)、キャッスルモン(実歴冒険小説の作家)、フィンレイ(少女小説の作家)という四人の著者たちの書く本にくらべると、物の数ではありませんでした。ヒューインズは、この四人を冗談に「不滅の四人」とよんでいたそうです。年の多い少年たちは、『フランダースの犬』の作者、ウィーダの作品におぼれていました。

彼女は、ハートフォードにゆくまで、ウィーダの名を知りませんでした。けれども、少年たちの熱中ぶりに好奇心をおこして、何冊かを家にもって帰って、読んでおどろきました。そこで、すぐ新聞に投書して、世の親たちに、子どもたちの読む本をのぞいたことがあるのかと質問しました。その文のなかで、彼女は、「……登場する男性は、『十戒』を全部やぶり……自分の身分よりひくい女性と結婚して、いまは別居中というような人たちです。そして、若い、べつの清純なおとめと熱烈な恋におちいり、おとめたちは、その男性たちのために、すべてを犠牲にしようとしますが、おりよく、別居中の妻が死んだので、美しいことばを吐きながら、男の腕にいだかれ、めでたし、めでたし、というような物語です。」と書いています。

彼女は、こういう本を全部、書棚からとりのぞき、あとを自分が良書と認めた本でおぎなってゆくという許可を、館長からとりました。これが、ことばでいうほどやさしくなかったのは、そのころのアメリカでは、さっきあげたような流行作家の本以外のものは、かなり少なく、出版社は、顧客として、図書館を当てにしてはいなかったのです。もちろん、すいせん図書目録などというものは、一つも出ていませんでした。

キャロライン・ヒューインズは、自分になっとくできる本からつみあげて、その目録作製にとりかかりました。この時、彼女が弟妹や、学校で教えた子どもたちといっしょに読んだ本が、たいへんやくにたちました。また、彼女は、子どもたちに図書館にくるようにすすめ、どんな本がすきで、どんな本がきらいかをたずねました。

一八七八年には、図書館で季刊の機関誌をだすようになったので、それに少しずつ、すいせんする本の名を載せていきました。そして一八八二年、「パブリッシャーズ・ウィークリー」誌の編集者のすすめに応えて、世界で最初の子どものための図書目録「Books for the Young, a Guide for Parents and Children(子どもの本のリスト、親と子どものための手びき)」を編みました。

これには、親たちへの注意の言葉からはじまって、書物の歴史、本のリストがあげら

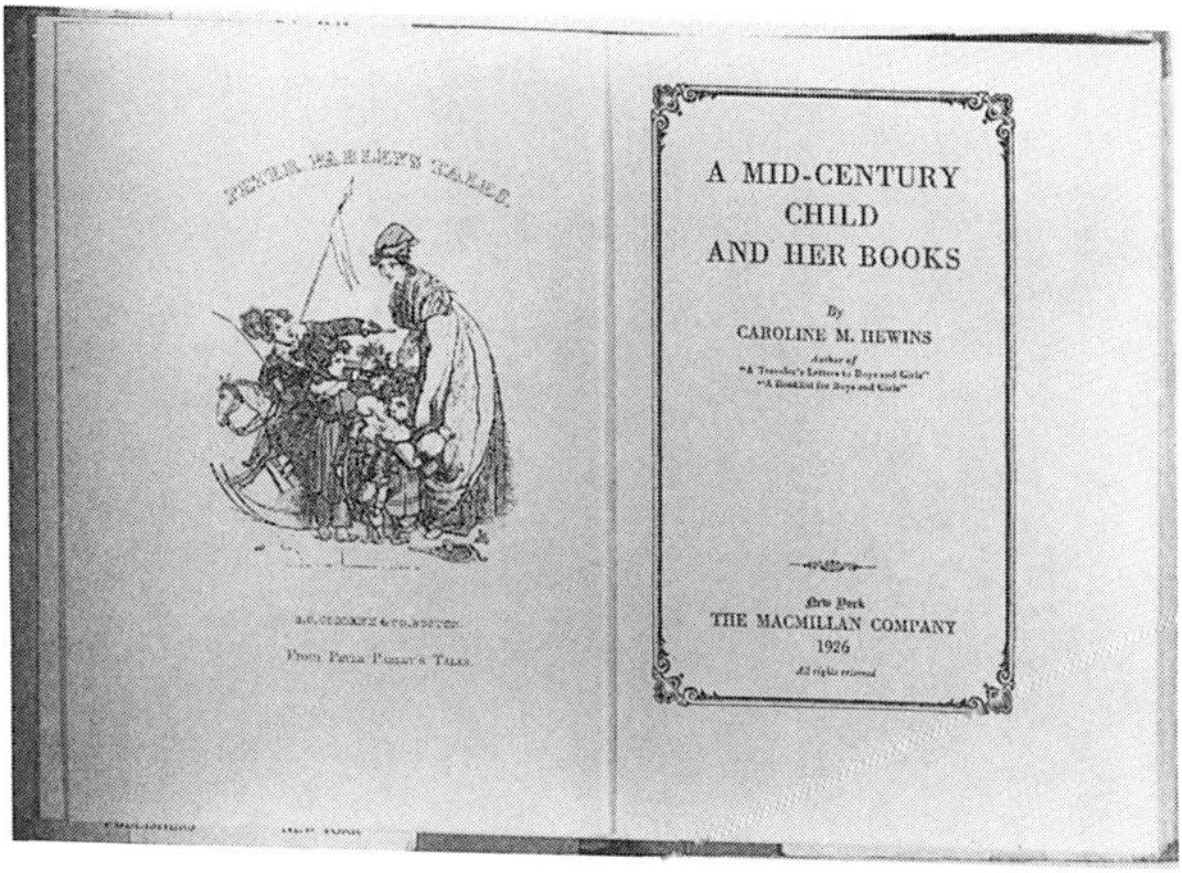

ヒューインズ女史が，彼女の幼時の読書について書いた本.

れています。

十五年ほどまえ、私は、ぼろぼろになったこの小冊子を、上野の図書館で見ましたが、いまは、アメリカでも、この本の初版本は貴重なものになっていると聞いています。

いまから八十五年ほど前に出たこの図書目録のなかに、今日ものこっている、それこそ「不滅」の名作が、かなりたくさんはいっているのは、キャロライン・ヒューインズの目が、どのくらいたしかだったかを物語っているといっていいでしょう。前にあげたアンデルセンなどのほかに、ジョージ・マグドナルドや、マーク・トウェインの名などがはいっています。それにひきかえ、当時の流行作家の名は、この中にも選ばれていませんが、いまでは歴史的に興味があるだけの名まえになってしまいました。この時、ヒューインズがすでに『トム・ソーヤーの冒険』を選んでいるのは、興味があります。『トム・ソーヤー』は、出版された当時、不良少年の出てくる本として、お上品な家庭では不評だったのです。

キャロライン・ヒューインズは、こういうことをするいっぽう、たえず学校に団体登録をすることをすすめ、また、一八九〇年には、図書館の会費を一ドルにすることに成功しました。彼女が、ここで働きだしてから五年でした。その年、会員は一〇〇三人にふえ、二年後には、青年図書館は、だれでも無料で本を借りられるところになって、ハートフォード公共図書館と名まえを変えました。

この最初の年に貸し出された子どもの本は、のべ、五万冊に達しましたが、まだこの図書館には、子ども室がありませんでした。その必要を、市当局に知らせるために、彼女は、まだまだ闘わなければならなかったのですが、ある時、おとなの閲覧者はふたりに、子どもは五十一人つめかけている閲覧室の写真が新聞に出るにおよんで、とうとう彼女の主張はいれられました。

一九〇四年、図書館のとなりの古風な家が、子どもの家に改造されると、子どものための活動は、せきを切ったように活発になりました。本の展覧会、お話の会、さまざまな催しをすることができるようになりました。

こういうことをしながらも、キャロライン・ヒューインズ自身は、児童図書館員であったわけではなく、成人のための図書館員として重要な責任をはたしていたのです。しかし、もうそのころには、専門の児童図書館員もあちこちに出はじめていましたから、彼女は、熱心にその育成にあたりました。

そして、時代は、ここらでアン・キャロル・ムーアの活躍期と重なってくるわけです。一九二五年、ヒューインズ女史は、ハートフォード図書館で働きだしてから、満五十年を迎えました。その時、彼女の友人たちは、「ヨーロッパ旅行か、児童図書館員養成のための奨学金に」と、金一封をおくりましたが、彼女は、旅行は、自分でできるからと、そのお金を「ヒューインズ奨学金」としてつみたてました。もし、私の記憶が確かだとすれば、いまもアメリカでは、毎年、ひとりの若い女性が、このお金で児童図書館員としての教育をうけています。

こう見てくると、二十世紀はじめのころのアメリカの状態が、たいへんいまの日本に似ているように思われるではありませんか。

私が、アメリカの古本屋をのぞいたところでは、やはりそのころ、アメリカでは、子どものための雑誌や、何々文学全集というようなシリーズものが、たくさん出ていたようです。親や図書館員のあいだに、まだ本の評価の基準がさだまっていなかったそのころ、選択はあなたまかせのそういう叢書は、個人が、自分の子どもに本を買ってやる場合、一応の安心ができて、便利だったのだと思われます。しかし、そのうち、図書館が発達してきて、子どもの反応や、自分の見識から本を選択して、それを子どもに手わたすことのできる図書館員が出だすと、雑誌や全集は減り、単行本の時代になりました。それは、時の勢いでした。一つの物語、一つの少年少女小説は、いわば生きものなのですから、手足を切られたり、ほかのものと抱きあわせにされたりしたのでは、本来の魅力は発揮できないのです。そして、図書館が、作家や出版社と子どもとのあいだをとりつぐ役目をうけもつようになってくると、毎月、あるいは二、三年ごとに消えてゆくものよりも、永続的な価値のあるものをつみあげてゆこうとするようになるのは、当然です。

こういうことを、徐々におこないながら、やはり図書館員たちは、本のことだけを心配していればいいのではなかったと思います。彼女たちをとりまく世の中にも、子どもたちにも、問題は山積していただろうと思います。

カナダの「少年少女の家」

カナダのトロント市公共図書館のことは前にもふれましたが、私が十年前、そこへ、最初の児童部長であったリリアン・スミス(一八八七〜一九八三)さんをたずねた時、彼女は、図書館学校を出たての、かけだしの図書館員であったころの思い出話をしてくれました。彼女は、そのころ、二十を出たばかりで、ブルックリンの図書館で、ムーアさんのもとに働いていました。最初は、小さな分館に配属されましたが、そこには、本を読みにくるというより、いたずらをしにくる子どもたちが、かなりたくさんいて、さんざん泣かされたそうです。とくに、その中でひとり、手におえない少女がいて、ことごとにスミスさんの仕事を妨害しました。

ほとほと困りはてて、スミスさんは、ある日、中央図書館にゆく用事ができた時、思いついて、いっしょにいかないかとその子をさそってみました。その子は、自分ひとりがさそわれたことを得意に思ったようすで、ついてきました。

りっぱな中央図書館につくと、スミスさんは、その子をつれて、ムーアさんのいる児童部長室に通りました。

「すると、あの人は、わたしが、なぜその子をつれてきたか、ひと目でわかってしまったんです。」と、スミスさんはいいました。「そして、女王のような堂々たる態度でその子を、ちゃんと一人前の人間として、話しかけたんです。そうしたら、その子は、びっくりして、うんとも、すんともいえなくなってね、帰りは別人のようになって私についてきました。それから、その子は、私のいい助手になってくれたのです。」

アメリカの公共図書館創成期の、先輩と後輩のこうした助けあい、また、その人たちが、子どもの、よいものを感知する能力にたいして持っている全幅の信頼は、じかに話を聞いていると圧倒されるような感じがしました。

当時の、このかけだし図書館員、リリアン・スミスさんが、のちに、名児童図書館員として米英にその名を知られた、トロント市公共図書館の初代児童部長になったのでした。

十年前の見学旅行の途中、私は、このトロントの児童図書館「少年少女の家」を訪ねて、そのあたたかい雰囲気にうたれました。

アメリカの、あかるいガラスばりの、最新式の図書館では、貸し出しカードなどは、カメラでカチャッと写してしまうように、能率的に処理していました。私には、そういう図書館は、まるで夢の国のできごとのように思えたのですが、どことなく、人間と本の場所というより、機械的な感じもうけたのです。

ところが、トロントにいってみると、予算の関係でしょう、本はよごれ、仕事は人の手でなされていました。そして、何よりも、館のなかの雰囲気が、家族的なのにおどろきました。スミスさんの引退したあと、彼女の育てたジーン・トムソンという人が部長になっていましたが、うける感じは、スミスさんが母親か姉で、トムソンさんは、むすめか妹というなごやかさなのです。そして、この関係は、トロント市にある何十という児童図書館の館員間の結びつき、また子どもたちへのサービスの上にもあらわれていま

「少年少女の家」のあたたかい火の前で，本をよんでもらう．

した。

スミスさんは、一九一二年、二十五、六歳で、アメリカのムーアさんのもとをはなれ、故郷のトロント市の公共図書館で、ほんとうの子どものための活動——というのは、トロント図書館にも、そのずっとまえから名ばかりの児童部はあったからです——をはじめるために帰ってきたのでした。その時から、スミスさんの全エネルギーを傾けての活動がはじまりました。

就任するとすぐ、彼女は、子ども部屋の本棚から、子どもに読ませる価値なしと見た本を破りすててしまいました。すると、本棚はがらあきになったので、一冊、一冊、これこそという本で埋めてゆきました。

「子どもには、量より質ですよ。」と、彼女は、思い出話をしながら、話してくれま

1922年に建てられた「少年少女の家」.

した。

それから、彼女は、小学校をまわって、ストーリー・テリングをして歩きました。

「私には、残念ながら、それができないので。」と、私がいいますと、スミスさんは、

「できる、できる、私にだってできたんだもの。」といいました。

ほんとにスミスさんは、ことばがなかなか出てこないで、吶々《とつとつ》として話す人だったのです。

スミスさんの就任後十年間に、トロント市の児童図書室は、二カ所から十四カ所にふえ、図書の貸し出し数は、年間三万から五十万にふえました。一九二二年に、仕事の膨脹のため、児童部は独立して、「少年少女の家」が建てられました。

私は、それから二十二年ほどして、はじめてそこを訪れたわけですが、その時、スミスさんはもう引退して、市内の児童室は、四十いくつかにふえ、また新しいのが、二つほどできかかっていました。

ここの児童室の本は、ファンタジーは「ロフティング」(『ドリトル先生』の著者)、少年少女小説は「ランサム」(『シロクマ号となぞの鳥』の著者)というように、作家の名まえのついた本棚で分類されているのもめずらしく思えました。また、ここの図書館では、ストーリー・テリングは、アメリカでも評判になったほど積極的に活用され、少し大きい子どもたちのためには『ギリシャ神話』などをつづきもので試みたということです。本を読みにくる子どもたちは、のびのびとしていて、ここではイギリスの本もたくさん入れていますから、ディケンズのような大人の本なども、まっ黒になっていました。

ここでは、長い間の経験から選びだした本を、子どものための基本のすいせん図書目録として、『少年少女のための本』という図書目録をだしています。その選択はかなりきびしく、高度で、アメリカでは、「あんな本は、子どもにはむずかしい。」という人もあったそうです。

「けれども、ここの子は、読むんだから、しかたがない。」と、スミスさんはいっていました。

ムーアさんが、八十に近い体で、私をつれ、バスに乗って、ニューヨークのあちこちの児童図書室まわりをしてくれたように、スミスさんも、私が日本に帰って、「出版社の仕事のかわりに、当分、子どもたちといっしょに本を読むことになるかも知れない。」というと、「そうだ、子どもをはなれたところからいい本はできない。」と、心から賛成してくれました。

そして、「かつら文庫」の出発を知らせるとすぐ、オンタリオ州の児童図書館員と語らって、すばらしい四十何冊かの本を送ってくれたのです。それが、どのくらい、文庫の力になったかは、前のところで書きました。

ストーリー・テリングの魅力

その後、七年ほどして、トロント市公共図書館で、「ストーリー・テリング大会」が催されることになった時、私は、ジーン・トムソンさんからぜひくるようにとの勧誘をうけました。そして、それが儀礼などではなく、その大会で「お話」をする、イギリスの有名なストーリー・テラー、コルウェルさんの話を、私にぜひ聞かせようとしているのであることは、招待状につづいて、すぐ手紙が来て、「自分のところでは、旅費は出せないが、カナダの××協会へ手紙を出してみるように。あなたのライブラリーのようなケースには、お金が出るのではないかと思う。」などと書いてあるのでもわかりました。

「かつら文庫」の試みは、そういうところに手紙を出すには、あまりにも個人的な、貧弱なものであることが、確固たる自治体を背景にもって、ゆるぎのない基盤の上にたって仕事をしているトムソンさんにはとうていわかるはずがないと、私は、おかしくもなりましたが、とにかく、そのストーリー・テリング大会には出席して、指折りのお話じょうずの人の話を聞きたいものだと思いました。

さて、このストーリー・テリング大会というのは、イギリスの桂冠《けいかん》詩人ジョン・メイスフィールドが、トロント放送局のために書いた詩の原稿料を、「古くから伝わるおとなと子どものための芸術、ストーリー・テリングのために使うように」という条件で、「少年少女の家」に寄付したことからおこった催しなのでした。そこで、トロント市は、その基金にいくばくかを加えて、「お話大会」を開くことになったのです。お話を語る人は、まずメイスフィールド博士のメッセージをもって、「お話」をしにくる、イギリスの児童図書館員、アイリーン・コルウェル、それから、トロント周辺の図書館員のなかから選ばれたいく人か、また、アメリカからも二人のお客がありました。そのうちのひとり、ローリンズさんは黒人でした。(アメリカで図書館

子どもたちにお話するコルウェルさん.

をまわっていて、たいへん気もちよかったのは、図書館は、知的な黒人のひとたちの進出場所だということです。ことに声のいいこの人たちは、たくみなストーリー・テラーで、ニューヨーク公共図書館の現在の児童部長、ベイカー夫人も黒人です。）

というようなわけで、私は、とにかく、ひと苦労した上で、十月の半ば、とうとうトロントでこの人たちのお話を聞くことができたのですが、これは、まさに本格的な「お話」でした。音楽も何もありません。ちょっとした身ぶりや表情はあります。けれども、ほんとうの素話《すばなし》です。ある話は十分ちょっと、ある話は三十分近くつづきました。

イギリスの桂冠詩人のお声がかりの会だというので、開会日には、市のおえら方のスピーチがいくつかありました。なかでも、図書館運営委員会の会長をしているという、はげ頭のふとった老紳士は、「少年少女の家」が、メイスフィールド博士の好意を得たという栄誉にすっかり酔っているような話しぶりでした。けれども、はたしてその人が、それからはじまるお話にも、おなじくらい興味をもっているかどうか、私には疑わしく思えたのです。

その日は、子どもを入れずに、話し手は、新聞や放送関係、学校の先生、その他のおとなに、子どものためのストーリー・テリングが、いかにたのしいか、だいじなものかを知らせるために実演したのでした。

そして、じじつ、その日の五人の話し手の話したお話は、非常にたのしかったのです。

おとなたちは、子どもしおなじように笑い、または、しーんとなって聞きました。ことに、コルウェルさんの「おく病な男の子」という話は、弱虫のひとりの少年が、それを克服してゆく民話調のお話でしたが、たいへんユーモラスで、しかも美しく、心にのこりました。その美しさは、話の内容によることは、もちろんですが、多分に、彼女の洗練された発音、力のこもった節度ある話しかたからもくるように思われました。聞いたあと、いい劇を見たような爽快な満足感がのこりました。

年とった、例の運営委員会長などは、会の終わりころには、すっかり興奮してしまって、閉会の辞として、開会の時とは全然ちがった調子の、幼いころの思い出をながながと語りだしたほどでした。

「今日、一ばん期待以上に満足したのは、きっとあの人ですよ。」と、図書館員たちは笑っていました。

さて、コルウェルさんが、一週間の大会のあいだに話したいくつかのお話のうちでは、イギリスの詩人、ローレンス・ハウスマン作の「中国のフェアリー・テイル」という話が、圧巻でした。それは、美しいものにあこがれる心は、何ものにもまして尊く、守られなければならない、それを妨げるものは、その罪、死に価するというテーマの、絵画に志す中国の少年の話でした。はじめからおしまいまで静かな口調で語られたこの話がおわった時、会場は、それこそ水をうったようにしずまりかえって、しばらくは、だれも動きませんでした。おそらく、大部分の人が、涙をうかべていたと思います。

この時の経験以来、英米の図書館で、「お話、お話ができるようになりなさい。」と、かけだしの児童図書館員が上司からいわれ、ストーリー・テリングができるということが、児童図書館員の必須の条件になっているわけが、ほんとによくわかった思いがしました。

子どもを本に結びつけるのに、ストーリー・テリングは、たいへん有効な方法だといわれていますが、これがじょうずにやれたら、これほどたのしく、すばらしい方法はないでしょう。子どもが、ひとりで本を読んでいて、かつてお話じょうずな人の口から聞かされたことばが出てきたら、そのことばは、子どもの頭のなかで美しくなりひびくにちがいありません。

ポストの数ほど図書館を

私は、「お話大会」の旅の帰り、イギリスにまわって、コルウェルさんの勤める図書館をたずねました。それは、ロンドンのヘンドン地区の図書館で、アメリカやカナダの図書館にくらべると、見ばえのしない、じみなところでした。イギリスの図書館は、アメリカやカナダでのように、大きな市に一つの中央図書館があり、その分館が全市にちらばっているのとはちがって、区、区で分かれて、べつべつの行政のもとに運営しているので、大きなことができにくいと、コルウェルさんはいっていました。（これは東京の場合とおなじです。）図書館学校でも、児童室専門の司書を特に養成するしくみはなく、一般の図書館学を勉強する人に、何カ月かの講習のようにして、コルウェルさんたちが教えるのだということでした。

もう六十何歳かと見える彼女自身、どのようにして自分を訓練してきたかと、私がたずねますと、彼女は、"How I Became a Librarian"（邦訳『子どもと本の世界に生きて』）という小さい本を、私にくれました。その本には、質実な牧師の子どもとして生まれ、本と子どもが好きだったため、何とか児童図書館員になろうと決心したこと、そこで、図書館学校は出たけれど、なかなか児童図書館員として雇ってくれるところはなく、また、やっと子どものための仕事ができるようになったと思うと、そこが紡績の工場でなりたっている町だったため、小やくざ的な少年工員たちにひどくなやまされたこと、そのあいだじゅう、ずっと子どもをつかまえてはストーリー・テリングをしてきたこと、そのうち、ロンドン郊外のヘンドン地区に新しく図書館組織ができるについて、その準備のため、パート・タイムの児童図書館員を募集するという新聞広告を見つけ、定職をなげうって、そこへとびこむ覚悟で試験をうけにいったこと——新しい組織ができるのならば、自分がよい仕事をしさえすれば、準備がすんだあと必ず就職につながるであろうと、彼女は考えたのです——、そして、ついにヘンドン図書館の児童部主任となり、そこの組織を第一歩から築いていったことなどについて、細かくつづられていました。彼女の歩いてきた足どりをたどってみますと、ちょっとした苦難の道です。世の中も、図書館自体も、まだ子どものための活動が、それほどだいじだとわかっていない時代だったのです。

しかし、いまでは、多くの出版社が、出すべき本のことを彼女に相談し、子どもの興味についての指示を仰ぎにきます。

イギリスでも、やはり児童図書館員は、こうした道を歩かなければならなかったのかということに、私はおどろきました。しかし、またいっぽう、どこの国にも、子どもの問題では、こうしてあきらめずに、自分の初志を貫く人がいることは、ほんとうにこちらを励ましてくれることだと思いました。

しかし、今日はもう、彼女たちの若いころとはちがいます。アメリカや、カナダや、イギリスでは、児童図書館は、国や自治体の一つの活動として、しっかりした基礎の上にたって動いています。

ことに、アメリカなどは、日本人から見ると、すこしサービス過剰かと思われるくらいの活動をしています。

大きな市では、子どもが歩いていける距離に一つの分館というのが、目標になっていますし、人里はなれた、人口の少ない、貧しい村で、図書館員をおくことができないようなところでは、郡の移動図書館（ブックモビル）が出向いて活動していました。またけ、どこそこのおばあさん、どこどこのおくさんが一週間に一度、午後だけ、小さい図書室をあけるというようなところには、あらかじめ時間をきめて、郡のブックモビルがいっていて、前の週に村人が注文した本を届けます。そして、そういうブックモビルには、たいてい成人のための図書館員と児童図書館員の両方がのっていますから、成人むけの人は、本の整理の方法などを指導し、児童図書館員は、とまった場所場所で、本を扱うほか、木の下の石にこしかけて、集まった子どもたちに、ストーリー・テリングをしてやったりします。

こうして、図書館の扱う本は、都市の大きい図書館であろうと、辺境をまわる移動図書館であろうと、質においてかなりきびしく選ばれているという点はおなじなのです。しかし、きびしく選ぶとはいっても、子どもが読まない本は、図書館の図書目録から、どんどんはずされてゆくのですから、棚に坐っているだけの本はありません。そういう本は「坐り屋」とよばれて、いち早く図書館の棚から退散ねがうのだということを、前に書いた松岡享子さんから聞きました。

こうして大都市の子どもにも、辺境の子どもにも、おなじような本が供給されます。二十年、三十年まえに出た本でも、子どもがおもしろがって借りるうちは、図書館では、それをいつも補充し、また新刊書が出れば、長年の経験から得た見識をもって選んで、まえからある本に加えてゆきます。そして、これはよいと思う本は、一つの図書館で一冊買うのではありません。一冊では、一人が借り出すと、ほかの人は、何週間も読めないということになるからです。

そこで、ニューヨーク公共図書館のように、分館が百近くもあるところでは、一つの分館が三冊から五冊の副本を買うと、その市の図書館だけで、たちまち四〇〇冊ほどが買いあげられるということになります。

こうなってくると、いつも図書館に受けいれられるような本を出している出版社は、じつに確実で安全な事業をしているということになります。

じじつ、私が、十年前にたずねた、五、六のニューヨークの出版社では、発行部数の六、七割は図書館に売れ、近来、出版社の児童部が大きな利益をあげるようになってから、出版社側では、児童部をだいじに考えていると話してくれました。

その傾向は、このところ、年々増していったとみえます。私が、十年前、ニューヨークにいった時は、児童部をもっている出版社が三十何社でしたのに、三年前たずねた時には、七十何社にふえていました。つまり、子どもの本の出版が、「儲かる商売」とわかると、出版社は、われもわれもとそこへ進出していったのです。そこで、十年前には、年間一〇〇〇点の児童書が出版されたものが、その七年後には、二〇〇〇点にふえていました。このなかには、絵本から、科学ものから、少年少女小説までの本が、全部はいっています。

この多数の本の洪水に、悲鳴をあげたのは、図書館員たちでした。

「本が多く出すぎる」と、彼女たちは警告しました。一〇〇〇点が全部いいものなら、それもいいでしょうが、そういうことはあり得ないのです。そこが、子どもの本のむずかしいところです。儲かるぞ、というので、新しい編集者を雇って、新しい作家を見つけてやってみても、子どもにぴったりの本は、そう容易には生まれないのです。

図書館員は、ともかく、手分けをして、そういう本を全部読み、書いてある文章の内容、表現のスタイル、さし絵、造本と見ていかなければなりません。これは、たいへんな労働です。

「私たちが、ここ二、三年、どんなに過重な仕事に耐えているか、考えてみてください。」と、ロス・アンジェルス公共図書館の児童部長、リヴジーさんはいっていました。

「本が多すぎる。去年、私たちの選択を通ったのは、総出版点数の五分の一の四〇〇冊だった。」と、彼女たちは、くり返し、子どもの本の批評を載せる雑誌などで、出版社に警告を発したのです。

昔、新しい、いい本を発見しては、図書館につみ重ねていった児童図書館員たちは、いまは、商業主義に抗して、合格点に達しない本は、もちろんのこと、毒にも薬にもならないような本でも、図書館に流れこまないように努力しているのです。

本が少なければ、少ないで、作家や出版社をはげまし、多すぎれば、多すぎるで、かれらに警告する、これが子どもと本のあいだをとりもつ児童図書館員の本来の任務なのだと思います。

さて、外国の児童図書館から、目を日本の児童図書館の現状に移しますと、あんたんとしないわけにいきません。

現在までのところ、数少ない、心ある図書館長や児童図書館員が、いくら子どものための図書館活動の重要さを叫んでも、国も、自治体も、親たちも、そのいみがよくわかっていなかったと思います。

日本の一般の人は、図書館を、受験生が勉強するところで、普通の市民や子どもにはあまり関係のないところと考えてきました。受験生の勉強場所は、現実として、たしかに必要です。しかし、これはこれで、また図書館内の一部の施設と考えていいのではないでしょうか。税金を使って、公共図書館と名のるからには、一般の人の教養の資になるものを提供して奉仕することが、その仕事の本分ではないでしょうか。

受験勉強には、目の色を変える親たちが、子どもたちに内在する精神活動に、まったく目をつぶっているも同様であるのが、ふしぎでなりません。

日本の児童図書館——この言葉には、図書館内の児童室もふくめられます——は、一九六三年現在、全国で二六二カ所あったそうです。全国にある日本の公共図書館数七〇〇の約三分の一強しか、子どものための場所をもっていないということです。おそらくこの数は、アメリカのニューヨーク、シカゴ、サン・フランシスコというような三つの市にある児童図書室の数を合わせたのと比べると、それ以下ということになるのではないでしょうか。これが、この人口の多い、子どもの多い、日本の現状です。そして、この二六二という数を、減らそうとも、ふやさないというのが、現在の日本の国や県や自治体の考えのように、私には見えるのです。

このようにして、どんな境遇の子どもの手もとにも、本をとどけるための仕組みが、絶対たりないところへもってきて、そこに働く児童図書館員の身分が確立されていません。図書館内のほかの仕事をしながら、あわせて児童室のめんどうを見ているか、または、児童室専属の場合でもほとんどその仕事のための専門的訓練をうけるチャンスをもっていません。つまり、いまの日本の児童図書館員は、県や市の社会教育課というようなところに勤める公務員であって、たまたま、図書館にまわされてきたというにすぎない人が、かなり多いのです。これは、児童図書館員ばかりでなく、館長さんもそうで、数年、あまり映えない図書館という仕事にまわされてきては、ひんぴんと変わっていくというのが、実状のようです。

こうして、専門職としての司書の仕事が認められにくい日本では、前にもふれた、間崎さんのように、図書館員としての訓練を外国で受けてきて、日本で職を得ようとする場合、たいへんな困難にぶつかります。お役所では、一般の公務員の空席がないと、人を雇いませんし、それも、図書館でしか、その特色を発揮できない人は、公務員になる資格がない場合が多いからです。

こうして、子どもにも、子どもの本にもあまり興味のない人たちが、何年か勤めては、またべつの部門の仕事に移っていくというのでは、サイの河原の石をくずしてゆくようなもので、日本の子どもの本の評価は、いつになったらさだまるのでしょう。

日本の児童図書館では、子どもに読まれて、ぼろぼろになった本は、買いかえることができないために無くなり、読まれなかった、きれいな本だけがたまってゆく傾向がつよい、と、児童図書館活動を強く推進しようとしておられる京橋図書館の館長、清水正三氏が、なげいて話してくださいました。これでは図書館の棚は、「坐り屋」のための特等席ということになりかねないではありませんか。

このように、日本の図書館の現状は、いままでのところ、よい子どもの本をつくらないための三拍子がそろっていたようにさえ思えます。

しかし、それでは、絶望かといえば、いま私は、現在、この現状をうち破りそうな、何かがおこりつつあることを、ひしひしと感じます。

少しまえにも書いたように、図書館にかぎらず、子どものための仕事をする人のなかには、やらずにいられないで、じみな、報われない仕事をつづける人たちがいます。

日本の児童図書館員の大先輩である、東京の品川図書館の小河内芳子さん、その他の方々は、ながい間、孤軍奮闘、東京を中心にした児童図書館員たちと、児童図書館研究会をつくって、勉強をつづけてこられました。

第1章で書いたように、間崎さんは、その彼女たちに、ストーリー・テリングの勉強をいっしょにしようと、自分のサービスをおしつけにいきました。そして、一年間の勉強ののちに見られた児童図書館員たちの上達ぶりは、おどろくべきものがあったようです。そして、彼女たちの得たもう一つの収穫は、話を語ることによって、いい話と、子どもにうけいれられない話との区別が、はっきりつきはじめた――つまり、子どものためのストーリーの評価に基準ができはじめた――ことであると、いく人かの図書館員は、私に話してくれました。

大阪の市立図書館では、松岡享子さんが、きちんとプログラムを組んだ月例のストーリー・テリングから、成人たちへの働きかけまでの活動を開始しています。

そして、家庭文庫研究会では、組織が手うすいかわりには、それぞれのところで自由な試みをして得た体験をもって、この人たちといっしょに動きだそうとしています。

まだまだ一般市民への図書館サービスという点では、ねむっているに等しい日本では、つきやぶっていかなければならない壁は厚いでしょうが、動きだしたものは、前進をつづけるでしょう。

世界じゅうのすぐれた児童文学作家のために国際アンデルセン賞をだしている「国際児童図書評議会」という国際的な団体がありますが、去年までこの団体の長であったイエラ・レップマン夫人は、三年前にスイスであった時、

「アメリカでは、子どものための図書館活動、出版事業は、すでに絶頂に達しました。これからは、ヨーロッパなんです。ドイツ、スイスで出版される本のすばらしさを見てください。それから、スウェーデン、デンマークなどが、目ざましく活動しはじめました。今度は、日本——そして、アジアのほかの国々です。それは、困難はあるだろうけれど、時の勢いなのだから、だれも止めることはできません。」

という言葉で、私をはげましてくれました。

いまこそ、日本でも、私たち——子どもと読書に関心をもつすべての人——が、手をとりあって歩きだす時が来たように思えます。

図書リスト

本文中に出てきた本に、一々著者名、出版社名をつけることができなかったため、一括して、ここにまとめた。ただし、外国の本、雑誌扱いのものは除いて、五十音順に配列した。

全集名、シリーズ名は、つぎのように簡略に記号化した。

雨（雨の日文庫・麦書房）
岩少（岩波少年文庫・岩波書店）
岩全（岩波少年少女文学全集・岩波書店）
少世全（少年少女世界文学全集・講談社）
新世全（少年少女新世界文学全集・講談社）
世絵（世界絵文庫・あかね書房）
世児全（世界児童文学全集・あかね書房）
世少全（世界少年少女文学全集・東京創元社）
世童全（世界童話文学全集・講談社）
日児全（日本児童文学全集・偕成社）
日文全（少年少女日本文学全集・講談社）

〔なお、ここに掲げた書目は、一九五八～六五年に読まれた本であるので、現在では、多くの本が品切・絶版になっている。〕

ア

「ああ無情」(世絵)　猪野省三　あかね書房
「アイヌの物語」　四辻一朗文・画　さ・え・ら書房
「愛の動物記　上・下」　B・チャプリーナ　馬上義太郎訳　白楊社
「愛の妖精」(世絵)　宮崎嶺雄　あかね書房
「青い鳥」(世絵)　川端康成　あかね書房
「青いにしんの秘密」　E・クィーン　大久保康雄訳　早川書房
「あかいふね」(雨6—1)　かわさきだいじ　麦書房
「赤いリスの秘密」　E・クィーン　大久保康雄訳　早川書房
「赤いろうそくと人魚」(世児全28)　小川未明　あかね書房
「あきれたむかしばなし」(雨6—24)　ほりおせいし　麦書房
「あしながおじさん」(世絵)　村岡花子　あかね書房
「あしながおじさん　正・続」(岩少)　ウェブスター　遠藤寿子訳　岩波書店
「あっはっはむかしばなし」(雨5—25)　とみたひろゆき　麦書房
「あふりかのたいこ」(こどものとも77)　瀬田貞二作　寺島竜一画　福音館書店
「あべこべばなし三にんのおうじ」　上沢謙二編　大日本図書
「あまがさ」　ヤシマタロウ文・画　福音館書店

「アメリカ童話集」(世童全6)　白木茂・渡辺茂男訳　講談社
「あらしのあと」(岩少)　ド・ヨング　吉野源三郎訳　岩波書店
「あらしの島のきょうだい／サーカスがやってくる／黄金の鳥」(新世全6)　トレッドゴールド　白木茂訳　ストレッットフィールド　村岡花子訳　デラメア　福原麟太郎訳　講談社
「あらしの前」(岩少)　ド・ヨング　吉野源三郎訳　岩波書店
「アラビアン・ナイト 上・下」(岩少)　ディクソン編　中野好夫訳　岩波書店
「アリの国探検記」　ケンリー　内山賢次訳　実業之日本社
「アルプスのきょうだい」　ヘンツ文　カリジェ画　岩波書店
「アルプスの少女」(世絵)　北条誠　あかね書房
「アンディとらいおん」　J・ドーハーティ文・画　村岡花子訳　福音館書店
「アンデルセン童話全集 1―7」　矢崎源九郎他訳　講談社
「アンネの日記」　アンネ・フランク　皆藤幸蔵訳　文藝春秋新社

イ

「家なき子 上・中・下」(岩少)　E・マロ　山内義雄訳　岩波書店
「家なき子／十五少年漂流記」(新世全18)　E・マロー　新庄嘉章訳　ベルヌ　那須辰造訳　講談社
「家なき少女」(世絵)　吉屋信子　あかね書房
「家なき人形」　ド・レイオー　光吉夏弥訳　光文社

「イギリス童話集」(世児全) 石井桃子訳 あかね書房
「イソップえばなし」(世絵) 佐藤義美 あかね書房
「イソップどうわ」(世絵) 佐藤義美編 赤坂三好画 あかね書房
「イソップ童話集」(世児全2) 村岡花子訳 あかね書房
「イソップのお話」(岩少) 河野与一編訳 岩波書店
「イソップものがたり」 久保喬文 若菜珪画 偕成社
「いたずらうさぎ」(こどものとも18) 野上彰文 太田大八画 福音館書店
「いたずらきかんしゃちゅうちゅう」 V・バートン 村岡花子訳 福音館書店
「いたずら教室」 戸塚廉 講学館
「いたずらこねこ」 クック文 チャーリップ画 まさきるりこ訳 福音館書店
「いなごの大旅行／春をつげる鳥」(日児全6) 佐藤春夫 宇野浩二 偕成社
「犬の訓練 写真解説」 碓氷元 高陽書院
「いやいやえん」 中川李枝子作 大村百合子画 福音館書店
「イワンのばか」(岩少) トルストイ 金子幸彦訳 岩波書店
「インド童話集」(世童全13) 岩本裕訳 講談社
「インドむかしばなし集」 高橋新吉・渡辺照宏編 宝文館

ウ

「ヴィーチャと学校友だち」(岩少) ノーソフ 福井研介訳 岩波書店

「ウィリアム・テル」(世絵)　槙本楠郎　あかね書房
「うさぎときつねのちえくらべ」　八波直則　羽田書店
「うさぎのみみはなぜながい」　北川民次文・画　福音館書店
「うさぎのラバット」　野上弥生子編　宝文館
「牛追いの冬」(岩少)　M・ハムズン　石井桃子訳　岩波書店
「うずしお丸の少年たち」　古田足日　講談社
「埋もれた世界／大昔の狩人の洞穴」(岩全23)　A・ホワイト　後藤冨男訳　バウマン　沢柳大五郎訳　岩波書店
「うたうポロンくん」　藤田圭雄　小峰書店
「うちゅうの7にんきょうだい」(こどものとも72)　三好碩也文・画　福音館書店
「海のおばけオーリー」　M・H・エッツ文・画　岩波書店
「うみのはなし」(トッパン子ども百科)　金田尚志　フレーベル館
「海べの生物」　科学技術教育研究所編　保育社

エ

「エイブ・リンカーン」(岩少)　吉野源三郎　岩波書店
「エイブ・リンカーン／ジェーン・アダムスの生涯」(岩全26)　吉野源三郎　ジャッドソン　村岡花子訳　岩波書店
「エーミールと三人のふたご」　E・ケストナー　高橋健二訳　岩波書店

「エーミールと探偵たち」　E・ケストナー　高橋健二訳　岩波書店
「エミールと探偵たち／オタバリの少年探偵たち」(岩全7)　ケストナー　小松太郎訳　C・D・ルイス　瀬田貞二訳　岩波書店
「エルマーとりゅう」　R・S・ガネット作　R・C・ガネット画　渡辺茂男訳　福音館書店
「エルマーのぼうけん」　R・S・ガネット作　R・C・ガネット画　渡辺茂男訳　福音館書店

オ

「おおかみ犬」　塩谷太郎　金の星社
「オオカミに冬なし　上・下」(岩少)　リュートゲン　中野重治訳　岩波書店
「おおきくなるの」(こどものとも99)　堀内誠一作・画　福音館書店
「おおきなかぬー」(こどものとも82)　大塚勇三再話　土方久功画　福音館書店
「おおきなかぶ」(こどものとも74)　内田莉莎子訳　佐藤忠良画　福音館書店
「おかあさんだいすき」　M・フラック文・画　岩波書店
「オクスフォード世界の民話と伝説　1—12　各国編」　中野好夫他訳　講談社
「おさるのキーコ」　今井誉次郎　講学館
「おじいさんのえほん／おばあさんのえほん」(雨6—2)　つちやゆきお　麦書房
「おしょうさんとこぞうさん」(雨4—21)　はにせつこ　麦書房
「オズの魔法つかい」　バウム　奈街三郎訳　偕成社
「おそばのくきはなぜあかい」　日本民話　初山滋画　岩波書店

「おだんごぱん」(こどものとも47)　ロシア民話　瀬田貞二訳　井上洋介画　福音館書店
「お月さまのたんけん」(雨4—5)　いじりしょうじ　麦書房
「おとうさんのおとぎばなし」(雨2—20)　M・シビリヤーク　西郷竹彦訳　麦書房
「おなかのかわ」(こどものとも32)　鈴木三重吉文　村山知義画　福音館書店
「おにごっこ物語」(岩少)　M・エーメ　鈴木力衛訳　岩波書店
「オニの子ブン」　山中恒　理論社
「おはがきついた」(こどものとも43)　中川正文文　村山知義画　福音館書店
「おはなし世界歴史　一—六年　各上・下」　児童文学者協会編　実業之日本社
「おはなしの時間　初・中・上級」　富田博之・鳥越信編　国土社
「おやすみなさいのほん」　M・ブラウン文　J・シャロー画　石井桃子訳　福音館書店
「オルレアンの少女」(世絵)　柳田宏　あかね書房
「オンロックがやってくる」(こどものとも63)　おのかおる文・画　福音館書店

カ

「かいたくちのみゆきちゃん」(こどものとも44)　水口健文　坂本直行画　福音館書店
「海底の宮殿」　E・ヘップナー　山室まりや訳　あかね書房
「かえるのエルタ」　中川李枝子作　大村百合子画　福音館書店
「科学図鑑3　自動車と鉄道」　井上万寿蔵監修　世界文化社
「科学図鑑6　気象と海洋」　畠山久尚監修　世界文化社

「科学図鑑11 電気と電波」 東尭監修 世界文化社
「科学図鑑16 魚・貝Ⅱ」 酒井恒監修 世界文化社
「鏡の中の顔」 アレン 村岡みどり訳 金の星社
「かぎのない箱」 ボウマン、ビアンコ 瀬田貞二訳 岩波書店
「学問のあるロバの話」(岩少) セギュール夫人 鈴木力衛訳 岩波書店
「かずのほん 1—3」 遠山啓監修 童心社
「風にのってきたメアリー・ポピンズ／帰ってきたメアリー・ポピンズ」 トラヴァース 林容吉訳 岩波書店
「風の王子たち」(岩少) ボードウィ 安東次男訳 岩波書店
「風の子キャディ」 ブリンク 榎林哲訳 講談社
「風の又三郎」 宮沢賢治 岩波書店
「風の又三郎」(世絵) 宮沢賢治 あかね書房
「カッパのクー」(岩少) オケリー他編 片山広子訳 岩波書店
「かにのひっこし」(ひかりのくに17—8) 飯島敏子文 北田卓史画 ひかりのくに昭和出版
「かにむかし」 木下順二文 清水崑画 岩波書店
「かばくん」(こどものとも78) 岸田衿子文 中谷千代子画 福音館書店
「かばくんのふね」(こどものとも98) 岸田衿子文 中谷千代子画 福音館書店
「カピラ城の王子さま」 中川正文 福音館書店
「ガマのゆめ」 坪田譲治 小峰書店

「カモさんおとおり」　R・マックロスキイ　磯貝瑤子訳　日米出版社
「かもときつね」（こどものとも73）　ビアンキ　山田三郎画　福音館書店
「カラスだんなのおよめとり」　ギラム　石井桃子訳　岩波書店
「カラハリさばくのライオン／野鳥記」　ドメゾン　ドラマン　那須辰造訳　あかね書房
「がらんぼごろんぼげろんぼ」　野上彰　宝文館
「ガリバー旅行記」　吉田甲子太郎文　杉全直画　トッパン
「かわ」（こどものとも76）　加古里子文・画　福音館書店
「かわうそタルカ／アマゾンの白ひょう」　ウィリアムスン　ワルデック　高橋正雄訳　あかね書房
「岩石鉱物図鑑」　実野恒久編著　保育社
「がんばれセスナき」（ひかりのくに18―9）　小春久一郎文　山本忠敬画　ひかりのくに昭和出版

キ

「黄色い家」（世児全22）　エステス　渡辺茂男訳　あかね書房
「きいろいことり」　ブルーナ文・画　石井桃子訳　福音館書店
「黄色い猫の秘密」　E・クィーン　村岡花子訳　早川書房
「きえたとのさま」　今江祥智文　センバ太郎画　小峰書店
「きかんしゃやえもん」　阿川弘之文　岡部冬彦画　岩波書店

「ききみみずきん」　木下順二文　初山滋画　岩波書店
「きしゃはずんずんやってくる」(こどものとも19)　瀬田貞二文　寺島竜一画　福音館書店
「切手」　竹村温次郎編　保育社
「きつねとねずみ」(こどものとも40)　ビアンキ文　内田莉莎子訳　山田三郎画　福音館書店
「きつねのさいばん」(世絵)　宇野浩二　あかね書房
「きつね森の山男」　馬場のぼる　岩崎書店
「きのこ星たんけん」　カメロン　久米穣訳　講談社
「キュリー夫人」　児童文学者協会編　あかね書房
「キュリー夫人伝」　E・キュリー　川口・河盛・杉・本田訳　白水社
「ギリシャ神話」(世児全1)　石井桃子編　あかね書房
「金色の鷲の秘密」　E・クィーン　内村直也訳　早川書房
「銀いろラッコのなみだ」　岡野薫子　実業之日本社
「銀河鉄道の夜」　宮沢賢治　岩波書店
「キングコングとくつみがき」(雨5―2)　おかもとよしお　麦書房
「金のニワトリ」　E・ポガニー文　W・ポガニー画　岩波書店
「金のベール」　ロンメル　植田敏郎訳　講談社

ク

「空想男爵の冒険」　E・ケストナー　高橋健二訳　みすず書房

「空中旅行三十五日」 ベルヌ 塩谷太郎訳 偕成社
「クオレ／スメラルダ号の冒険／わんぱく小僧ジャンの日記」(新世全29) アミーチス ファン
チュルリ 安藤美紀夫訳 バンバ 杉浦明平訳 講談社
「九月姫とウグイス」 S・モーム文 武井武雄画 岩波書店
「くまさんにきいてごらん」(こどものとも26) フラック作 おのかおる画 福音館書店
「くまさんのおもちゃ」(雨6—16) ちよまあきら 麦書房
「クマのプーさん／プー横丁にたった家」 A・A・ミルン 石井桃子訳 岩波書店
「くまのみつけたアイスクリーム」(雨5—15) たんのせつこ 麦書房
「雲の階段」 打木村治 講談社
「くらしの工作 3・4ねん」 滝口二郎・青山正美 牧書店
「クリスマス・キャロル」(岩少) ディケンズ 村山英太郎訳 岩波書店
「クリスマスのまえのばん」(こどものとも45) ムーア 渡辺茂男訳 福音館書店
「ぐりとぐら」(こどものとも93) なかがわりえこ文 おおむらゆりこ画 福音館書店
「くりひろい」(こどものとも20) 厳大椿文 山田三郎画 福音館書店
「ぐるぐるばなし やまからうみから」 上沢謙二 大日本図書
「黒い犬の秘密」 E・クィーン 西脇順三郎訳 早川書房
「黒い手と金の心」(岩少) ファビアーニ 杉浦明平・安藤美紀夫訳 岩波書店
「くろうま物語」(世絵) 清水たみ子 あかね書房
「黒馬物語」(岩少) シュウエル 土井すぎの訳 岩波書店

「黒ちゃん白ちゃん」(岩少)　K・アヴリーヌ　安東次男訳　岩波書店
「くろねこミラック」　茶木滋　宝文館
「くろんぼのペーター」(岩少)　ヴィーヘルト　国松孝二訳　岩波書店

ケ

「月世界探検／黒い宇宙」　エリス編　白木茂訳　あかね書房
「月世界行エレベーター」　ウィドニー　塩谷太郎訳　講談社
「原色幼年くだものやさい図鑑」　牧野富太郎　北隆館
「原色幼年生物図鑑」　牧野富太郎・内田清之助　北隆館
「原色幼年動物図鑑」　内田清之助・岡田要　北隆館
「原色幼年鳥図鑑」　内田清之助　北隆館
「原色幼年野草図鑑」　牧野富太郎　北隆館
「現代日本文学名作集」(日文全21)　樋口一葉他　講談社

コ

「木かげの家の小人たち」　いぬいとみこ　中央公論社
「コーカサスのとりこ」　トルストイ　平井芳夫訳　偕成社
「五月三十五日」　E・ケストナー　高橋健二訳　岩波書店
「こぐま星座　上・下」(岩少)　ムサトフ　古林尚訳　岩波書店

「子じかバンビ」　ザルテン　実吉捷郎訳　白水社
「子鹿物語」(世絵)　片山昌三　あかね書房
「小僧さんとおしょうさん」　富田博之　講学館
「孤島の野犬」　椋鳩十　牧書店
「こどもの質問に答える動物のふしぎ」　林寿郎　あすなろ書房
「子ねこの世界めぐり」　グリッグス　塩谷太郎訳　講談社
「こねこのぴっち」　H・フィッシャー文・画　岩波書店
「こねずみせんせい」　フラック　光吉夏弥訳　光文社
「こまどりのクリスマス」(こどものとも57)　スコットランド民話　渡辺茂男訳　丸木俊子画　福音館書店
「こわいこわいおおかみ」　マクリーリ　光吉夏弥訳　光文社
「ごんぎつね」　新美南吉　大日本図書
「昆虫」(新ポケット図鑑1)　竹内吉蔵監修　保育社
「昆虫の世界」　辻本修編　保育社
「昆虫の図鑑」　野村健一　講談社
「昆虫の図鑑」　古川晴男・中川周平　小学館

サ

「採集と標本の図鑑」　本田正次・牧野晩成　小学館

「西遊記」 桔梗利一編著 保育社
「さーかす」 ブルーナ 石井桃子訳 福音館書店
「サーカス一家」 ジャヴァール 光吉夏弥訳 光文社
「魚と貝の図鑑」 阿部宗明・奥谷喬司 講談社
「さざなみ歴史物語 1―3」 厳谷小波 トッパン
「さすらいの孤児ラスムス／名探偵カッレくん」（岩全11） リンドグレーン 尾崎義訳 岩波書店
「サボテン」（カラーブックス5） 伊藤芳夫 保育社
「さようなら松葉杖」 リトル 白木茂訳 講談社
「サランガのぼうけん」 吉田甲子太郎 牧書店
「サル王子の冒険」（岩少） デ・ラ・メア 飯沢匡訳 岩波書店
「三月ひなのつき」 石井桃子文 朝倉摂画 福音館書店
「3びきのくま」 トルストイ文 バスネツォフ画 小笠原豊樹訳 福音館書店
「三びきのくま」（こどものとも66） ロシア民話 瀬田貞二訳 山田三郎画 福音館書店
「三びきのこぶた」（こどものとも50） グリム 瀬田貞二訳 山田三郎画 福音館書店
「三びきのやぎのがらがらどん」（こどものとも38） 瀬田貞二訳 池田竜雄画 福音館書店

シ

「シェイクスピア物語」（岩少） ラム 野上弥生子訳 岩波書店

「ジェーン・アダムスの生涯」(岩少)　ジャッドソン　村岡花子訳　岩波書店
「ジオジオのかんむり」(こどものとも52)　岸田衿子作　中谷千代子画　福音館書店
「四季の鳥」(カラーブックス29)　清棲幸保　保育社
「七ひきのこやぎ」(こどものとも62)　瀬田貞二訳　山田三郎画　福音館書店
「七わのからす」(こどものとも41)　瀬田貞二訳　堀内誠一画　福音館書店
「ジップジップと空とぶ円ばん」　スチーラー　那須辰造訳　講談社
「じてんしゃにのるひとまねこざる」　H・A・レイ文・画　岩波書店
「シナの五にんきょうだい」　ビショップ文　ビーゼ画　石井桃子訳　福音館書店
「しびれ池のカモ」(岩少)　井伏鱒二　岩波書店
「ジャータカ物語」(岩少)　辻直四郎・渡辺照宏訳　岩波書店
「シャボン玉王子」　シュテンマー　植田敏郎訳　講談社
「シャーロック・ホウムズの冒険」(岩少)　C・ドイル　林克己訳　岩波書店
「十五匹のうさぎ」　ザルテン　浜川祥枝訳　白水社
「十八番目はチボー先生」(岩少)　モーリヤック　杉捷夫訳　岩波書店
「小公子」(世絵)　川端康成　あかね書房
「小公子」(岩少)　バーネット　吉田甲子太郎訳　岩波書店
「小公子／若草物語」(新世全9)　バーネット　杉木喬訳　オルコット　村岡花子訳　講談社
「小公女」(世絵)　北条誠　あかね書房
「少女ドリー」　スピリ　前田敬作訳　白水社

「少年オルフェ」 米沢幸男 講談社
「少年少女シートン動物記 1―6」 白木茂訳 偕成社
「少年少女世界めぐり 1年―3年」 日本児童文学者協会編 実業之日本社
「少年少女ファーブル昆虫記 1―6」 古川晴男訳 偕成社
「しょうぼうじどうしゃじぷた」(こどものとも91) 渡辺茂男作 山本忠敬画 福音館書店
「植物」(新ポケット図鑑2) 堀勝監修 保育社
「しらさぎのくるむら」(こどものとも31) いぬいとみこ作 稗田一穂画 福音館書店
「ジル・マーチンものがたり」 野上彰 東京創元社
「白い小犬」 スピリ 中井・山口・守永訳 白水社
「白い象の秘密」 E・クィーン 石井桃子訳 早川書房
「白いりす」 安藤美紀夫 講談社
「白いりゅう黒いりゅう」 賈芝・孫剣冰 君島久子訳 岩波書店
「シロクマ号となぞの鳥」 ランサム 神宮輝夫訳 岩波書店
「白クマそらをとぶ」 いぬいとみこ 小峰書店
「しんじゅの家」 太田黒克彦 講談社
「人類の誕生」 石田英一郎・寺田和夫 小学館

ス

「スケートをはいた馬」 ケストナー 筒井敬介訳 講談社

「スザンナのお人形／ビロードうさぎ」　M・ビアンコ文　高野三三男画　岩波書店
「すずめのてがみ」　大木雄二　金の星社
「すてきなおじさん」　セレディ　清水乙女訳　あかね書房
「砂の妖精」（世児全21）　ネズビット　石井桃子訳　あかね書房

セ

「聖書物語」（世絵）　山室民子　あかね書房
「せいめいのれきし」　V・バートン文・画　石井桃子訳　岩波書店
「世界少年少女詩集　童謡集」（少世全50）　西条八十・山室静・与田準一編　講談社
「世界探検ものがたり　一年―六年」　中屋健一　実業之日本社
「世界動物童話集」　J・クラビアンスキー　高橋健二訳　講談社
「世界の切手」（カラーブックス64）　平岩道夫　保育社
「世界の伝説　４年生」　浜田広介　大藤時彦編　実業之日本社
「世界のふしぎ物語　三年生―六年生」　実業之日本社編　実業之日本社
「世界の文学　小学一―六年生」　高橋健二他編　あかね書房
「世界をまわろう　上・下」（岩少）　ヒルヤー　光吉夏弥訳　岩波書店
「せっちゃん」　高久めぐみ　隆文館
「せむしの子馬」（世絵）　鈴木正男　あかね書房
「善太三平物語」　坪田譲治　光文社

ソ

「ぞうさんばばーる」 ド・ブリュノフ文・画 鈴木力衛訳 岩波書店
「象の王者サーダー／名馬スモーキー」 ムカージ ジェームズ 白木茂訳 あかね書房
「そらいろのたね」(こどものとも97) なかがわりえこ文 おおむらゆりこ画 福音館書店
「そらのリスくん」 久保喬 宝文館
「そりにのって」(こどものとも69) 神沢利子文 丸木俊子画 福音館書店

タ

「だいくとおにろく」(こどものとも75) 松居直再話 赤羽末吉画 福音館書店
「大自然にはばたく」 中西悟堂編 小学館
「大草原の小さな町」(岩少) ワイルダー 鈴木哲子訳 岩波書店
「太平物語」 福世武次 講学館
「太平洋ひとりぼっち」 堀江謙一 文藝春秋新社
「タオ・チーの夏休み日記」(岩少) シエ・ピンシン 倉石武四郎訳 岩波書店
「宝島」(世児全16) スチーブンスン 岩田良吉訳 あかね書房
「宝島／シェークスピア名作集／ふしぎの国のアリス」(新世全3) スチーブンソン 白木茂訳 シェークスピア 安藤一郎訳 キャロル 八波直則訳 講談社
「たぐぼーとのいちにち」(こどものとも39) 小海永二文 柳原良平画 福音館書店

「竜の子太郎」　松谷みよ子　講談社
「たなばた」(こどものとも88)　君島久子再話　初山滋画　福音館書店
「たぬき学校」　今井誉次郎　講学館
「たのしい川べ」　グレーアム　石井桃子訳　岩波書店
「たのしいはりえ　2ねんせい」　桑原・林・熊本編　岩崎書店
「たべものどろぼうと名たんてい」　ロフティング　光吉夏弥訳　光文社
「だれも知らない小さな国」　佐藤暁　講談社
「たろうのおでかけ」(こどものとも85)　村山桂子文　堀内誠一画　福音館書店
「たろうのともだち」(こどものとも70)　渡辺桂子文　堀内誠一画　福音館書店
「たんけん」(玉川こども百科72)　玉川大学出版部編　誠文堂新光社

チ

「ちいさいおうち」　V・バートン文・画　岩波書店
「ちいさいモモちゃん」　松谷みよ子　講談社
「ちいさなうさこちゃん」　ブルーナ　石井桃子訳　福音館書店
「ちいさなきかんしゃ」(こどものとも7)　鈴木晋一作　竹山博画　福音館書店
「ちいさなさかな」　ブルーナ　石井桃子訳　福音館書店
「ちいさなねこ」(こどものとも86)　石井桃子文　横内襄画　福音館書店
「小さな魔法使い」(岩少)　J・パピイ　大島辰雄訳　岩波書店

「小さな目　ぼくらの詩集　1・2ねん―5・6ねん」　朝日新聞社編　あかね書房
「地下の洞穴の冒険／ふたたび洞穴へ」(岩全18)　R・チャーチ　大塚勇三訳　岩波書店
「地球が生まれた」　金子孫市文　古沢岩美画　新潮社
「ちちうしさん」　早船ちよ　福村書店
「ちびくろ・さんぼ」　バンナーマン文　ドビアス画　岩波書店
「ちびくろさんぼのぼうけん」　バンナーマン　光吉夏弥訳　光文社
「チビ君」(岩少)　ドーデー　内藤濯訳　岩波書店
「ちびっこカムのぼうけん」　神沢利子　理論社
「チポリーノの冒険」(岩少)　ロダーリ　杉浦明平訳　岩波書店
「チムとゆうかんなせんちょうさん」　E・アーディゾーニ文・画　瀬田貞二訳　福音館書店
「チムール少年隊」(岩少)　A・ガイダール　直野敦訳　岩波書店
「茶色い狐の秘密」　E・クィーン　福原麟太郎訳　早川書房
「中国童話集」(世児全12)　伊藤貴麿訳　あかね書房
「中国むかしばなし　二年生」　伊藤貴麿編　宝文館
「チョコレート町一番地」(日児全14)　佐藤義美・奈街三郎他　偕成社
「チロルの夏休み」　テッナー　山口四郎訳　あかね書房

ツ

「ツィーゼルちゃん」(岩少)　ベルゲングリューン　植田敏郎訳　岩波書店

「月への冒険」　読売新聞社科学報道本部　手塚治虫画　弘文堂
「つきをいる」(こどものとも79)　君島久子文　瀬川康男画　福音館書店
「ツバメ号とアマゾン号 上・下」(岩少)　A・ランサム　岩田欣三・神宮輝夫訳　岩波書店
「ツバメ号の伝書バト」(岩全16)　A・ランサム　神宮輝夫訳　岩波書店
「ツバメの歌／ロバの旅」　L・ポリティ、N・クラーク文・画　岩波書店

テ

「でかでか人とちびちび人」　立原えりか　講談社
「てじなしとこねこ」(こどものとも89)　クロード岡本作・画　福音館書店
「天からふってきたお金」　ケルジー　岡村和子訳　岩波書店
「点子ちゃんとアントン」　E・ケストナー　高橋健二訳　岩波書店

ト

「東京オリンピックブック」　世界文化社編　世界文化社
「どうぶつ」(トッパンのこども百科)　石田武雄他　フレーベル館
「どうぶつ会議」　ケストナー文　トリヤー画　岩波書店
「動物家族」　渡辺四郎　東京創元社
「どうぶつがり」(ひかりのくに18―8)　林寿郎監修　清水勝画　ひかりのくに昭和出版
「どうぶつのこどもたち」　マルシャーク文　チャルーシン画　岩波書店

「動物の図鑑」　古賀忠道他　小学館
「とびらをあけるメアリー・ポピンズ」　トラヴァース　林容吉訳　岩波書店
「飛ぶ教室」　E・ケストナー　高橋健二訳　岩波書店
「飛ぶ教室／67番地の子ども／ひいじいさんとぼく」(新世全17)　ケストナー　植田敏郎訳　テッナー　塩谷太郎訳　講談社
「とぶ船」(岩少)　H・リュイス　石井桃子訳　岩波書店
「トムソーヤーの空中旅行」　M・トウェーン　宮脇紀雄訳　岩崎書店
「とらちゃんの日記」(岩少)　千葉省三　岩波書店
「とらっくとらっくとらっく」(こどものとも64)　渡辺茂男文　山本忠敬画　福音館書店
「ドリトル先生アフリカゆき」　ロフティング　井伏鱒二訳　岩波書店
「ドリトル先生航海記」　同右
「ドリトル先生月から帰る」　同右
「ドリトル先生月へゆく」　同右
「ドリトル先生と月からの使い」　同右
「ドリトル先生と秘密の湖」　同右
「ドリトル先生と緑のカナリア」　同右
「ドリトル先生のキャラバン」　同右
「ドリトル先生のサーカス」　同右
「ドリトル先生の楽しい家」　同右

「ドリトル先生の動物園」　同右
「ドリトル先生の郵便局」　同右
「ドリトル先生物語／あしながおじさん／名犬ラッシー」（新世全12）　ロフティング　筒井敬介訳　ウェブスター　大平千枝子訳　ナイト　中川正文訳　講談社
「鳥の生活」　石沢慈鳥　講談社
「鳥の図鑑」　清棲幸保　講談社
「どろんこさん」（雨5―14）　チュコフスキー　麦書房
「どろんこハリー」　ジオン文　グレアム画　渡辺茂男訳　福音館書店
「ドン・キホーテ」（世絵）　三島由紀夫　あかね書房
「どんぐりと山ねこ」（世絵）　宮沢賢治　あかね書房
「とんだトロップ」（こどものとも84）　おのかおる文・画　福音館書店
「とんだよひこうき」（こどものとも36）　松居直文　寺島竜一画　福音館書店
「どんどんお山をおりてゆく」　クレッドル文・画　高橋さかえ訳　律文社
「とんぼがえりの小ウサギ」（岩少）　F・ヴォルフ　藤本淳雄訳　岩波書店
「トンボソのおひめさま」　バーボー、ホーンヤンスキー　石井桃子訳　岩波書店

ナ

「長い長いお医者さんの話」　チャペック　中野好夫訳　岩波書店
「ながいながいペンギンの話」　いぬいとみこ作　山田三郎画　理論社

「長い冬」(岩全17) ワイルダー 鈴木哲子訳 岩波書店
「長い冬 上・下」(岩少) ワイルダー 鈴木哲子訳 岩波書店
「なかよし特急」 阿川弘之 中央公論社
「なくなったじてんしゃ」(ひかりのくに17―12) 沢木昌子文 駒宮録郎画 ひかりのくに昭和出版
「なぜなぜばなし ぞうのはなはなぜながい」 光吉夏弥 大日本図書
「なぞの三十九段」 ジョン・バッカン 宮西豊逸訳 平凡社
「ナポリのおくりもの/パリの友情」 オリバー他 内田庶訳 あかね書房
「ナマリの兵隊」 アンデルセン M・ブラウン画 岩波書店
「南極へいったねこ」 カロル 小出正吾訳 平凡社

に

「にあんちゃん」(カッパブックス) 安本末子 光文社
「錦の中の仙女」(岩少) 伊藤貴麿編 岩波書店
「二十一の気球/海をおそれる少年/赤毛のアン」(少世全17) デュボア 渡辺茂男訳 スペリー 飯島淳秀訳 モンゴメリー 村岡花子訳 講談社
「二十四の瞳」(カッパブックス) 壺井栄 光文社
「2年生 おやゆびひめ」 北町一郎 宝文館
「日本アラビヤン・ナイト 1―3」 坪田譲治編 小峰書店

「日本太郎」　武者小路実篤　あかね書房
「日本の貝」(原色小図鑑)　渡部忠重　保育社
「日本の蝶」(原色小図鑑)　横山光夫　保育社
「日本の伝説　一年―三年」　坪田譲治・大藤時彦編　実業之日本社
「日本のむかしばなし　一―六年生」　大藤時彦編　実業之日本社
「ニルスのふしぎなたび」(世絵)　山室静　あかね書房
「ニールスのふしぎな旅　上・下」(岩少)　ラーゲルレーヴ　矢崎源九郎訳　岩波書店
「人形ヒティの冒険」　フィールド　久米元一訳　講談社
「人魚のお姫さま」(世絵)　林芙美子　あかね書房
「にんじん」　ルナール　岸田国士訳　白水社
「にんじん物語」(世絵)　岸田国士　あかね書房

ネ

「ねずみとおうさま」　スペイン民話　土方重巳画　岩波書店
「ねずみのおいしゃさま」(こどものとも11)　中川正文文　永井保画　福音館書店
「ねむりひめ」　ホフマン画　瀬田貞二訳　福音館書店

ノ

「のうさぎのフルー」　リダ文　ロジャンコフスキー画　石井桃子・大村百合子訳　福音館書店

「野の鳥山の鳥」(ポケット図鑑) 理科教育研究委員会編 保育社
「のろまなローラー」(こどものとも54) 小出正吾文 山本忠敬画 福音館書店
「ノンちゃん雲に乗る」(カッパブックス) 石井桃子 光文社

ハ

「ハイジ 上・下」(岩少) J・スピリ 竹山道雄訳 岩波書店
「白鳥座61番星」 瀬川正男 東都書房
「白鳥物語」(世絵) 林芙美子 あかね書房
「白馬の王子ミオ」 リンドグレーン 山室静訳 講談社
「白馬フローリアン」 ザルテン 芦田弘夫訳 白水社
「ばけくらべ」(こどものとも102) 松谷みよ子文 瀬川康男画 福音館書店
「馬上の少年時代」 ステファンズ 塩谷太郎訳 平凡社
「はたらきもののじょせつしゃけいてぃー」 バートン文・画 石井桃子訳 福音館書店
「ハックルベリーの冒険」(世絵) 尾崎士郎 あかね書房
「はなききマーチン」 ローソン 白木茂訳 講談社
「はなのすきなうし」 リーフ文 ローソン画 岩波書店
「ハニーちゃんの名たんてい」 ダイク 佐藤義美訳 講談社
「パノラマ図鑑 1―4」 平凡社編 平凡社
「パパはノッポでボクはチビ」 平塚武二 コスモポリタン社

「ばらいろの雲」(岩少)　G・サンド　杉捷夫訳　岩波書店
「バラとゆびわ」(岩少)　サッカレイ　刈田元司訳　岩波書店
「はる」(雨6―5)　なまちさぶろう　麦書房
「ハンス・ブリンカー」(岩少)　M・ドッジ　石井桃子訳　岩波書店
「バンビ／小りすペリー」　ザルテン　高橋健二訳　白水社

ヒ

「ピー、うみへゆく」(こどものとも30)　瀬田貞二文　山本忠敬画　福音館書店
「ぴかくんめをまわす」(こどものとも49)　松居直文　馬場のぼる画　福音館書店
「ぴーたーうさぎのぼうけん」　ポッター　光吉夏弥訳　光文社
「ひきがえるの冒険／漁師とその魂」(世少全2)　グレアム　石井桃子訳　ワイルド　松村達雄訳　東京創元社
「ひつじ太鼓」　巌谷小波　三十書房
「人に変わる電子」　三石巌　大野三郎　ポプラ社
「ひとまねこざる」　H・A・レイ文・画　岩波書店
「ひとりでやまへいったケン」(こどものとも65)　串田孫一作・画　福音館書店
「日向ヶ丘の少女／七人兄弟／ネバタ号の少年」(少世全37)　ビョルンソン　矢崎源九郎訳　キヴィ　尾崎義訳　アクセルソン　宮原典子訳　講談社
「ピノキオ」(世絵)　小村純一　あかね書房

「ピノッキオの冒険」(岩少) コッローディー 杉浦明平訳 岩波書店
「ビーバーの冒険」 A・マンツィ 岩崎純孝訳 あかね書房
「ヒマラヤ」(カラーブックス1) 川喜田三郎・高山竜三 保育社
「秘密の花園」(世児全17) バーネット 村岡花子訳 あかね書房
「秘密の花園 上・下」(岩少) バーネット 吉田勝江訳 岩波書店
「百まいのきもの」 エスティーズ文 スロボドキン画 岩波書店
「一〇〇まんびきのねこ」 ガアグ文・画 石井桃子訳 福音館書店
「ぴよぴよ一家」 ノーソフ 福井研介訳 講談社
「ひろすけ あいうえおのほん」 はまだひろすけ文 安泰画 童心社
「ひろすけ うたのほん」 はまだひろすけ文 いわさきちひろ画 童心社
「ひろすけ おはなしのほん」 はまだひろすけ文 鈴木寿雄画 童心社
「ひろすけ童話」(世絵) 浜田広介 あかね書房

フ

「フクちゃん 1、2」(雨5―23、6―23) よこやまりゅういち 麦書房
「ふくろ小路一番地」(岩少) ガーネット 石井桃子訳 岩波書店
「ふしぎな足音」 チェスタートン 前田康男訳 あかね書房
「ふしぎなオルガン」(岩少) レアンダー 国松孝二訳 岩波書店
「ふしぎな城」 スピリ 山下肇・子安美知子訳 白水社

「ふしぎなたいこ」　岩波編集部文　清水崑画　岩波書店
「ふしぎなたけのこ」(こどものとも87)　松野正子文　瀬川康男画　福音館書店
「ふしぎなぼうし」　豊島与志雄　三十書房
「ふしぎなランプ」(世絵)　山主敏子　あかね書房
「ふしぎの科学／宇宙への旅／科学の教室」　イリン　オルロフ　三石巌訳　オーベルト　日下実男訳　講談社
「ふしぎの国のアリス」(世絵)　三島由紀夫　あかね書房
「ふたりのロッテ」(岩少)　ケストナー　高橋健二訳　岩波書店
「ふたりのロッテ／町からきた少女」(岩全20)　ケストナー　高橋健二訳　ヴォロンコーワ　高杉一郎訳　岩波書店
「ブチよしっかりわたれ」　竹野栄　講談社
「船とみなと」　保育社編集部　保育社
「プフア少年」　山下喬　講談社
「ぶーふーうーのおせんたく」(キンダー絵本)　飯沢匡文　川本喜八郎(人形)　フレーベル館
「ぶーふーうーのちょうちょとり」(キンダー絵本)　飯沢匡文　川本喜八郎(人形)　フレーベル館
「プーポン博士の宇宙旅行」　飯沢匡作　土方重巳画　中央公論社
「フランスむかしばなし　一年生」　小松近江・松永武夫編　宝文館
「フランダースの犬」(世絵)　塚原信二郎　あかね書房

「ブレーメンのおんがくたい」 グリム作 フィッシャー画 瀬田貞二訳 福音館書店

ヘ

「平太の休日」 萩原一学 講談社
「ぺにろいやるのおにたいじ」(こどものとも15) ジョーダン 吉田甲子太郎訳 山中春雄画 福音館書店
「へりこぷたーのぶんきち」(キンダー絵本) 阿川弘之文 岡部冬彦画 フレーベル館
「ヘンゼルとグレーテル」(世絵) 関英雄 あかね書房

ホ

「北欧童話集」(世童全9) 山室静・尾崎義訳 講談社
「ぼくのアメリカ日記」 山内宏利 牧書店
「ぼくは王さま」 寺村輝夫 理論社
「ぼくはライオン」 今江祥智 理論社
「ぼく・わたしのくふう工作 初・中・上級」 肥田埜孝司 さ・え・ら書房
「ほしになったりゅうのきば」 君島久子再話 赤羽末吉画 福音館書店
「星の王子さま」 サン＝テグジュペリ 内藤濯訳 岩波書店
「星の木の葉」 中山知子 あかね書房
「星のひとみ」(岩少) トペリウス 万沢まき訳 岩波書店

「北極のムーシカ・ミーシカ」　いぬいとみこ　理論社
「ポポとフィフィナ」(岩少)　A・ボンタム、L・ヒューズ　木島始訳　岩波書店
「ほらふき男爵の冒険」(トッパンの絵物語)　植田敏郎文　太田大八画　トッパン
「ポルコさまちえばなし」　R・デイヴィス　瀬田貞二訳　岩波書店

マ

「マアおばさんはネコがすき」　稲垣昌子　理論社
「まいごのふたご」　A・ホーガン文　野口弥太郎画　岩波書店
「マーシャとくま」　内田莉莎子訳　ラチョフ画　福音館書店
「マッチ売りの少女」(雨2—18)　平塚武二訳　麦書房
「マッチのバイオリン」　鈴木隆　理論社
「町からきた少女」(岩少)　ヴォロンコーワ　高杉一郎訳　岩波書店
「町へきたペンギン」　アトウォーター　光吉夏弥訳　光文社
「真夏の夜の夢」(世絵)　三島由紀夫　あかね書房
「まほうの馬」　A・トルストイ、M・ブラートフ　高杉一郎・田中泰子訳　岩波書店
「魔法のなしの木」　鹿島鳴秋　講談社
「まぼろしの白馬」　グージ　石井桃子訳　あかね書房
「豆つぶほどの小さな犬」　佐藤暁　講談社
「まりーちゃんとひつじ」　フランソワーズ文・画　与田準一訳　岩波書店

「マルチンくんの旅」　リンザー　吉田六郎訳　白水社

ミ

「ミシシッピーの冒険」　M・トウェーン　塩谷太郎訳　岩崎書店
「三つの金のりんご」　ホーソン　偕成社
「ミツバチの世界」(カラーブックス27)　井上丹治　保育社
「みつばちぴぃ」(キンダー絵本)　北杜夫文　和田誠画　フレーベル館
「みつばちマーヤ」(世絵)　村岡花子　あかね書房
「みつばちマーヤの冒険」　ボンゼルス　高橋義孝訳　小学館
「密林の少年」　A・マンツィ　岩崎純孝訳　あかね書房
「みなみからきたつばめたち」(こどものとも14)　いぬいとみこ文　竹山博画　福音館書店
「みゆきちゃんまちへゆく」(こどものとも59)　水口健作　坂本直行画　福音館書店
「みんなこうして生きている」　ロウランド　菊池重三郎訳　小山書店
「みんなの世界」　M・リーフ文・画　岩波書店

ム

「むかしばなし」(雨2―10)　つぼたじょうじ　麦書房
「ムギと王さま」(岩少)　ファージョン　石井桃子訳　岩波書店
「ムギと王さま」(岩全9)　ファージョン　石井桃子訳　岩波書店

「むーしかのぼうけん」（キンダー絵本）　いぬいとみこ作　土方重巳画　フレーベル館
「むしのたなばたまつり」（ひかりのくに18―7）　山尾清子文　北田卓史画　ひかりのくに昭和出版
「村にダムができる」　ロードン文・画　岩波書店

メ

「名犬ラッシー」　E・ナイト　清水暉吉訳　あかね書房
「名犬ラッド」（岩少）　ターヒューン　岩田欣三訳　岩波書店
「名犬ラッドのぼうけん」　ターヒューン　久米元一訳　講談社
「名探偵カッレくん」（岩少）　リンドグレーン　尾崎義訳　岩波書店
「名探偵カッレとスパイ団」（岩少）　リンドグレーン　尾崎義訳　岩波書店
「メギー新しい国へ」（岩少）　ヴァイニング夫人　清水二郎訳　岩波書店
「めずらしいむかしばなし」（雨5―24）　ほりおせいし　麦書房

モ

「燃えるタンカー／ガラスのくつ」（新世全7）　アームストロング　神宮輝夫訳　ファージョン　石井桃子訳　講談社
「木馬のぼうけん旅行」　U・ウィリアムズ　石井桃子訳　福音館書店
「ものいうなべ」　ハッチ　渡辺茂男訳　岩波書店

「ものがたり星と伝説」 野尻抱影 偕成社
「もりのおばあさん」 ロフティング文 横山隆一画 岩波書店
「もりのでんしゃ」(こどものとも68) 岸田衿子文 中谷千代子画 福音館書店
「もりのなか」 エッツ文・画 間崎ルリ子訳 福音館書店
「もりのむしたち」(こどものとも17) 三芳悌吉作・画 福音館書店

ヤ

「野球の図鑑」 中沢不二雄 講談社
「野鳥の世界」 小林桂助編 保育社
「八つの宝石」 渋沢秀雄作 太田大八画 羽田書店
「山にのまれたオーラ」(岩少) B・ロンゲン 河野与一訳 岩波書店
「山の上の火」 クーランダー、レスロー 渡辺茂男訳 岩波書店
「やまのきかんしゃ」(こどものとも23) 松居直文 太田忠画 福音館書店
「山のクリスマス」 ベーメルマン文・画 岩波書店
「やまのこどもたち」 石井桃子文 深沢紅子画 岩波書店
「やまのたけちゃん」 石井桃子文 深沢紅子画 岩波書店
「山の天使ティスス」 スピリ 石中象治他訳 白水社
「山のトムさん」 石井桃子 光文社
「山の娘モモの冒険」 ランキン 中村好子訳 平凡社

「山ばとクル」　太田黒克彦　講談社
「ヤンと野生の馬」　デンネボルク　高橋健二訳　あかね書房

ユ

「ゆうかんなペア」(ひかりのくに17―11)　飯島敏子文　池田竜雄画　ひかりのくに昭和出版
「勇士ルスランとリュドミーラ姫」(岩少)　プーシキン　金子幸彦訳　岩波書店
「ゆかいなかえる」　キープス文・画　石井桃子訳　福音館書店
「ゆかいな吉四六さん」　富田博之　講学館
「ゆかいなホーマー君」(岩少)　マックロスキー　石井桃子訳　岩波書店
「ゆかいなヤンくん」(岩少)　ツウィルクメイエル　矢崎源九郎訳　岩波書店
「床下の小人たち」(岩少)　ノートン　林容吉訳　岩波書店
「床下の小人たち／野に出た小人たち」(岩全9)　ノートン　林容吉訳　岩波書店
「ゆきのじょおう」　藤田圭雄編　宝文館
「ゆきむすめ」(こどものとも83)　内田莉莎子文　佐藤忠良画　福音館書店
「ユーモアばなし　なんでもふたつ」　光吉夏弥　大日本図書

ヨ

「幼年おはなし宝玉集　世界編」　植田敏郎他編　宝文館
「よくわかる折り紙」　内田興正　ひかりのくに昭和出版

「四人の姉妹 上・下」(岩少) オールコット 遠藤寿子訳 岩波書店
「よんでおきたい物語 いさましい話」 子どもの文学研究会編 ポプラ社
「よんでおきたい物語 おかあさんの話」 同右
「よんでおきたい物語 ちえをはたらかせた話」 同右
「よんでおきたい物語 ふしぎな話」 同右

ラ

「ラングあかいろの童話集」 ラング 川端康成・野上彰訳 東京創元社
「ラングアラビヤン・ナイト」 同右
「ラングきいろの童話集」 同右
「ラングくさいろの童話集」 同右
「ラングくじゃくいろの童話集」 同右
「ラングさくらいろの童話集」 同右
「ラングそらいろの童話集」 同右
「ラングちゃいろの童話集」 同右
「ラングねずみいろの童話集」 同右
「ラングばらいろの童話集」 同右
「ラングみずいろの童話集」 同右
「ラングみどりいろの童話集」 同右

「ラングむらさきいろの童話集」　同右

リ

「りこうすぎた王子」(岩少)　A・ラング　光吉夏弥訳　岩波書店
「りこうなおきさき」　M・ガスター　光吉夏弥訳　岩波書店
「りすとかしのみ」　坪田譲治文　伊勢正義画　岩波書店
「りすのパナシ」　リダ作　ロジャンコフスキー画　石井桃子・和田祐一訳　福音館書店
「リヤ王」(世絵)　水上勉　あかね書房
「竜のきば」(岩少)　ホーソン　塩谷太郎訳　岩波書店
「りんごのおばけ」　佐藤春夫　三十書房

ル

「ルシンダの日記帳」　ソーヤー　亀山竜雄訳　講談社

レ

「レスター先生の学校」(岩少)　ラム　西川正身訳　岩波書店

ロ

「ろくとはちのぼうけん」(こどものとも29)　木島始文　池田竜雄画　福音館書店

「ろけっとこざる」 H・A・レイ文・画 光吉夏弥訳 岩波書店
「ロシア童話集」(世童全11) 西郷竹彦他 講談社
「ロシアむかしばなし」 秋田雨雀・西郷竹彦編 宝文館
「ローノとやしがに」(こどものとも90) 北杜夫文 得田寿之画 福音館書店
「ろばのノンちゃん」 シルバ 平塚武二訳 講談社
「ろばのびっこ」 新美南吉文 土田文雄画 羽田書店
「ロビン・フッドの愉快な冒険 正・続」(岩少) パイル 村山知義訳 岩波書店

ワ

「わが友キキー」(岩少) ヴォルフ 北通文訳 岩波書店
「ワショークと仲間たち」(岩少) オセーエワ 袋一平訳 岩波書店
「わたしが子どもだったころ」 E・ケストナー 高橋健二訳 岩波書店
「私たちの世界動物記1 ゾウ」 石橋一郎 三十書房
「私たちの世界動物記2 ライオン」 高橋潭 三十書房
「私はチビ」 読売新聞社編 あすなろ書房
「わらいねこ」 今江祥智作 和田誠画 理論社
「わらしべ長者」 木下順二 岩波書店
「ワンダブック」(岩少) ホーソン 三宅幾三郎訳 岩波書店
「わんぱくだった先生」(雨4—24) くまざわふみお 麦書房

「ワンワンものがたり」　千葉省三文　新井五郎画　ポプラ社
「わんわん物語」　ディズニー　村岡花子訳　講談社

農村の子どもと本を読む

いまここで、時間的には逆になりますが、東京荻窪での「かつら文庫」の発足より二年前にもどって、一九五六年の春から二年間、私が、宮城県北部の山間にある、W町町立小学校五年B組の子どもたちと一しょに本を読んだ、忘れがたい経験を付記しておきたいと思います。なぜかといえば、この経験によって、私は、東京で「かつら文庫」を開くことを思いついたのであったからです。

すぐまえのところで、私は、一九五四(昭二九)年から五五年にかけての海外旅行のことを書きました。さて、その一年の旅のあいだに、私は当時のアメリカやイギリスの公共図書館(つまり、町や市の税金でまかなわれている図書館)のサービスの充実ぶり、図書館員たちの見識、また、児童書の編集者の、新しい作者を発掘し、はげまし、育てようという意欲のすばらしさを見てきました。そして、帰国して、自分の国の状態を目の前にしてみると、彼我《ひが》の差は、海外にいて頭でえがいていたより大きくて、がっかりせざるを得なかったというのが、正直な告白です。

日本の出版社の人たち、図書館に関係ある人たちとも、少しは話しあいました。しかし、私は、自分の言葉が、相手の人たちには、ほとんど夢を語っているようにしか聞こえなかったのではないかという感じをうけました。出版社の人たちには、外国と日本の場合とでは、本のつくり方、売り方が全然ちがうのですよと言われました。図書館側の人たちからは、「図書館員の責任において、いい児童書の賞をだすのですって？　私たちは図書館員ですよ。私たちがそんなことをするのですか？」という声も聞かれました。

子どもの本に関したことにかぎらず、日本の社会には、昔からのしがらみがからみついていて、そこへ新しい空気を導き入れるのには、私などには想像できないほどの壁が、立ちふさがっているのだということは、すぐに感じとることができました。

しかし、私自身はといえば、力業《ちからわざ》的な論争はできないたちの人間でしたし、帰国早々で、外国で見てきたことを整理して、相手によくわかってもらえるよう、理論だって説明することさえむずかしいありさまなのでした。では、そのときのありのままの自分で、素手でやっていけることは何だろうと考えたとき、まず思いついたのが、数人の、子どもの本に興味をもっている友人たちといっしょに、そのころ、日本で出ている子どもの本を、よく読んでみるということでした。それともう一つ、どこか私に通えて、一週間に一時間くらいの授業の時間を私に任せてくださるような、理解ある校長先生のいる小学校をさがすことでした。

幸い、友人との勉強会は、四、五人の友人を誘ってすぐはじめることができましたし、また、小学校も、わりあい短い時間でさがしあてることができました。というのは、そのころ、私は、ひと月のうち半分を東京で暮らし、あとの半分を宮城県の北部、丘々に囲まれた小さな町、W町ですごしていたからです。W町町立小学校の校長先生が私の望みを聞いて、一週に一時間、国語の時間を私に任せてくださることになったのです。

一しょに本を読んで、私と話ができるくらいの年齢で、なるべく人数が少ないクラスという私の希望で、校長先生が選んでくださったのは、五年B組の三十人でした。

「この子どもたちの生まれた年は、日本にいる成人男子が一ばん少なく、したがって、出生率が低かったために、このクラスは三十人で構成されています。しかし、この学年の前も、あとも、クラスの生徒数はずっと多くなります」という校長先生の説明がついていました。

私は喜んで、その五年B組の子どもたちといっしょに本を読んでいくための準備をはじめました。

いまから、四十三年前の、この子どもたちの環境がどういうものであったかをわかっていただくために、ちょっとW町のようすをお話ししますと、この山間の町は、人口およそ一万三千。町の一隅に亜鉛の鉱山があって、鉱山の仕事に従事している人たちが、約八千人。その他の地域にちらばっている農家は四百戸、農地が四百町歩（四百ヘクタール弱)ほどでした。農家でも、家族のだれかが鉱山につとめて、現金収入を得るという家が多いので、まわりの町村にくらべて、わりに裕福で、意識も大分ちがうというのですが、もちろん、これは都市でいわれる裕福などというのとは、かなりちがったでしょう。

W町には、小学校が二つあって、鉱山のすぐ近くに、鉱山に勤める人たちの子どものいく小学校が一つあり、私がいったのは、鉱山とはなれてひろがっている農家の子どもたちの通う学校でした。

一九五六年四月初めの月曜日、私がはじめて学校に出かけてみると、田んぼのようなぬかるみの校庭で、先生と生徒が朝礼をしていました。門からはいっていった私から見ると、茶色く日に焼けて、人間の皮膚らしく見えるのは、壇の上に立っている校長先生と、そのわきに立って並んでいる先生方の顔だけ。生徒は、全部、向うをむいて、黒い、小さいかたまりになっていました。女の子も、男の子とおなじくらいいるのに、黒一色の印象をうけたのは、子どもたちの手やえり首も、日にやけていたからかもしれません。

やせている、小さい、というのが、そばまでいったとき、私のうけた感じでした。ここに集まっているのは、一年から三年生ぐらいまでなのかなと考えましたが、聞いてみると、やはり六年生まで全部そろっていたのです。ここの生徒は、とくべつ小さいのかと思って、先生に全国の平均を見せていただいたら、都会の子どもとも、胸囲が少しせまいほか、たいしてちがっていないことがわかって、びっくりしました。

その日は、五年B組の子どもたちと、たがいに顔合わせをするという程度の挨拶をし、これから、「私が、時どき、みなさんと一しょに本を読みにきますよ」という説明をしてから、私は教室のうしろで、一時間目の社会の授業を見学しました。受持ちは若いN先生（女性）で、「経線」を教えていました。うしろで見ているうちに、これは容易でない仕事だなと思えてきました。先生は、教科書に出てくる言葉を一語一語説明し、それから地図や地球儀を使って、経線とはなんであるかを一生懸命説くのですが、それは子どもたちの生活とは、実に遠くにあるもののようでした。

また、教科書には、「そこで考えられることは……」などという、欧文脈の文章がでてきます。東京で聞くと、それほど異様とも思われないこのような文も、黒ぐろと日にやけた子どもたちの前で発音されると、まるで外国語のようにきこえるのでした。私は、いま生徒たちの使っている教科書の原稿を、この子どもたちから遠いところにいて、机の上で書いたり、編集したりする人びとを思いうかべ、その人たちに、この教室を一度のぞいて見てもらいたいと思いました。

さて、その日の午後は、五年B組の都合のいい子どもたちに、私の家に来てもらって、家にある子どもの本を全部、B組の教室に運んでもらいましたが、これはちょっとした遠足で、私とB組クラスの子どもたちとが、親しく顔見知りになるための第一日となりました。

さて、その日から、私は、東京に出ている期間をのぞいて、一週に一度、または二度、学校に通うようになりました。私の家から小学校までは、歩けば約五十分です。山坂がありますから、本など提げていくと、かなりくたびれます。そこで、道の一部をバスか電車でいこうとすると、時間がはんぱになって、二時間目の途中で学校につきます。私は、いつも、そっと教室にはいって、みんなの勉強ぶりを見学しようとするのですが、入口の戸が、いなか家の大戸のように大きく、重く、それがレールの上で、ギー！　という音をたてますので、三十人全部が、私のほうをふり返って、授業の時間が中断されました。が、これも、二度、三度となるうち、生徒たちは、ふりむいてにっこりするだけで、すぐ私などいないように、勉強をつづけるようになりました。

こうして見学する授業は、理科であったり、音楽であったり、算数であったり、社会であったりしますが、私はいつも、農村の小学校の先生の、教科書に書いてある内容を、何とかスムーズに子どもたちの頭のなかにとけこませようとする、ほとんど不可能に近い難事業について、つくづく考えさせられました。こうした授業がすんで、お休み時間になると、子どもたちは、私が、ふろしきの中に、どんな本をもって来たかと、お砂糖にたかるアリのように、わっとよってきます。

時間中に、みんなと一しょに読む本は、私が選ぶけれども、自分で読むのは、何を読んでもいいと、私は、はじめての日に言っておいてありました。「おら、漫画っこがいい。先生、漫画っこ、もってきてけらしえね。」という子が大勢いました。

私は、手にはいるかぎりの漫画ももっていきました。子どもが漫画を読むところもぜひ見ておきたいと思ったからです。でも、休み時間は、すぐ終わりました。

はじめの日は、本読みにかかるまえに五分間ばかり、お説教じみたことをつけ加えてみたのですが、これは、自分でもはずかしい気がして、二日めからは、みんなの知識になるようなことだけ、つまり、その本は、だれが書いたのかとか、そのひとは、どこの人で、いつごろ生まれたかとか、そういうことだけ話すようにしました。

最初の日は、絵本三冊ではじめました。そのころは、まだ一つのストーリーが一冊の単行本絵本として出版されることが日本では少なかったため、三冊とも英語の本でした。それを紙芝居のようにして見せながら、お話を日本語で語っていったのです。一冊めは、クレール・H・ビショップという、アメリカの児童図書館員であった人が文を書き、クルト・ビーゼという画家が挿絵を描いた"The Five Chinese Brothers(1938)"(シナの五にんきょうだい)でした。これは、中国の昔話の再話でしたが、三十人の生徒のあいだから、爆笑に次ぐ爆笑がおこり、大成功でした。この本はよほどおもしろかったと見え、二年後、私がB組三十人の少年少女とのお別れをする少しまえ、「いままで読んできた本で、何がおもしろかった?」と聞いたとき、「『シナの五にんきょうだい』は忘れられねえなあ」といった子がいく人かいました。

二冊めは、アメリカのエリス・クレドルという作者の"Down, Down the Mountain (1934)"(山をどんどん降りていく)、もう一冊は、日本人の画家、八島太郎が、アメリカで出した"Crow Boy (1955)"(烏太郎《からすたろう》)でした。両方とも農村に題材をとったものなので、身近に聞けるのではないかと考えたのです。

二冊めのお話の荒筋をお話ししますと、おさない男の子と女の子のきょうだいが、アメリカの山間の荒地にすんでいて、ふたりとも、くつがボロボロになってしまったので、新しいくつをほしがっています。けれども、くつを買うには、お金がいるので、ふたりで小さい畑を切りひらき、カブをつくることにしました。種をまき、水をやり、害虫をたいじし、やっと、大きなカブをとることができました。そこで、ふたりは父親の馬をかりて、山のずっと下のほうにある町へカブを売りにゆきます。途中で、がちょう追いの女に会い、道を聞き、お礼にカブを一つやり、またつぎに、川をわたる道を教えてもらった男にカブを一つやり、とうとう、町のくつ屋についたとき、ふくろをあけてみると、残ったカブは、たった一つになっていました。男の子は、泣いている妹をなぐさめて、町を見物しようということになりました。すると、町では、農産物の品評会をやっていて、ふたりのぶらさげていたカブは審査で一等になり、ふたりは、望みのくつが買えて、つぎの日曜日には、キュッキュッとくつをならしながら教会にいったという話です。

「烏太郎」は、日本のいなかに育った、劣等生のように思われていた男の子が、よい先生にめぐりあって、その子のもつ才能をのばしてもらい、小さい生物学者となって、卒業式前の学芸会に、カラスの鳴き声のまねをして、みんなをおどろかした。太郎のどから出るその鳴き声で、みんなは、夕方、ねぐらにかえるカラスを、また、親を待つ子ガラスを、ありありと頭にえがくことができたというお話です。

どちらの話の時も、子どもたちは、目をまるくして聞いていましたが、「シナの五にんきょうだい」ほどの反応はありませんでした。

こうして、第一日は、三冊の絵本でおわり、どうやら、少しは成功したように思えました。

しかし、五年生に絵本だけとは、申しわけないような気が、私にはしたのです。

そこで、つぎの月曜日、私は、絵本を一冊と、そのあとに、つづき物のようにして読んでいこうと考えて「クオレ」(デ・アミーチス作)を準備してもっていきました。しかし、絵本を読んでいる間に、いろいろ入りくんだ構成になっている「クオレ」の、最初のところにはいっていくことが不安になってきましたので、「クオレ」のなかの、「ちゃんの看病」という短いお話だけを、ひとつぬきだして読みました。

読みだしてからおどろいたのは、文章が読みにくいということです。目で読んだときはそうともおもわなかったのに、口に出すと、あちこちでつかえてしまうのです。これは、翻訳であることが、いちばん大きな原因でしょう。そこで、後半は、自分のことばにおきかえながら、読んでいったので、こちらの頭のなかが疲れました。

つぎの週、学校にいってみると、二、三人の子が校門のところで待っていてくれ、ほかの子どもたちも、まえよりずっとうちとけた顔つきになっていました。私がもっていった数冊の本を机の上にだすと、クラスじゅうが寄ってきました。しかし、字のたくさんあるのは、すぐはなしてしまいます。絵本は、みんなでとりっこになりました。

壺井栄さんの「坂道」をよみました。途中、やはり、いいまわしの文学的なところ、文語調のところは、読んでいて、子どもたちと私との間に結ばれている見えない糸が、すっとゆるんでいくような、目で読む文章と口で読む文章のちがいを感じさせられるような気持になり、子どものための文学は、どちらに重きをおくべきかと考えさせられました。それでも、このお話は、かなりよく聞いてくれました。

子どもたちは、途中でも声をあげたり、読みおわったときには、「あのばあさんがわるいんだな。」といったりしました。

「坂道」のあとに、日本の昔話を読みました。ところが、昔話になると、いかに庶民のなかから生まれ、何百年の年月を口伝えに伝えられてきたお話とは言え、読み終わったとたんに、クラス全体の子どもたちの口から、「ハア……」という溜め息が、私の方へ向かって、押しよせるように吐かれたのには、びっくりしました。

それと同時に、

「こういう話、みんなの家でも、おじいさんやおばあさんから聞くでしょう?」

といった私の問いに対して、聞いたことがあると答えた生徒は、ひとりもいなかったのです。これにも、また驚かされました。歌にある「いろり火はとろとろ」と燃える炉《ろ》端《ばた》で、縄をなうおじいさんから昔話を聞く時代は、もうすぎさってしまったのでしょう。おとなはみな忙しく、子どもの相手どころではないのかもしれません。

5年B組の子どもたち.

　この子どもたちの家には、本というものは、ほとんどないように見うけられました。

　クラスに二、三人、サラリーマンの家庭の子どもがいました。その子どもたちは、目だって字もよく読めました。もちろん、農家の子でも、私が後ろの席から見ていると、勉強のよくできる子がいました。しかし、おしなべて、この三十人の子どもにとって、学校は、家にいるよりたのしい遊び場という趣が見えました。

「日曜日」という作文を書いてもらったことがありました。日曜がたのしいと書いたのは、たったひとりでした。

「日曜日のあさ、おきると、今日は一日あそばさねどとおとうさんがいいました。」と書いた子もいました。

これは、けっして、おとうさんがひどいひとといういみではありません。子どもも、五年生にもなると、いっぱしの労働力であるということです。

学校にくれば、友だちがいます。お休み時間にとんで歩いても、だれも何もいいません。勉強というものがなければ、かれらには、学校は天国のようなものだったでしょう。(「ピノッキオ」のお話のなかの、いくつかの場面が頭にうかびました。)けれども、これが、そのころの日本の子どものなかの半数近くがおかれていた環境ではなかったでしょうか。

さて、私は学校へ何回か通っているうちに、この子どもたちに、自分から、文字のいっぱいつまっている本に手をだして、読んでもらうことは、むずかしいことなのだと感じはじめました。

そこで、この子たちに、本のなかに書いてあるものを理解してもらおうと思えば、私が朗読してやるのが、一ばん早い道、というより唯一の道なのだとさとりました。なぜなら、この子たちは、字はなかなか読めなくとも、感じ、考えることはできるのです。ただ集中力が十分でないので、よほどお話はおもしろいものを選ばなければなりません。

そこで、五年B組三十人の少年少女が、六年になり、卒業するまで、私は手さぐりながら、さまざまな本を読みつづけました。

そして、二年の間に私の読んだのは、次のようなものでした。(長篇は、読むまえに、あちこち略して、筋のはっきりわかる話にして、何回かのつづきものにしました。)

コロッディ作「ピノッキオ」、吉村和夫作「ふしぎなげた」、スティブンソン作「宝島」「びんの小鬼」、芥川龍之介作「くもの糸」「杜子春《とししゅん》」、小川未明作「との様の茶碗」「金の環」、平塚武二作「サギ山」「風とはなびら」、千葉省三作「とらちゃんの日記」「トテ馬車」「梅づけの皿」「仁兵衛学校」、新美南吉作「百姓の足、坊さんの足」、吉田甲子太郎《きねたろう》作「空をとんだ自転車屋さん」、宮沢賢治作「鹿《しし》踊りのはじまり」「どんぐりと山ねこ」、トルストイ作「民話」などでした。

科学物、伝記、歴史物がすくないのは、二、三やってみて、子どもたちがついてこないとわかったからです。伝記のなかでは、「空をとんだ自転車屋さん」は、まったく例外で、とくに男の子たちは、おわりまで熱心に聞きいりました。(この伝記を読んだことについて、最近、このころのことを書いたものを読むまで、私はすっかり忘れていましたが、これは、一九〇三年に、アメリカ、ノース・カロライナの海岸キティホークで、世界最初の空中飛行をしたライト兄弟の伝記にちがいありません。この本の発行所がわからないのが、残念です。）

千葉省三の「とらちゃんの日記」その他では、子どもたちは声をあげて笑い、すんでから、なかの言葉を自分たちでいいあったりしました。

初め、短いものから、だんだんに長いものに移っていくようにしたのですが、朗読する側にたっていると、短いから、よく聞くというものでもなく、長いから聞かないというのでもないということが、かなりの手応えをもってわかってきました。

いまでも、あざやかに思い出されるのは、長いお話を、うまくうけとめてもらったときの、こちらの喜びです。五年B組が、やがて、六年B組になって、もうじき卒業というところになって読んだ一連のトルストイの「民話」などが、それでした。

「民話」のうちでも、最初に読んだ「人は何で生きるか」のとき、ちょうどお話の半分までいったところで、国語の時間が終わってしまいました。そこで、「あとは、来週」といって、私が本を閉じますと、子どもたちが、承知しません。どうしてもその日のうちに終わりまで聞きたいというのです。そこで、クラスの代表が、先生と話しあって、次の一時間を国語の時間にして読みつづける許可を得ました。

私は、のどを涸《か》らしてくたびれましたが、二年前には、十分間の朗読に集中するにも、クラスの気もちがばらばらでなかなかまとまらなかった三十人が、二時間のお話を一気に聞くことができるようになったことを知って、大きな喜びを感じずにはいられませんでした。

私たち——子どもたちと私——は、こうして二年のあいだに、かなり親しくなることができました。それも、初めのうちから、私が東京にいるあいだに、子どもたちが私に書いてくれる手紙を、N先生がまとめて、送ってくださるというようなことがあったからかもしれません。はじめは多くの手紙が、たどたどしく短いもので、なかには、何の意味かわからないものもありました。しかし、一年たったころには、短いながらも、はっきり筋の通るものになりました。

たまたま、そのころ、九州のある小学校から、五年生のあるクラスが、まとめて私に手紙をくれるというようなことがあり、私は、その小学校の子どもたちの、文字も、文意も、実にのびのびとしていることに驚かされていました。そして、その子どもたちとW町の子どもたちとの間で、手紙のやり取りをしてみたらどうかということを思いつき、九州の小学校の先生にそのことをいってやったことがありました。

たちまち、反応があり、九州の子どもたちの手紙が、W町小学校五年生のクラスにとどきました。そのニュースが、W町小学校の教員室にまでとどいたかどうかは、私は知りません。しかし、W町小学校五年生の生徒にとっては、九州の子どもたちの手紙は、快い驚きであり、興奮すべき刺激であったと見え、生徒たちのなかには、その手紙を家に持って帰って、親たちに見せた者もあったようです。

ある日、私は、W町の畑中の道で、私が本を読んでやっているクラスのある子どもの父親に会って、

「どうしたら、ああした手紙書けるようになりますべ？」と聞かれたことがありました。

「みんな思ったことを、はずかしがらずに書きっこしているうちに、だんだん書けるようになりますよ。」と、私は答えたようにおぼえています。

六年生終りのころ、W町の子どもが私にくれた手紙のなかには、

「先生、もうおわかれですね。このあいだ一町田(九州の小学校のある町の名)の友だちから手紙をもらいました。九州の友だちと文通していくようになったのも、先生がかたってくれたおかげですね。」という文が見られました。字もしっかりしてきて、文章もはっきりしていました。

おなじ年ごろの、九州の小学校のある一クラスの子どもたちとの文通は、私の二年間の朗読以上の刺激を、この子どもたちに与えたのではあるまいかという感さえ、私は受けたのです。

一九五八(昭三三)年の春、よく晴れて、校舎の背後には、日に輝く栗駒山《くりこまやま》が美しく浮かんでいた午前、W町小学校六年B組の生徒たちは、小学校を卒業していきました。私は、その式に招かれて、もうずいぶん親しく、下の呼び名で呼ぶことができるようになっていた三十人に、心からのお祝いの言葉をのべたのでしたが、そのとき、その一人一人の胸に、「人は何で生きるか」という、あの二時間ぶっ通しで読んだ、トルストイのお話の題を、小さいメダルに書いて、さげてやりたい思いが、私のなかにふつふつと湧いていました。

しかし、その後、一度、中学校にこの三十人を訪ねていった以外、だんだんお付きあいが間遠《まどお》になってしまったというわけは、私は、もう東京で、「かつら文庫」をはじめていて、その他のことでも手いっぱいになっていたからです。

B組担任のN先生は、三十人のクラスの席順を図にし、一人一人の名前を書きこんだものを私にくださっていましたので、私は、それが、偶然、東京の家の仕事机の引出しから出てくるときなど、開いてみて、あの二年間のあいだの交流をなつかしく思いだし、みんな、どうしているだろうと考えるのでした。昔、クラスじゅうでも、小柄で、いつも校門のところで私を待っていてくれたS・S君は、中学を卒業すると、お父さんの職業を継いで、東京の大工さんの弟子になったといって、二、三度、訪ねてきてくれたことがありましたが、物を書いたり、文庫をしたりという私の生活が――また、そのころ、私は、数人の友人といっしょに、後に『子どもと文学』(一九六〇年、中央公論社)として出版された小さな本を書こうとして、勉強会もしていましたから――案外、忙しいものだとわかったせいか、いつのまにか、来なくなりました。ただ一人、私が、就職をおせわしたN・Fさんが、東京に出て、お勤めをしたあと、仕合わせな結婚をして、いまも年賀状の往来があります。勉強がよくできたK・Iさんは、大学へいったと、どこからか聞こえてきた噂で知っていました。

ほんとに、みんなどうしているだろう。でも、もう私の年では、みんなとは会えないなと、私は、私自身の高齢をかえりみて、べつにそれを悲しむ意味でなく考えながら、その偶然に出てきた五年B組の席順の図を、机の引出しにしまいこむのが、この二、三年のしきたりのようなものになっていました。

ところが、今年(九八年)W町の町役場から、私にお声がかかったのです。「まだ少し先のことではあるが、小学校の教室があいたら、そこに図書室をつくりたい。しかし、当座、その準備に、いまある公民館の図書室を充実しようと思っているので、ついては、ご縁のあるあなたのコーナーをつくってもよいだろうか」という主旨の問い合わせが町役場から来たのです。そして、もしよかったら、町の助役さんと教育長さんが、私に会いに見えるというのです。

私は、何事によらず、PR的なことがきらいですので、私の写真が看板のように出たりするのでなく、子どもたちが、ひょいと気をひかれて入ってきて、本を読みはじめるというような場所は、どこの町にもぜひほしいと思っていましたから、そうした場所をつくってくださるなら、お手伝いしましょうという返事を出しました。

そこで、十月のある日の午後、東京荻窪の私のせまい居室に、昔、W小学校を卒業して、いまは東京に住む私の親しい友人(女性)が、道案内になって、それにお客はW町の助役さんと教育長さんの二人と思っていたら、もう一人、産業振興課の課長さんという方まで見えて、たちまち、私のせまい居室はいっぱいになってしまったのでした。産業振興課と図書室の関係は？　などと思いながら、その方の名刺を見て、私は、「あ！」と思いました。それには、私の机の引出しにあるW町小学校五年B組の席順では、一ばん後ろの席、右端から二番めの机に坐っていたN・Tさんの名が刷られているではありませんか。N・Tさんは、なかなか茶目な、頭のいい少年でした。

そうなると、はるばる遠い町から訪ねて見えたお役人というお客の姿は、一挙に消えて、助役さんは、道案内してきた私の友人の小学の同級生、教育長さんは、私がW町小学校の五年B組に通ったころ、五年A組の担任であった先生、産業振興課長さんはN・T少年と、それこそ早変りして、あとの会合は、方言丸出しの同窓会のようなものになってしまったのです。

その日、助役さんたちは、私のアルバムにあった五十年近くまえのW町小学校のスナップ・ショットやら、図書室新設について参考になりそうな図書目録などを持って、午後おそくに帰られました。

その後、W町の役場からは、町議会で、新しい図書室に備えるべき図書の予算などが議せられているというお手紙が、何回か送られてきました。

このごろの「かつら文庫」
――幼年期の子どもたち

　私は、一九九八年で九十一歳を迎えていました。じつは私が、内輪のひとたちに「かつら文庫」から手をひきたいと申し出、財団法人「東京子ども図書館」の職員の方たちに後をお任せしたのは、もう二十年もまえのことになります。じっさいのところ、年をとるということは、目も見えなくなり、耳も遠くなり、文庫にくる子どもたちの名前がおぼえにくくなるなどということの連続なのです。文庫に入ってくる子どもたちに、「こんにちは、○○ちゃん」と呼べなくなったら、人は、大勢の子どもを相手の仕事はできなくなったと判断すべきだと、私は考えたのです。「こんにちは、何々ちゃん」といえなくなったとき、相手の子どもは、自分を一個の人間として認めてもらえていないと思うようになるからです。

　つまり、こうして二十年ほど前、「かつら文庫」は、元とおなじ場所にはありながら、いわば、「東京子ども図書館児童室」の分室という形になっていたのでした。

　このようなことが、「文庫」と私自身の生活におこっている年月のあいだに、世の中は変わり、子どもの生活も変わりました。日本の子どもの生活に密着した変化の二、三をとってみても、「文庫」のはじまったころ、テレビは、どこの家にもあるものではありませんでしたし、路上には、これほどの車や自転車が走っていませんでした。塾というものについても、ほとんど聞いたことがありませんでした。

「かつら文庫」のはじまったころ、会員になりたい子どもに私たちは、「ひとりで文庫に歩いてこられる？」と聞き、それを会員になることの一つの目やすのように思っていました。つまり、家のひとに連れてこられなくても、一人で「文庫」まで歩いてこられるかということです。大人の付き添いが多いと、部屋のスペースが少ないので、こみあって困ることと、子どもが読む本は、子どもに選択してもらい、大人からの指図なしに心を遊ばしてもらいたいと思ったからです。

しかし、時がたつにつれて、いろいろな面で、「文庫」にくる子どもを制約する、社会的な事情が多くなってきました。例えば、幼い子がひとりで歩いてくるには、車が多すぎて、危い道も出てきました。また、小学校も上級になると、塾に通う子どもが多くなり、「文庫」にくる子どもは、年々、幼くなって、付き添いなしでは来られなくなるというようなこともありました。その他に、いかに多くのことが、今日の日本の子どもの自由を奪い、その日常に枠をはめていることでしょう。小さい子でも、その子の一日の時間割が、きちんとできていて、「お話」の時間に、「いま何時？」と文庫のおばさんや、おねえさんに聞く子どもも多くなりました。二十年以上まえの子どもたちよりも、じっくり自分で本を選び、たのしむという気持の余裕が、驚くほど少なくなっているのです。

そして、いま、私の代りに、毎週、水曜日と土曜日の午後、子どもたちの面倒を見てくださっているのは、「東京子ども図書館」の職員の方々とそれを助けてくださる方々だというのが、「かつら文庫」の現状です。

それでも、私は、おなじ家の二階に住み、文庫は一階にありますから、時どき、用事ができて階下に降りていき、子どもたちの姿を見ることはあります。その度に、三、四十年昔の文庫の様子が身に貼りついてしまっている私は、このごろの文庫の子どもたちの幼さに、驚きのようなものを感じずにはいられません。幼いというのは、心の幼さという意味よりも、子どもの体の小さいことです。

昔は、幼い子はむしろ少なく、小学五、六年生くらいの大きい子になると、私と背丈のおなじほどもあり、もう少し小さくても、私の肩くらいある子どもたちが圧倒的に多かったのに、最近は、その年齢の子どもたちはかき消えたようにいなくなり、幼稚園から小学二、三年生くらいの子どもが、断然多くなりました。

ということは、このごろの四、五年生から以上の子どもたちは、さまざまな理由から、のんびり本をたのしんでいられないほど、忙しくなってしまったということではないでしょうか。さまざまな理由とは、このごろの小学校の実状やら、また世の中一般の事情にもうとい私には、具体的に細かく例に挙げることはできません。そのような私でさえ、折々の場合に目につくのは、上級の学校への受験に便利なように、遠い私立学校へ通う子どもたちの姿とか、過重な勉強の材料がつまっているらしい重そうなランドセルとか、子どもがいる家であれば、必ず備えつけてあるテレビゲームとか、夜、塾に通う子どもたちの姿です。

代りに、文庫にぐっとふえた幼い子どもたちの両親たちは、文庫を、子どもが小学校へいくための塾のように考えているのではあるまいかと思いまどうことが、時どきあります。幼稚園の送迎バスのように、近所の子どもたちを集めて、文庫の「お話」の前に、さっとつれてきて、終るとさっと帰る車を見かけることも度々です。

しかし、これが世の中の実状です。大きい子どもたちは、自分から自分の喜べる本を見出す機会を持たされないのが、いまの日本です。では、残念ですといって、私たちは嘆きつつ、手をこまねいて見ていていいのでしょうか。

世の中に大きな変化がおき、それが子どもの世界にかかわることであれば、大人は、それを正常の状態に取り戻すために、何かの手段をとらなければならないのだと思います。文庫が幼い子であふれ、少し大きくなると、いなくなるというのであれば、大人が真剣に考えなければならないのは、目の前にいる幼い子どもを直視し、その子どもたちは、いったいその子の成長期のどんなところにいるかを理解し、全身でその子どもたちの要求に応じてやることではないでしょうか。

子どもの三、四歳、また五、六歳は、子どもにとって、どんな時代なのでしょうか。いかにも、外から見ると、世俗的には何事にもうとく、まだ物事がよくわからない時期として、いいかげんに取り扱われそうですが、その三、四年間の年月は、想像力と現実の二つの世界にまたがって、子どもが大きくのび、感じ、将来をも決するときにあるのではないかと、私には思えるのです。それは、他の人たちの伝記類を読み、自分の子ども時代を、いま大人の目でふりかえって、そう考えられるのです。私の美の標準、善悪の規準は、あのころに築かれたのではないかと。

私は、最近、お話『クマのプーさん』の作者、A・A・ミルンの自叙伝を、新たな興味をもって、再読しはじめています。いま、私ののべたことの、一つの証言にもなるかと思い、小さいエピソードを一つ引いてみましょう。

A・A・ミルンは、早熟であったと見え、かなり小さい時のことも、はっきり書いていますが、そこには幼い心の営みが、どんな素晴らしいものであるかを大人に教えてくれて、目のさめる思いがします。

さて、ミルンの父親は、十九世紀の終りから二十世紀のはじめにかけて、ロンドンの郊外で私立男子中学校の校長をしていました。ミルンには、一歳四カ月年上の、一心同体のように仲のよかった兄がいました。その兄は、四歳の誕生日に「キツネのレナード」という本をお祝いにもらい、兄と弟は、けっこうその本をたのしんだらしいので、二人は、幼いうちから、字が読めたということがわかります。しかし、いま私たちに関係のあるのは、その本ではなく、日本にも『ウサギどんキツネどん』(J・C・ハリス作)という題で紹介されている、アメリカで出版された本です。ミルンと小さい兄さんは、その「ウサギどん」の本を、毎晩、一章ずつ、寝るまえに父親に読んでもらい、まるで魔法の世界にはいったようにたのしみました。

なぜ、ミルンたちが、その本も自分たちで読まなかったかといえば、それは、アメリカの黒人のじいやが、主人の家の小さい坊やに語ったという形で書かれ、じいやの語る部分は、黒人方言で書かれ、目で読むとすると、外国語のようにむずかしかったからです。(しかし、読んでもらえば、じつにおもしろく聞けたのです。)

さて、ある晩、ミルンのお父さんが、用事で外出しなければならなくなりました。そこで、幼いミルン兄弟は、どんなことがおこるか、夢にも思わないで、その読みさしの本のあるページを見つけて、家庭教師(といっても、子どもの世話係のような女性)に、その先を読んでくれるようにとたのみました。

「たぶん、これとおなじようなことが、だれかの上にもおこったにちがいない。それで、そのひとは、『私は、私の耳を信じることができなかった』という、新しい語句をつくったのだろう。」と、ミルンは、後に、大人になってから、そのとき、幼い自分たちの目の前におこった出来事を書きつけています。ミルン兄弟のまわりじゅうに恐ろしいことがおこりました。世界が変ってしまったのです。家庭教師の読んでいるのは、『ウサギどんキツネどん』なのだろうか？　読んでいる人間は、自分たちが、いままであんなに愛していた家庭教師のビアトリスなのだろうか？（幼いミルン兄弟は、この家庭教師が好きで、二人ともこのひとと結婚したいと思っていたのです。）

家庭教師はといえば、むずかしい黒人方言に苦しみ、こけつまろびつしながらページの終りまでたどりつきました。そして、その話をあまりおもしろくないように思ったので、続けて読もうか、ほかのゲームでもしようか、と聞きました。子どもたちは、読まないでいい、と答えました。

次の晩は、お父さんが家にいました。ミルンたちは、あの本の、まえの日にやめたページを、お父さんに教えて、つづきを読んでもらいました。お父さんのあたたかい声で、朗読がはじまり、三行ほど読み進むうち「ウサギどん」のお話は、再び息を吹きかえし、世界はまたたのしいところになったというのです。

ミルンは、後年、『クマのプーさん』のさし絵を描いたE・H・シェパードの絵を見たとき、子どもたちには、自分では逆らえない魔法の世界があり、そこにはいりこんでいっては、その魔法を世代から世代へと伝えていっているのだということを、まざまざと思いだして、幸福感に打たれたと書いています。

学齢まえから小学校にいきはじめるころの年代、そのころの自分を、子どもたちは、上手に大人に説明することができません。しかし、それは、一人の人間が、自立して物を考えはじめる時、自分の中に芯棒のできるようになる、だいじな時期と、私には思われてなりません。

いま、「かつら文庫」に来ている幼い子どもたちは、その時期をすごしているのです。文庫の周辺にいる私たちは、そのことに心しようと、いつも話しあっているところです。

「かつら文庫」の現況

「かつら文庫」は、現在、毎週水曜日と土曜日の午後(一時〜五時)、開いています。一九九八年末現在、「かつら文庫」に登録している子どもたちの数は、表のとおりです。半年以上来ていない人は除いて集計してありますので、実質的な利用者の数といえます。

五一ページにある一九六五年のデータと比べてみますと、会員数は大きく変化していないのに、圧倒的に学齢前の幼児が増えているのがわかります。高学年・中学の子どもの減少も、目立ちます。男女比は、あまり変わっていません。

十年前(一九八八年)と最近(一九九七年)の利用状況は、別表のようになります。

かつら文庫利用状況

		1997 年	1988 年
のべ利用者内訳	幼 児	743 (62.6%)	1340 (55.6%)
	小 一	210 (17.7)	373 (15.5)
	小 二	34 (2.9)	137 (5.7)
	小 三	85 (7.2)	170 (7.1)
	小 四	36 (3.0)	53 (2.2)
	小 五	64 (5.4)	93 (3.9)
	小 六	1 (0.1)	187 (7.8)
	中 学	14 (1.2)	57 (2.4)
	計〈人〉	1187 (100%)	2410 (100%)
のべ貸出内訳	絵 本	1596 (65.4%)	3388 (66.2%)
	フィクション	389 (15.9)	953 (18.6)
	ノンフィクション	314 (12.9)	490 (9.6)
	昔 話	125 (5.1)	266 (5.2)
	詩	11 (0.5)	21 (0.4)
	伝 記	4 (0.2)	2 (—)
	計〈冊〉	2439 (100%)	5120 (100%)
おはなしのじかん		のべ人数〈人〉	
	幼〜小 1 (1 回平均)	770 87.4% (11.3)	1193 77.7% (14.7)
	小 2 以上 (1 回平均)	111 12.6 (2.1)	343 22.3 (4.4)

かつら文庫登録者

	男	女	計
幼児	36	48	84
小一	4	17	21
小二	15	14	29
小三	4	5	9
小四	3	10	13
小五	2		2
小六		4	4
中学以上		2	2
計	64	100	164

1998 年末現在

ひんぱんに顔を見せる子、あるいは間遠な子とさまざまですから、のべ利用者数は、登録者数と比例するわけではありません。「おはなし」(ストーリーテリング)を聞きにくる子どもも、幼児が増えています。「おはなしのじかん」は、毎回、小さい子が二時から、大きい子が三時からです。

幼児中心の利用を反映して、もっともよく読まれているのは、ほとんど絵本です。子どもたちが来たときに、読んであげたり、「おはなし」で語ったり、相談にのったり、と大人がさりげない形で勧めていますので、『ぐりとぐら』『こねこのぴっち』『どろんこハリー』『ひとまねこざる』のように、三十年以上読まれ続けている本もたくさんあります。(くわしくは、「こどもとしょかん」80号・一九九九年冬号をごらんください。最近三年半の貸し出しの上位リストを載せ、コメントをつけました。)

利用の数は減少していますが、それは必ずしも憂えるべき現象ではないかもしれません。その分、文庫担当者と子どもとのゆったりした親密なふれ合いが生まれます。これからもひとりひとりの子どもとのつながりを大切に、貴重な時間をつくっていきたいと思っています。

(東京子ども図書館　内藤直子記)

四十年ぶりの同窓会

昨年(一九九七年)の終わりごろから、私の身辺に(そして、「かつら文庫」のはじまりのころ、子どもたちのせわをしてくださったひとたちの間で)、九八年の春は、「かつら文庫」発足から四十年だ、何かやったらいいじゃないかという声がおこっていることには、私も気がついていました。

しかし、私は、仕事がおそくて、いつもいそがしがっている上に、はでなことが、極度にきらいな人間でした。もうずっと昔になる「かつら文庫」一周年のときも、二周年のときも、何の記念パーティらしいものをしないで、その日、たまたま文庫に集まってきた子どもたちが並んで写真をとり、それですましてきたのでした。もうそのころから四十年も経ってしまい、その時どきに通ってくる子どもたちの家も、引っこしやら、何やらで移り変わり、日本じゅうどころか、家庭の事情で海外にさえ散ってしまっている場合もあり得るのに、そのひとたちの住所など、どうして探せるの? と、私は、同窓会の話を聞いたとき、考えたのでした。

ところが、去年の暮、私が、ふと、やれば、小さい会ができるのかなと、心を動かすような、小さな出来事がありました。ある日、私の自宅に用事で訪ねてきた荒井さん（「かつら文庫」ができたばかりのころ、二代めのおねえさんとして、文庫を手つだってくださり、そして、いまは、「東京子ども図書館」の理事になっている荒井督子さん）が、夕方、私の家を出て、駅までいったとき、ひとりの女のひとに、「堤さん！」と、旧姓で呼びとめられたというのです。荒井さんも、相手がだれか、ひと目でわかり、「あら、Nちゃん！」と、二人は、ほとんど四十年ぶりの邂逅《かいこう》に驚き、そこで三十分ほども立ち話をして、お互いの消息を交換しあったというのです。

荒井さんをよびとめたひと、Nちゃんは、私たちの間でこそ、Nちゃんで通っていますが、いまは、もうN・Kさんという、歴としたおくさんで、ピアノの先生になっていたのでした。

でも、四十年まえ、「かつら文庫」にはいってきたころのNちゃんは、小学二年の少女でした。そのとき文庫のおねえさんだった堤さんは、その後結婚して、荒井さんとなり、アメリカにいくため文庫をやめたので、この二人は、それ以来、去年の暮まで会ったことはなかったのです。

その出あいのすぐあと、興奮した声で、そのめぐり会いの報告をしてきた荒井さんは、Nちゃんも、文庫時代の友だちのいく人かと、いまもつきあっているらしいし、「文庫」

初期の会員だけの住所をさがし出したら、四十周年記念会ができるのじゃありませんかというのです。それで、私も、そういうのなら、できるかもしれないなという気持になりました。

しかし、同窓会をするとなれば、私たちは、急がなければなりませんでした。会をするのなら、かつら文庫の発足の日、三月一日になるべく近い、春の日を選びたかったからです。いまでも年賀状くらいは交換している、昔の文庫の会員も数人いますので、そのひとたちが、いまも昔の友だちと付きあっているかどうかを聞きだし、そのひとたちのアドレスを確かめ、どんな日がみんなの都合がいい日なのか、連絡を取り合わなければなりません。かつら文庫の一代めのおねえさんの岸田(狩野)節子さん、二代めのおねえさんの荒井督子さんが幹事になって、捜索がはじまりました。一人一人の住所が新しく見つかるとすぐ、そのひとのもとに、同窓会の主旨を刷りこんだ往復葉書が発送されました。

そして、約ひと月ののち、同窓会の期日は四月十九日、時間は午後二時から四時までということになりました。二十人の人の出席の返事が、私たちのもとに届きました。男性十人、女性十人。アドレスがわかっても、どうしても来られない人が三人。一つ一つがなつかしい名前でした。出席者の一ばん遠い人は福岡から。次が名古屋。四十年まえに、四、五歳から小学校高学年までだったひとたちですから、いまは男女とも、働きざかりというところでしょう。どんなふうになって、やってくるのでしょう。

待ちうける側も、その日になってからあわてることのないように、写真をとってもらう友人を確保し、お茶やお菓子をうけもつ者は、私たちも入れて五人、などと準備を進めました。また、テーブルの上に並べるために、その日くるひとたちが幼かったころ、文庫にくる毎に、幼い手で自分の名前を記した小さいノートも探しだし、幼い頃の写真をひきのばしたものは、壁面に貼るよう、用意されました。

さて当日は、いいお天気で、私は幸先《さいさき》よしと喜びました。朝のうちから、もう二人のお客がありました。すぐ近くに住むW君兄弟。ご実家が引っこしで忙しいので、欠席とは連絡したが、挨拶にと、美しい花束を持ってきてくださったのでした。早速、記念の写真をとりました。

午後になり、胸をドキドキさせながら待つうち、一番乗りは、やはり近くに住むS・T君でした。T君は、「かつら文庫」には、一ばん長く通ってきた会員で、小学校からずっと高校くらいまで顔を見せてくれました。もっとも高学年になってからは、会員というよりは、三代めのおねえさん、佐々(田辺)梨代子さんを手伝って、文庫のお兄さんとして、私たちを大いに助けてくれたといった方がいいのですが。いまは大学の先生で、忙しいと見え、お互い近くに住みながら、道でぱったり会うということもなくなっていました。この日は、夜、友だちの結婚式があり、途中でぬけ出さなければならないので、早く来ましたとのことでした。

そのあとは、F・Iさんに、S・H君と、やはり近くのひとたちが、矢つぎ早に到着しました。福岡から上京したT・Kさんは、前の晩、私の家の近くのお母さんのところに泊まったとのことで、思いがけぬ早い到着でした。

何しろ、一人一人が、玄関をはいってくるごとに、いかに幼な顔はのこっているとはいえ、子どもが大人に早変わりして現われるようなものですから、着くひと側からも、迎える側からも、名前を呼びあって、大きな歓声があがり、顔を見あわせて笑ってしまうのでした。といっても、このひとたちは、昔、おなじ学校のクラスにいて、知りあったという関係の仲間ばかりではないのです。家が私の家の近くにあり、互いに顔見知りであったというひとたちはいましたが、多くは、たまたま、本を読むために、ちがった地域、ちがった学校から寄り集まってきた者同士なのでした。

では、なぜ、「文庫」に足をふみ入れたとたんに、「あ、○○さん」とか、「何々ちゃん」と名を呼びあって、親しい雰囲気のなかに溶けこんでしまえたかといえば、文庫の形こそ、昔とちがったとはいえ、部屋の南には、幼い日にぶらついた庭があり、部屋の壁には、自分たちが本に読みふけったときの写真がひきのばして貼られてあり、テーブルの上には、確かに自分たちが小さい手で書いたにちがいない名前が並んでいたからでしょう。こういうものを見たとき、ひとはだれでも思わず興奮し、隣に立っている者たちと笑って話しあわずにいられないのではないでしょうか。

文庫の部屋は、昔は、道から少しひっこんだところにあり、文庫として使えるのは、ひと部屋でしたが、いまは、通りのすぐそばまで出張って、奥にもうひとつ、「お話の部屋」ができていました。その日、私たちは、奥の部屋の壁に、一九六四年に、『ちいさいおうち』の作者、バージニア・リー・バートンが文庫を訪ねてきたとき、子どもたちを前にして描いてくれた怪獣、ダイノサウルスの大きな絵をかけておきました。名古屋から出てきたA・Yさんは、玄関から図書室に足をふみ入れたとたん、その絵に目をとめ、「バートンさんは、あの絵を描いたとき、ダイノサウルスがくわえている草から描きはじめたんですよね。あとはどうなるかと思ったら、そのまわりに怪獣の体があらわれたんです。」と、私にいいました。

私は、びっくりして、スマートな紳士になって現われたA・Yさんの顔を見、それから、また絵を見てしまいました。

百号ほどの絵の右肩へんのところ、紙の上の端からは十五センチほど、右の端からは四十センチほどの個所に、そのしなやかな、やわらかそうな草は、横向きに描かれています。怪獣は、体に比較すると、小さく見える頭を正面に向け、草をくわえ、その小さい頭でふりかえるようにし、紙のあとの大きなスペースを、その巨体で埋めています。

そうか、バートンさんは、一九六四年の春、「かつら文庫」を訪ねてきたとき、まだまっ白な紙の右肩のあたりに、一本の草を、ポツンと空中に浮かんでいるように描きはじめたんだ。そして、そのころは、何か利かん坊の少年に見えたA・Y少年は、それを見ていた生き証人だったのだ、と、私は何かふしぎな気持におそわれながら、文庫のなかを流れていった、長い長い時間にひきこまれるような思いがしたのでした。

そうこうしているうちに、出席の返事のあった人が全部そろい、三々五々、かたまって、わあわあ話しあっていたひとたちは、ひとまず、図書室に円を描いて坐りこみ、荒井さんが、短い開会と歓迎の辞、それから、私の短い挨拶、それから、集まった二十人、それぞれの述懐の言葉がありました。

何しろ、このひとたちと別れてから、少なくとも三十年はたつのです。それだのに、だれひとり――私を除いて――年とったと感じさせるひとはいませんでした。三、四十年のあいだに、だれの上にもいろいろあったでしょうに、世帯じみた話は一つも出ません。昔、幼かった者は成長し、年を重ねた者は若返り、そのまん中の年月あたりで、みんなが出会い、思い出や、経てきた人生について、少し自分とはなれた場所から語りあったという感じでした。私は、そのひとたちの話を聞きながら、ふと思いだすことがあると、「○○ちゃん、あなた、あのとき、こう言ったじゃないの。」などと口を出さずにはいられませんでした。

各自の挨拶が、ひとわたり終わったとき、岸田さんの音頭取りで乾杯。それからお茶、懇談。まえにも書いたように、お互いにあまり知らない同士なのに、昔の文庫の話、そこで読んだ本の話。たとえば、『きのこ星たんけん』という本のこと、よく思いだすわねえと、だれかがいえば、そばにいたA君は、四十年もまえに読んでそれ以来、考えたこともなかったのに、表紙の絵までそっくり思いだしたといい、また、多くのひとが、外国旅行をして、「プー」が「プー棒投げ」をした橋を見にいった話などをしては、笑い興ずるといったふうでした。

本を著し、まあ、世の中に名も知られるようになったひともあり、そうでないひともあり、家庭的に幸福なひと、そうでないひとと、いろいろあったはずですが、集まった人を迎える側として見ていた私には、だれもが、基本的には、みんなが、小さいときから、自分をもって生きてきて、それは変っていないという感じを受けたのでした。あっちのひとのところへいったり、こっちのグループの仲間にはいったりしたのですが、ふしぎに心が昂揚し、少しも疲れませんでした。

こうして、いい大人が、あっちにかたまり、こっちに流れていったりしながら、話し、笑い、たべ、飲んだ会は、予定通り四時には終わらず、五時近くになって解散したのでした。

会のあとで届いたお便りのいくつかを、書いたひとの許しを得て、左に記したいと思います。

「かつら文庫」40 年の同窓会.

「楽しみにしていた以上に楽しかった、なつかしい時間でした。先生を疲れさせたかもしれないけれど、これを機会に、ぜひまた集まりたい……」

「通常の同窓会は、○○とは仲よく遊んだというふうになるのでしょうが、私は当時のかつら文庫の先生とおねえさんたちのほか、だれのこともおぼえていません。それだけに、知らなかった「昔の仲間」と初めてきちんと話せて、うれしく思いました。「プー棒投げ橋」にいったひとがきっといるだろうと思ったら、やっぱりいました。あのころは、「本でしかいけない世界」がありましたね。読書感想文のいらない「かつら文庫」、素敵でした……」

「何人もの人が、苦しくなると、本に逃げこむといっていました。これも聞いていて、よくわかる気がしました。小生も、受験のときになると、『ナルニア国ものがたり』や『ふくろ小路一番地』などを取りだしては読みました。四十年の年月の経つのが早かったことの驚き。にもかかわらず、会ったひとたち変わってない。石井さんが一人一人のことをよくおぼえていたこと、特にどの子が何を読んだか知っていたのには、びっくりしました。私たちは、ただ楽しく本を読んでいればよかったのですが、石井さんやおねえさんたちには、文庫の営みは、真剣なお仕事だったのだなと、いまになって思います……」(こう書いてくれたのは、その人のお父さんが私の友人であるAさんで、彼は、六歳だった四十年前から、私を石井さんと呼んでいたのでした。)

「何度も、何度も、あの日いただいた写真をながめ、あの日の余韻にひたっています。何という幸福な子ども時代を、私たちは送ったのでしょう……」などなど。

私は、同窓会の当日も、翌日も、ほとんど疲れをおぼえなかったことに、自分ながら驚いたのですが、今年の春は風邪が流行し、用心をしていながら、とうとう寝こむ始末になり、そのあとつづいて、目に故障ができ、二、三日とはいいながら、入院してしまいました。そのため、あの晴れの「同窓会」の写真は、とうに人数分だけできているというのに、それを出席したひとたちに送りだすのが、五月にはいってからになってしまいました。私は、左に掲げる詫び状を認《したた》め、写真といっしょに封じこめながら、あの楽しかった会の締めくくりとしたのでした。

一九九八年、四月十九日、あなた方に昔の「かつら文庫」のあった地に集まっていただいたあの大興奮の日から、はや二十日以上の日がたってしまいました。

写真も揃い、みなさんの住所録もでき、どなたにはどの写真をと仕分けするときになって、私が不覚にも十日以上も寝たり起きたりの風邪をひいてしまい、それにつづいて、小さい目の手術までうけなければならなくなり、写真その他をお送りするのがこんなにおそくなりました。お許しください。

四月十九日には、ほんとうにたのしい日を与えていただいてありがとうございました。四十年の昔にかえり、もうりっぱに大人におなりになった方々に、何々ちゃん、何々君とよびかけることしかできなくて、まごつきましたが、この長い年月のあいだにおこった、さまざまなことを心の内に蓄積なさったあなた方のお元気な御様子を拝見して、ほんとうにうれしゅうございました。いつかまた、お会いして、御日々、経験していらっしゃることのひと片《ひら》でもお伺いしたいと思っています。では、お元気に！

一九九八年五月九日

石井桃子

解説　『子どもの図書館』の驚くべき浸透力

松岡享子

「私は、石井桃子さんの『子どもの図書館』を読んで、文庫を開いたのです。」

「私が文庫活動をはじめたのは、『子どもの図書館』を読んだのがきっかけでした。」

これまでに、いったい何人の人の口からこういうことばを聞いたことだろう。

現在、全国には、約五千の文庫があると推察されるが、その数が飛躍的に増加したのは一九七〇年代である。『子どもの図書館』(岩波新書)の発行は一九六五年のことで、これが文庫の開設を促す大きな力になったことは、多くの人の指摘するところである。参考までに、一九八一年に行われた全国子ども文庫調査*の結果を見ると、回答を寄せた一八七八の文庫のうち、一九六五年以後の十年間に開設されたものは七二〇で、それ以前の十年間の四〇に対して二十倍近い数になっている。グラフで見ると、この年から設立数が急カーブで増えているのが一目でわかる。

『子どもの図書館』は、けっして家庭文庫の開設を呼びかけてはいない。著者は、私設の図書室は、「オートメーション時代に手工業をやっているよりも力ない試み」で、

ちょっとしたことで挫折するし、「繁昌」しすぎても個人の手におえなくなる、といい、

「では、どうしたらいいかといえば、公共的な図書館――市や町や村で運営し、税金でまかなわれる図書館――の児童部を育ててゆくほかはないと思います。」

と、公立図書館充実への方向を、はっきりと指し示している。実際、子ども文庫に関わった人たち――そのほとんどは母親であったが――は、またそれぞれの地域で、図書館設置運動の推進力となったのであった。

その図書館の働き手たちの中にも、『子どもの図書館』は、その影響力を浸透させていた。

「高校生のとき、『子どもの図書館』を読んで、将来は図書館で働こうと決めたのです。」

「『子どもの図書館』を読んでから、ずっと児童図書館員になりたいと願いつづけていました。」

こうしたことばも、また何度耳にしたことだろう。図書館で児童奉仕を専門にしたいと志す人に限っていえば、本書と、それから本書の中で紹介されている、イギリスの児童図書館員の先達コルウェルさんのお書きになった『私は、こうして図書館員になった』――のちに石井桃子訳により『子どもと本の世界に生きて』**という題で出版――の二冊が、もっとも強力なリクルート効果をもっているようだ。そして、現在も、その効

果は、力を失ってはいない。つい先日も、いつか自分で文庫を開きたいという夢をもって、長年そのために準備をしている、という人の話を聞いたばかりだが、その人に文庫への思いを植えつけたのも『子どもの図書館』だったという。

全部で二五〇ページにも満たない小さな書物。刊行後三十三年経ち、それもここ十年ほどは重版されてこなかった本書が、これほど多くの人の心を動かし、実際の行動に駆りたて、しかもそれが持続するよう支えてきたのは、驚くべきことだ。このつつましい書物がなぜそれほどの大きな力をもち得たのか。

それは、まず、この本が「大切なこと」をはっきり述べているからだと思う。その大切なことというのは、今日の複雑な社会で、人が人間らしく、しっかりと生きていくためには、子どものときに文字の世界にはいる必要があること、本はそのための「たのしい」道であり、同時に、子どもの精神世界を豊かにし、人間性を育むのに大きな力をもつこと、そして、子どもが自由に、質のよい本と出会える場を備えるのは大人の責任であること、等である。おそらく、これは、多くの読者が、潜在的に、あるいは本能的に信じていたことなのであろう。そうであるからこそ深く受けとめられたのだと思うが、それを呼びさまし、行動へつなげるエネルギーを引き出したのは、その「大切なこと」を訴える著者のことばにふしぎな説得力があるからだと私は思う。柔らかいが、芯のしっかりしたことばなのだ。

著者は、抽象的な言いまわしや、硬い、こなれのわるい表現を一切用いず、常に具体的に、目に見えるように、また読む人の暮らしと気持にそうように書く。従って、他の多くの本のように、よいことが書いてあると頭ではわかっても、さて、それが自分の日常とどこで接点をもつのかと考えると、わからなくなってしまう、ということがない。

内容からいえば、かなりむつかしいことをいうときも、ことばはあくまで平易だ。そのいちばんよい例は「まえがき」であろう。テレビ時代にも、子どもは本を読まなければならないと思う理由を説明するところで、人類が文字をもったことの意味や、子どもが文字の世界へはいる必要性、さらにはその望ましい方法にまでふれているが、歴史学、心理学、教育学の学者なら何十ページも費したかもしれない内容を、わずか二、三ページで、実に端的に言い切っている。

この「まえがき」については、中野重治が『本とつき合う法』の中で、こんなことを述べている。

石井桃子の『子どもの図書館』というのを見ると、「私は、この本を書くにあたって、『これからの子どもは、いままでの子どもにくらべて、本を読まなくてもいいのか、または、本は読まなければいけないのか』という点では、『読まなければいけない』という立場をとりました。」と書いている。私は賛成する。事柄として賛成するが、それとともに、あるいはそれ以上に、石井のこの書き方、そのいさぎいい書きざま、その美しさに賛成する。そこが楽しい。

この中野氏のいういさぎよさと美しさが、人の気持を快く、しかも強く刺激する働きをしているのだ。

ところで、『子どもの図書館』は、構成としては、四章から成っているが、「子どもたちの記録」と題された第2章に、もっとも多くのページが割かれている。かつら文庫の最初の七年の歩みを、年を追って記録した第1章にひきつづき、ここでは、文庫へ通ってきた子どもたちのさまざまな姿が記録されており、そのうちの十人余りについては、借り出した本のリストも含めて、ひとりずつ興味深いスケッチがされている。

生身の子どもたちの様子がよく見え、またその子たちを通して、文庫の様子、子どもたちへの対応、本のことなどもよくわかるので、読者は、この章を読むうちに、文庫の活動内容や運営方法についても、具体的なイメージをもつことができるのではないだろうか。実践への意欲がそそられるのは、このあたりにも理由がありそうだ。

さて、第3章では、文庫の子どもたちの、本に対する反応をもとに、望ましい子どものお話(文学)はどうあるべきかが検討される。ここでは、『ちびくろ・さんぼ』が例に取り上げられ、くわしい分析がされている。この作品は、その後人種差別の観点から大きな問題になったが、著者がここで論じているのは、幼い子どものお話が備えているべき要件であり、この作品が、それらの要件を満たした「動く絵で組みたてられたお話」であることは変らない。

著者は、子どもが本に求めているものが何かについて、おとなは常に子どもから学ぶ姿勢をもたなければならないと強調する。子どもは心の秘密をことばでは表現しないので、子どもが本に対して示す反応——何度も同じ本を借りるとか、くり返し読んでもらいたがるとかいった——を年月をかけて、注意深く観察すること、その結果が、本をつくる側である出版社に届くことが大切だと説く。そのためにも、児童図書館の存在が必要なのである。

つづく最終章は、書名と同じく「子どもの図書館」と題されている。ここでは、著者が見聞したアメリカとイギリスの児童図書館の情況と、歴史的背景が説明され、それと比較してあまりにも立ちおくれている日本の現状が明らかにされる。ここでは、著者の口調は珍しく激しい。

「さて、外国の児童図書館から、目を日本の児童図書館の現状に移しますと、あんたい、んとしないわけにいきません。」

「……公共児童図書館を充実させることは、それこそ『焦眉の急』のように思えます……」

「日本では、結局、そういう(外国にあるような、整備され充実した)子どもの図書館は、望み得ないということでしょうか。」

「(わずか二六二しかない日本の児童図書館を)減らそうとも、ふやさないというのが、現在の日本の国や県や自治体の考えのように、私には見えるのです。」

「……日本の図書館の現状は、いままでのところ、よい子どもの本をつくらないための三拍子がそろっていたようにさえ思えます。」

…………

そうたたみかけたあとで、にもかかわらず「この現状をうち破りそうな、何かがおこりつつあることを、ひしひしと感じます」と著者はいい、「壁は厚いでしょうが、動きだしたものは、前進をつづけるでしょう」「いまこそ、日本でも、私たち――子どもと読書に関心をもつすべての人――が、手をとりあって歩きだす時が来たように思えます」と、呼びかけるのだ。

ここまで読むと、いささかなりとも子どもと読書に関心をもつ者は、何かしたいと思わずにはいられない。日本の図書館の現状を嘆く著者に対して、外国の児童図書館員たちが目をかがやかしていったという「How exciting! How challenging!(なんて興味のある問題なんでしょう! なんてやりがいのある仕事でしょう!)」ということばを、読者もさけびたくなる。こうして、この小さな書物は、多くの人の心に火をつけたのだ。

しかも、この本は、心に火をともして歩きだした人たち、とくに文庫や図書館で働く者たちが、途中で迷ったり、疑問をもったりしたとき、そこへかえっていくことのできる基本的な考え方を、きわめて短いことばでではあるが、きちんと用意してくれている。

子どもが本を読むことの意味(利益)にはじまって、子どもの本を評価する際の考え方、子どもと本を結びつける手だて、さらには、児童図書館、あるいは児童図書館員の果し得る役割や果すべき機能について、また出版と図書館の関係について、〇〇論といった形で論じられているわけではないが、具体的な記述のそこかしこに、大切なポイントは、きちんとおさえられている。

おそらく、大勢の読者は、一回きりでなく、折にふれてこの本にかえっていき、その都度何らかの示唆や励ましを受けたのではないだろうか。その意味で、この本は、子どもと本の世界で働く人の火つけ役だったばかりでなく、支え手でもあったといえる。

ところで、かつら文庫が活動をはじめた当時から見ると、日本の公共図書館は飛躍的な発展を遂げた、といってもよい。

一九六三年、全国にある公共図書館の数は、七〇〇、その約三分の一強に当る二六二カ所しか子どものためのサービスを行なっていなかったという数字が、本書の中に引用されているが、一九九八年十二月現在、日本の公共図書館数は、二四五〇、ほぼそのすべてで児童奉仕が行われている。

館数こそ四倍までいっていないが、当時と比べると、蔵書数は約五・四倍、貸出数は三十七倍、資料購入費も三十六倍に増えている。図書館を身近な公共施設として利用する習慣も、多くの市民の暮らしに根づき、「図書館を、受験生が勉強するところで、普通の市民や子どもにはあまり関係のないところと考え」る人は、ぐんと数が減ったと思う。施設や設備もよくなり、三十年以上図書館の仕事をしてきた者には、日本の公共図書館のこの四半世紀の変化は夢のようだ。

公共図書館のこの大きな変化の流れの中で、子ども文庫はどうしてきたか。個人的な営みであるだけに消長はやむを得ないが、全体としては、今も全国に約五千、公共図書館の約二倍の数存在している。初期には、個人の住宅の一部を開放した、文字通りの「家庭文庫」が多かったが、のちには地域の集会所、その他の施設を利用して、母親たちが共同で運営に当る「地域文庫」が増え、地域ごとの文庫連絡会や、日本親子読書センター、親子読書地域文庫全国連絡会等、全国的な組織も生まれた。

さきにも述べたように、文庫活動に携わった人々は、公共図書館設置運動にも力を注いだ人が多い。興味深いのは、そのような努力の結果、公共図書館が設置されたからといって、その地域のすべての文庫が活動を停止したわけではないことである。小規模であることのよさ、親しい人間関係、本の選び方の問題等、公共図書館では十分満たされない何らかの持ち味を発揮して存続している文庫もあれば、公共図書館との協力で、その拠点的役割を果している文庫もある。

いずれにしても、今日、文庫を抜きにしては、日本の子どもの読書の問題を考えることができないほど、文庫の存在は大きい。また、日本のこの文庫活動は、世界中の関係者の注目を集めており、「bunko は、日本から生まれた数少ない世界の共有語になっている。

そして、かつら文庫は？　その最初の七年の歩みを、歴史的な記録にとどめたかつら文庫は、幸いなことに、今日も変らず活動を続けている。建物は一九七八年に建てかえたが、場所はもとのままである。本年四月には、四十周年を祝う会が開かれ、当時の〝子どもたち〟二十名が集って、石井桃子さんと思い出話をたのしんだ。本文中に「七年たったいまでも、ビクともしていません」と書かれている「らくで、じょうぶないすとテーブル」は、四十年たった今でも、まだビクともしておらず、塗りかえられ、いっそう味が出ている。

一九九八年現在、かつら文庫は、石井さん個人の文庫でなく、「財団法人東京子ども図書館」の分室として運営されている。そのくわしい経緯はここでは省くが、私は、永続的に活動を続けるためには法人組織にしたほうがいいとの石井さんの発案に従って、石井さんとご一緒に、一九七四年に法人設立と、その後の運営の任に当ってきた。『子どもの図書館』の中で、「ついに日本の公共図書館の児童室に仕事を見つけることに成功した」と紹介され、石井さんや仲間たちの大きな期待を受けて公立図書館員の道を歩みだした私だったが、内部での異動により児童奉仕を担当しつづける見通しがなくなった時点で、やむなく退職し、民間で働くことを選んだ。以来、本書が強く訴えている子どもの本と図書館活動の質の向上に、私立児童図書館の立場からできるだけの努力をしてきたつもりである。

本書刊行から三十余年を経過した現在、数や外見の上では、図書館はたしかに格段によくなった。しかし、サービスの鍵をにぎる図書館員の問題に関していえば、「(専門職としての仕事が認められないのでは)サイの河原の石をくずしてゆくようなもので、日本の子どもの本の評価は、いつになったらさだまるのでしょう」と、著者を嘆かせた状況が、いまだにそのままである。児童出版と読者である子どものあいだをとりもつ「児童図書館員の本来の任務」も、満足に遂行されているとはいい難い。子どもの本の出版も、図書館も、まだまだ大きな課題を抱えている。

そして、読者である子どもたちの問題も大きい。今、本書を読むと、私など、なつかしさと胸の痛くなる思いとのいりまじった、なんともいえない切ない気持にとらえられる。というのは、ここに描かれている子どもたちの姿が、自分が仕事をはじめたころに知った子どもたちのだれかれのイメージと重なって思い出されるからである。時間がもっとゆったりと流れ、子どもたちがもっと元気で、もっと強く本にはいりこんでいた時代だった。もちろん、現在も、子どもたちは、元気に図書館へやってきて、本やお話をたのしんでいる。しかし、表面的にはそう変りなく見える子どもたちの内部に、何か深く大きな変化がありはしないかという不安から逃れられないのだ。

社会の急激な変化が子どもたちに及ぼした影響は、もっと深く、徹底して考えていかねばならないだろう。そのためには『子どもの図書館』の中では、「べつの人に、べつの本で、十分にスペースをとって、書いていただかなければならないこと」として、取り上げられなかった「子どもの読書以前の問題――社会環境やマス・コミのことなど」に、児童図書館員としても、正面から取組むことが必要となろう。ことに、ことばを獲得する上で決定的に重要な時期にある乳幼児と、電子メディアの問題など。

発刊以来、つねに手もとに置き、折にふれて読みかえしてきた本書であるが、この本と共に辿ってきた自分の道をふりかえり、この年月のあいだに目ざましい発展をとげた日本の公共図書館を見つめなおし、今、世の中に起こりつつあるさまざまな出来事について考えをめぐらせながら、改めて本書を読みなおすと、手の中に、実に重いバトンが托されたという思いがする。そして、もうひとつしみじみ感じるのは、日本の子どもの本の世界における石井桃子さんの存在の大きさである。大きな声で叫ぶのでなく、人の先に立って旗を振るのでもないが、その影響は、おそらく多くの人にはそれと気づかれぬ形で、静かに深くまた広く浸透している。

児童図書館の世界では、もちろん、かつら文庫をはじめたことと、本書を著したことで、その影響は広範囲に及んでいるが、石井桃子さんには、作家としての業績、翻訳家としての業績がある。また、「岩波少年文庫」「岩波の子どもの本」などにより、世界のすぐれた作家を作品を、良質の翻訳で日本の子どもたちに届けた編集者としての業績、『子どもと文学』(石井桃子、いぬいとみこ、鈴木晋一、瀬田貞二、松居直、渡辺茂男共著、一九六〇年、中央公論社／一九六七年、福音館書店)や、『児童文学論』(リリアン・スミス著、石井桃子、瀬田貞二、渡辺茂男訳、一九六四年、岩波書店)を世に問い、子どもの文学の見方に一石を投じた批評家としての業績がある。さらには、本書中に、家庭文庫研究会が『シナの五にんきょうだい』と『一〇〇まんびきのねこ』を発行したことが記されているが、当時は大冒険であったこの出版の試みを実行して成功させた功績も大きい。今日私たちがふつうのことのように享受している世界各国の絵本の多彩で豊かな翻訳出版は、このとき先鞭をつけられたのである。戦後の子どもの本の世界の動きをよく見ていくと、要所要所に石井桃子さんの存在があって、新しい流れをつくりだしていることがわかる。もうひとつつけ加えるならば、『幻の朱い実』(一九九四年、岩波書店)を完成させたことによって、子どもの文学と大人の文学との垣根を開いたことも忘れてならない。

石井桃子さんの、これらすべての領域にわたる業績については、それこそ「べつの人に、べつの本で」くわしく論じていただくしかないが、今回、ながらく入手できなかった『子どもの図書館』が、著作集の中に収められ、再び新しい読者を得ることを感謝したい。本書が、歴史的な記録としてだけでなく、子どもの読書を考える上で、今もそこにたちかえることのできる考え方を示すものとして、味読されることを願っている。

一九九八年十二月

＊『子どもの豊かさを求めて――全国子ども文庫調査報告書――』全国子ども文庫調査実行委員会編、一九八四年、日本図書館協会

＊＊『子どもと本の世界に生きて』アイリーン・コルウェル著、石井桃子訳、一九九四年、こぐま社

＊＊＊「かつら文庫」をふくむ四つの家庭文庫が母体となって、一九七四年に設立された私立の子どもの読書専門の図書館。所在地：東京都中野区江原町一―一九―一〇　電話：〇三―三五六五―七七一一　URL: http://www.tcl.or.jp

現代文庫化にあたって

このたび、『新編子どもの図書館』が「石井桃子コレクション」の一冊として、現代文庫に加えられることをうれしく思う。最初の刊行から五十年、著作集としての刊行か

らも、はや十七年が経過した。執筆時に石井さんが望みを託した公立図書館は、数こそ増えはしたものの、図書館員の養成や処遇、サービスの質の向上という点では、ほとんど進展を見ていない。また、「べつの人に、べつの本で、十分にスペースをとって、書いていただかなければならない」とした子どもの読書環境も大きく変わり、問題はいっそう深刻になっている。そのなかで、復刊を求める声が絶えないのは、本書が、子どもの読書を考える上で、基本に据えるべき見方を示しているからであろう。

石井さんは、二〇〇八年、一〇一歳で亡くなられたが、「かつら文庫」は、今日も変わらず活動をつづけており、*ご遺志を継いだ東京子ども図書館によって、石井さんの書斎や蔵書も公開され、さらには、隣接する建物に全国の文庫の活動を記録する「マップのへや」も設けられた。『子どもの図書館』も、「かつら文庫」も、これからさきも子どもと本に心を寄せる人たちにとって大切な拠り所となることを疑わない。

二〇一五年二月

（公益財団法人東京子ども図書館理事長）

*『かつら文庫の50年』別冊「こどもとしょかん」二〇〇八年、東京子ども図書館

『新編 子どもの図書館』は、岩波新書として一九六五年に刊行された『子どもの図書館』の最終版に加筆し、付記を増補したものである。底本には『石井桃子集』第5巻(岩波書店、一九九九年)を用いた。

付記のうち、「農村の子どもと本を読む」は「図書」一九六五年一一月・一二月号に掲載された「子どもといっしょに本を読む」を大幅に改稿したものである。「このごろの「かつら文庫」」「四十年ぶりの同窓会」は「新編」のための書き下ろし。

石井桃子コレクションⅢ
新編 子どもの図書館

2015年3月17日　第1刷発行
2023年8月17日　第4刷発行

著　者　石井桃子《いしいももこ》

発行者　坂本政謙

発行所　株式会社 岩波書店
〒101-8002 東京都千代田区一ツ橋 2-5-5

案内 03-5210-4000　営業部 03-5210-4111
https://www.iwanami.co.jp/

印刷・精興社　製本・中永製本

ISBN 978-4-00-602254-9　　Printed in Japan

岩波現代文庫創刊二〇年に際して

二一世紀が始まってからすでに二〇年が経とうとしています。この間のグローバル化の急激な進行は世界のあり方を大きく変えました。世界規模で経済や情報の結びつきが強まるとともに、国境を越えた人の移動は日常の光景となり、今やどこに住んでいても、私たちの暮らしは世界中の様々な出来事と無関係ではいられません。しかし、グローバル化の中で否応なくもたらされる「他者」との出会いや交流は、新たな文化や価値観だけではなく、摩擦や衝突、そしてしばしば憎悪までをも生み出しています。グローバル化にともなう副作用は、その恩恵を遥かにこえていると言わざるを得ません。

今私たちに求められているのは、国内、国外にかかわらず、異なる歴史や経験、文化を持つ「他者」と向き合い、よりよい関係を結び直してゆくための想像力、構想力ではないでしょうか。

新世紀の到来を目前にした二〇〇〇年一月に創刊された岩波現代文庫は、この二〇年を通して、哲学や歴史、経済、自然科学から、小説やエッセイ、ルポルタージュにいたるまで幅広いジャンルの書目を刊行してきました。一〇〇〇点を超える書目には、人類が直面してきた様々な課題と、試行錯誤の営みが刻まれています。読書を通した過去の「他者」との出会いから得られる知識や経験は、私たちがよりよい社会を作り上げてゆくために大きな示唆を与えてくれるはずです。

一冊の本が世界を変える大きな力を持つことを信じ、岩波現代文庫はこれからもさらなるラインナップの充実をめざしてゆきます。

（二〇二〇年一月）